ROBIN
知更鸟

看见你灵魂所有的颜色

MISCHLING

双生梦魇

[美] 艾菲尼缇・柯娜 —— 著

刘昭远 —— 译

著作权合同登记号：桂图登字：20-2016-188 号
MISCHLING by AFFINITY KONAR

图书在版编目（CIP）数据

双生梦魇 / (美) 艾菲尼缇・柯娜(Affinity Konar) 著；刘昭远译. —南宁：广西科学技术出版社，2017.9

ISBN 978-7-5551-0830-6

Ⅰ. ①双… Ⅱ.①艾… ②刘… Ⅲ.①长篇小说 - 美国 - 现代 Ⅳ.①I712.45

中国版本图书馆CIP数据核字（2017）第197815号

SHUANGSHENG MENGYAN
双生梦魇

作　　者：［美］艾菲尼缇・柯娜　　翻　　译：刘昭远
产品监制：何　醒　　责任编辑：何　醒　黄圆苑
特约策划：孙淑慧　　版权编辑：王立超
封面插图：孙十七　　装帧设计：林　丽
责任校对：曾高兴　　责任印制：林　斌

出 版 人：卢培钊　　出版发行：广西科学技术出版社
社　　址：广西南宁市东葛路66号　　邮政编码：530022
电　　话：010-53202557（北京）　　0771-5845660（南宁）
传　　真：010-53202554（北京）　　0771-5878485（南宁）
网　　址：http://www.ygxm.cn　　在线阅读：http://www.ygxm.cn

经　　销：全国各地新华书店
印　　刷：北京富达印务有限公司
地　　址：北京市通州区潞城镇前北营村　　邮政编码：101117
开　　本：880mm × 1240mm　1/32
字　　数：259千字　　印　　张：11.75
版　　次：2017年9月第1版　　印　　次：2017年9月第1次印刷
书　　号：ISBN 978-7-5551-0830-6
定　　价：45.00元

质量服务承诺：如发现缺页、错页、倒装等印装质量问题，可直接向本社调换。
服务电话：010-53202557　团购电话：010-53202557

致菲利普与我的家人

目 录

PART 1

contents

PART 2

PART 1

第一部

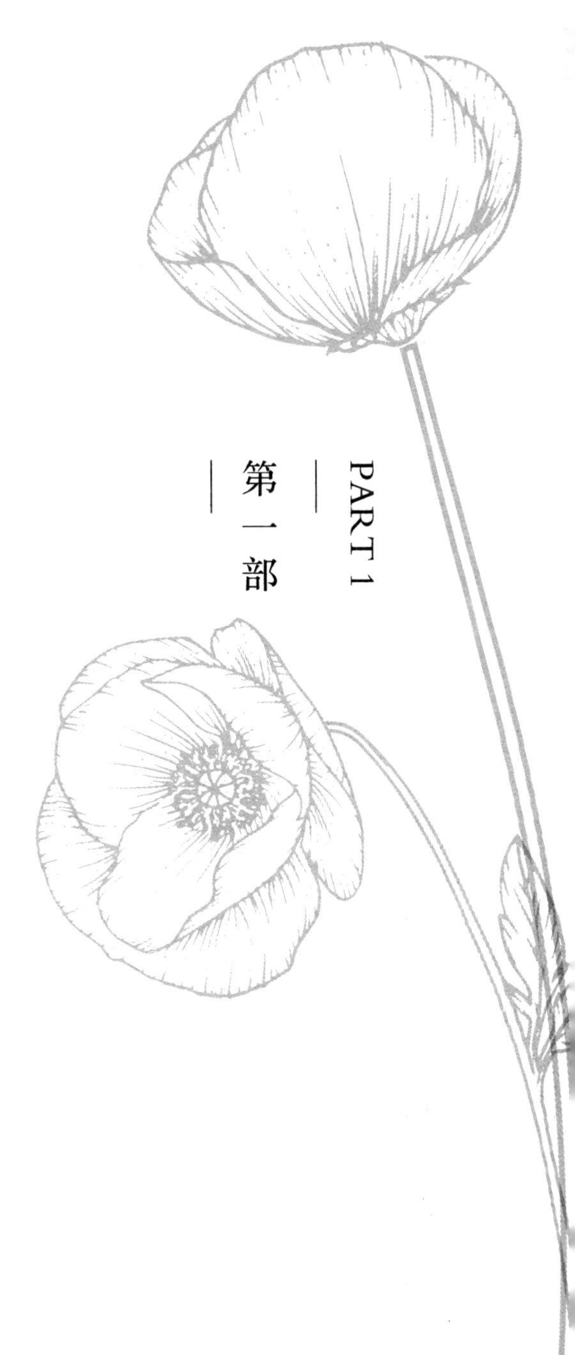

斯塔莎

第一章

从一个世界到另一个世界

我与她同时被造物主创造出来。她是我的孪生姐姐，“珍珠”。更准确地说，上帝创造了珍珠，而我，是自她身上分离出来的。珍珠漂浮在母亲的子宫里，我也学着她的样子，一同漂着。我们在羊水里漂了八个月，两只粉红色的小手轻轻地握住与妈妈相连的脐带。在这个世界上，再也没有比孕育出我和珍珠的子宫更伟大的地方。我们的脑部逐渐成形，牙床和脾脏也长成之后，珍珠想要出来看一看世界。于是，这个小婴儿大胆地钻出了妈妈的身体。

虽说是早产儿，可珍珠简直是个十足的捣蛋鬼。我有时甚至会认为我自己也是她用来捉弄人的一个小恶作剧。到达这个世界后，珍珠回过头对我微笑。珍珠没有回来，而我再也无法呼吸。不知你是否有过这样的经历？你被迫与最好的自己分离，只能在一个不可知的距离与其遥遥相望。如果你有过相似的经历，那么当时的你一定会觉得自己遇见了这世界上最可怕的事。当我不能呼吸之后，我的心跳渐渐变慢，脑袋也烧成了一团火。留在粉红色母体中的我接受了这个事实：没有了珍珠，我也就不再完整，只沦为一个一文不值的小东西，一个无力去爱的可怜虫。

于是我跟在姐姐后头，闯进了这个世界。医生拽着我的脚，把我拽到明亮的光线中，轻轻地拍抚我的身体。我不愿意与珍珠分开，可即便如此，我却从来没有因此掉过眼泪。就算是父母违背了我的意志，将一个我根本不想要的名字安给我的时候，我也没有流泪。我也想被唤做“珍珠”，最后却被叫作“斯塔莎”。

好不容易来到世上之后，我与珍珠进入了一个家庭，拥有了一架钢琴和一堆书。好奇而懵懂的我们一同度过了一段美丽的时光。我们实在太相像了，都爱把玻璃窗上的小圆珠扔到窗外的石子路上，观察路上的小动物能把它们拖动到哪里去。

这世界充满了令人崇敬而恐惧的东西。然而就像大多数世界一样，它也终结于此。

可我必须要告诉你：我们还知道另一个世界。有人说，事实上，是那个世界造就了今日的我们。我想说他们错了。然而，十二岁的那一年，我们都被塞进了一辆运牲口的车里，从此驶入了那个世界。

我们在那辆车上待了四天四夜，妈妈和爷爷不断地给我们打气，说我们一定可以活下去。为了不被饿死，我们来回传递着一只洋葱，每人舔一舔，以此获取一丁点可怜的营养。漫长的车程中，为了给自己找一点乐子，我们一起玩爷爷发明的猜谜游戏。这个游戏叫作“生物分类”。一个人描述某种生物，另一个人猜出这种生物的名字，然后说出它在生物学分类下的属、种以及其他信息，最终构建出一个生物王国。

在那辆运送牲口的车里，我们四个人猜了许多种生物，从熊一直猜到蜗牛。这个游戏对我们而言有着非常重要的意义。爷爷用干渴得冒了烟儿的嗓子感叹：“人类总想要通过他们最大的努力来管理和改造世界。”牲口车终于在一个驻站停了下来，我也停止了这个字谜游戏。我还记得停车的那一刻，我正在向妈妈描述阿米巴原虫。当然，我也有可能记错了。我之所以认为当时是在形容阿米巴原虫，是因为那一刻，我感觉自己无比渺小，像阿米巴原虫一样，是一种脆弱的、半透明状的小东西。具体的，我已经记不清了。

就在我准备认输的那一刻，牲口车的门被人打开了。

强烈的光线涌进车内，我们吓得把手中的洋葱丢在了地上。这个被吃掉了一半的臭洋葱顺着斜坡滚到了一个卫兵脚下。我猜，他的脸上当时一定堆满了厌恶和鄙夷。可惜我坐在车里边，什么也看不见。他掏出一张纸巾，一连打了好几个喷嚏，然后抬起脚上的大靴子，在洋葱上猛踩了好几脚。我们看着那个洋葱被踩烂，被碾成一摊烂泥。卫兵恢复了镇定。我们害怕得要命，拼命往爷爷宽松的大衣里躲。我和珍珠早就长大了，再也没办法躲进爷爷的衣服里，但恐惧使我们变得渺小。把我和珍珠藏在大衣里的爷爷仿佛变成了一个多腿的怪物。我们藏在黑暗中，不停地眨眼睛，耳边不时传来脚步声和跺脚的声音。迅雷不及掩耳之势，卫兵的靴子已出现在我们眼前。

“你是什么昆虫吗？”那人厉声问道。他用一根拐杖猛地敲击我们藏在大衣下的腿。我们的膝盖被敲得生疼。他又敲了一下爷爷的腿：“六条腿？你是蜘蛛吗？”

这个卫兵显然对生物一无所知。短短的几句话里，他已经犯了两个错误。蜘蛛根本不是昆虫，而它们其实有八条腿。不过爷爷显然无意指出这个卫兵的错误。通常情况下，爷爷都会用开玩笑似的语气指出人们话语中的错误。他喜欢看到错误被纠正。不过在这个地方，向他人提起什么爬虫，或任何被看作低等动物的生物的知识，都是非常危险的。因为在别人眼里，你与这些动物根本没什么差别。我们可不想让我们的爷爷变成什么劣等昆虫。

“我在问你问题呢！”那个卫兵又用拐杖在我们的腿上敲了一下，“你是什么样的昆虫？”

这是在德国，爷爷不得不向那个人坦白。他的全名是塔德乌什·赞莫里斯基，今年六十五岁，是生在波兰的犹太人。说到这里，他就没有继续说下去了。

我们想要替他说下去，想要把全部细节都说出来：爷爷从前是一位生物学教授，他在好多所大学教过生物，已经教了好几十年。除了生物学，他还是许多领域的专家。你若是对哪个诗人感兴趣，问爷爷就对了。你若想学习倒立，或者想要在天空中找到一颗星星，爷爷都能教你。我们曾经和爷爷一起见到过一道横跨大川与海洋的虹。爷爷常常会回忆起那道虹。“它简直美得不真实！”喊出这句话时，爷爷的眼中闪耀着动人的光彩。每逢重要场合，爷爷总会赞美那道虹。“敬晨泳！敬门口的菩提树！”而近几年，他最常说到的祝酒词却是：“*希*

望我的儿子平平安安地回来！”

我们有好多话想说，最终却没有说出口。那些话都涌到了我们的嗓子眼儿，泪水在我们的眼眶里打转。我们之所以流泪，绝不是因为地上那颗被踩烂的洋葱。我们擦掉眼泪，因为我们要透过爷爷的外套看看外面究竟发生了什么。

透过大衣的扣眼，我们看见了五个人：三个小男孩，男孩的母亲，还有一个手上拿着一支钢笔和一小本书，穿着白领子衣服的男人。我们对那几个男孩很感兴趣，因为这是我们第一次见到三胞胎。我们曾在罗兹城见到过另一对孪生姐妹，但三胞胎可是存在于书里的东西。虽说有些惊讶，但值得一提的是，与这一组三胞胎相比，我和珍珠显然更加相似。他们三人都生着黑色的鬈发与黑色的眼睛，身材又高又瘦，可这三兄弟的神色与表情大不相同。其中一个人被太阳照得眯起了眼睛，另外两个则皱起了眉头。只有当那个白领子的男人把糖果塞到他们的手上时，三个男孩才会露出同样的表情。

三胞胎的母亲与牲口车上的其他母亲都不一样。她的脸上没有一丝窘态，这个女人笔挺地立在那里，像一只静止的钟表。她的一只手不停地抚摸着三个孩子的脑袋，她的手上带着些迟疑，仿佛知道用不了多久，她就再也没有资格抚摸这些孩子了。那个白领子的男人倒是没有这么干。

这个男人的样子有些吓人。他穿着刷得锃亮的黑皮鞋，一头中分的黑发梳得整整齐齐。他的袖口很宽，抬胳膊时，袖子里的布料甚至会露出来。这个男人像大银幕上的电影明星一样帅气，动作表情也像演员一样夸张，人们一眼就能看出他想要通过表情传达什么。他似乎一心想要所有人看到他是个好人。

那位母亲和这个白领子的男人说了几句话。主要是那个男人在说，但他们似乎谈得还算愉快。我们真想听听他们俩在说什么。不过能在旁边远远地看见这一幕，也许已经不错了。那位母亲的手穿过三个男孩乌云般的鬈发，然后她转过身，把她的三个男孩留给了那个白领子的男人。

那个男人是个医生。那位母亲转身离开的时候，无意间说出了这个信息。她再三向孩子们保证，他们一定可以安全无事。这位母亲的脚步有些蹒跚，可是离开时，她完全没有回头。

听到这段对话，我们的母亲轻轻地叫了一声，然后深吸了一口气，碰了碰卫兵的胳膊。她的勇敢把我们吓了一跳。我们早就习惯了那个战战兢兢的母亲，那个进了肉铺就害怕得发抖，常常躲在清洁女工身后的母亲。她从骨子里就是软弱的，总会感到恐惧，总是那么容易被打败。父亲失踪以后，母亲更是如此。在那辆牲口车里，母亲只能靠在木头车厢上画罂粟花让自己平静下来。雄蕊、雌蕊、花瓣，母亲观察的点有些奇怪，她把一朵花拆分成了许多个小部分。然而此时此刻，母亲发现了一些坚实可靠的东西。又累又饿的她，却显得比从前更加强大。母亲为何会出现这样的转变？她一向热爱音乐，而这个地方充满了轻快的音符。乐手们发现了牲口车内的我们，爆发出一阵让人心里发慌的欢呼声。我们早就见惯了这种把戏，深知在这欢呼背后等待着我们的只会是痛苦。这些管弦乐手故意给初来乍到的人造成错觉。音乐家们不得不这样做，不得不用他们高超的技能，给那些不太聪明的人下套，让他们以为自己所在的地方并非毫无人性，甚至有几分美好。音乐的确让人们的精神振奋了一些。人们伴随着音乐声，缓缓走向一扇大门。音乐是否就是母亲变勇敢的原因呢？我恐怕永远都无从得知。可我必须说，母亲在开口的那一瞬间，真的表现得无所畏惧。

“在这个地方，双胞胎是不是一件好事？”母亲向那个卫兵问道。

他点了一下头，然后转向了那个医生。医生正蹲在地上，与男孩们的视线保持平行。他们似乎聊得很愉快。

“双胞胎！”卫兵对那个男人喊道：“双胞胎！”

医生把三胞胎男孩丢给一位护士，大步流星地朝我和珍珠走来，那双锃亮的大皮鞋扬起阵阵尘土。与我们的母亲讲话时，他表现得温文尔雅，很有风度。

“夫人，您有一对特殊的孩子？”他的目光十分友善，至少在我们看来似乎如此。

妈妈局促地摇晃着身体，整个人的气场突然削弱了许多。她想要把手抽回来，但那位医生握得太紧，她一时没能抽身。他用戴了手套的指尖抚摸母亲的手掌，似乎将它当作了一个能被轻易抚平的伤口。

“噢，我的孩子是双胞胎，不是三胞胎。”母亲有些抱歉地说，“希望这就足够了。”

医生的笑声响亮而刺耳，在爷爷外套内的大洞里回响。我们放松了一些，听母亲细数我和珍珠的优点。

“她们会说一点德语，这是她俩的父亲教的。今年十二月，她们就满十三岁了。这两个孩子都非常爱读书。珍珠喜爱音乐，她动作麻利、心灵手巧，现在还在学跳舞。斯塔莎——”母亲停顿了一下，像是不知如何形容我的特征。她接着说：“她有着让人惊叹的想象力。”

医生似乎对这些信息挺感兴趣，再次提出让我们跟着他走。

我们犹豫了，不知道该怎样做。我宁愿闷死在爷爷的外套里，也不愿意走到外头去。外面的风是灰色的，它吐着一条火舌，要将我们卷入无尽的悲伤。空气里飘着一股烧焦的气味。地上投射出枪支的影子，几只大狗一边吠叫，一边淌着口水。这些狗是最凶残的犬只繁衍的后代，因此异常狂躁。就在我们准备继续往里藏的时候，医生掀开了帘子一样的大衣。从天而降的光亮让我们睁不开眼。我们中有一个人甚至骂了几句。也许是珍珠骂的，但也有可能是我。

眼前的医生如此英俊，那样好看的脸，却搭配着冰山一样冷酷的表情，多么浪费！他把我们拉到阳光下，让我们转身背对他，又让我们背对背站好，以便他更好地观察。

“微笑！”他冷冰冰地命令道。

真奇怪，我们为什么要听他的？大概是为了不让母亲难堪吧？我们为了母亲勉强露出一个笑容。虽说母亲已经躲到了爷爷的胳膊底下，但她的神色依旧很慌张。自从我们被塞进牲口车以后，我就不敢再看母亲。我看着母亲画的罂粟花，专注于那几朵脆弱的花瓣。母亲脸上的表情让我看明白，如今的她变成了什么样子：一个漂亮却睡眠不足的准寡妇，一朵行将掉落的花。她曾是这个世界上最讲究的淑女，现在却是一副一蹶不振的落魄模样。她的脸上沾着一道道灰尘，蕾丝领子软塌塌地搭在脖子上。她的嘴上只有嘴角还有一丁点血色，那是因为每当母亲感到紧张时，总会不自觉地咬嘴唇。

“她们是雅利安人和犹太人生下的混血儿吗？”医生问，“她们的头发居然是金色的？”

母亲把她的黑色鬈发向后绾，像是羞愧于它的美丽。她摇了摇头。

“我的丈夫——他的发色比较浅！”她只说得出这一句话。每当人们问到我和珍珠的发色时，母亲都会这样回答。这让不明就里的旁观者们坚持认定我和珍珠是混血儿。随着年龄的增大，我们越来越多地听到这个词——“混血儿”。这倒给了爷爷关于生物分类的启示。“别去管什么‘纽伦堡法案’。”爷爷说。他让我们别去理什么混种，跨基因，四分之一的犹太人、血缘关系之类的荒唐且充满仇恨的测试，这类测试只会让人类的血缘、婚姻与信念降至最低谷。“你什么时候听过这样的说法？”爷爷说，“将世界上所有的生物分类，再进行详细研究？人们还有没有一点敬畏之心？”

从那一刻开始，我就知道，在这个白领子医生面前，爷爷的建议是行不通的。这个地方不适合爷爷的游戏。

“基因真是个有趣的东西，不是吗？”医生说。

妈妈根本没想过要回答。

“你是不是要把她们带走？”妈妈甚至没有看我们，“那我们什么时候才可以再见面？”

“等到星期六，也就是你们犹太人的安息日，你们就可以再见面了。”医生允诺道。随后他转向我和珍珠，感叹了一下母亲刚才提到的信息。他说他喜欢我们说德语，也喜欢我们金色的头发。“我不喜欢你们棕色的眼睛。不过有这头金发就足够了。”说完，他凑得更近了，用那只戴了手套的手抚摸我姐姐的头发。

“你就是珍珠了？”他拨弄头发的手法那么娴熟，好像很多年前就摸过珍珠的头发一样。

“她不是珍珠！”我向前迈了一步，想要模糊我姐姐的身份。可是妈妈将我拉到一旁，并对医生说，他的判断是正确的。

“看来这两个姑娘喜欢玩恶作剧啊！”医生笑道，“能不能把你的秘密告诉我？你平常都是怎样区分她们俩呢？”

“珍珠没那么好动。”母亲说。感谢上帝，她没有详细地描述我与珍珠的不同。珍珠戴了一枚蓝色的发针，而我的发针是红色的。珍珠说话不紧不慢，我说话则很急，像发射子弹一样。珍珠的皮肤像饺子一样白皙，我身上则有一些红色的晒斑，像一只长了斑点的小马。珍珠是个十足的淑女，而我一心想要变成她那样的淑女。可是无论我怎样努力，最终却只能做我自己。

医生让我定着别动。我们四目相对。

“你为什么要撒谎？”他又笑了，似乎被我们的亲情感染了。

说实话，在我看来，珍珠是我们姐妹之中更软弱的那个。而我认为，我要是变成了她，就能够更好地保护她。可我没有说出全部的事实。

“有时候，我也会忘记自己是谁。”我撒了个蹩脚的谎。

从这一刻开始，我的思绪变得模糊。这一刻，我多么希望自己的思绪可以飘走，能飘过这些砰砰响的大靴子和行李箱，让我与我的家人好好地告别。我们本该见证所爱之人的离去，本该目送他们离开，并知道他们是在哪一刻离开的。我要是能看见他们扭过脸，看到他们眼里的一个闪烁，脸颊扬起的一个弧度，那该多好啊！可是他们根本没有回头。究竟发生了什么？他们为何转身就走，只给我们留下了一个背影？难道他们只肯让我们看见一个冷冰冰的肩膀和羊毛大衣的影子吗？我看见爷爷的手重重地垂在身体的两侧，而妈妈的辫子，则被风刮得飘起来！

所爱的人离开之后，我们只能回到那个白色领子的男人身旁。我们后来知道，这个男人就是臭名昭著的约瑟夫·门格勒。战后，门格勒躲藏了起来，他换了许许多多的名字，包括：赫尔穆特·格雷戈、G.荷尔马特、弗里茨·沃尔曼、弗里茨·霍尔曼、乔斯·明格勒、彼得·霍齐、厄恩斯特·塞巴斯蒂安·阿尔维斯、乔斯·阿帕茨、拉斯·巴尔、弗里德里克·冯·布赖滕巴赫、弗里茨、菲斯奇、卡尔·盖思齐、斯坦尼斯劳斯·布洛斯奇、法斯托·林顿、法斯托·兰顿、格雷戈尔·斯卡拉斯特罗、海因兹·斯托波特以及亨利克·沃尔曼医生。

他用这些名字掩盖其杀人魔的面目，还让我们叫他“医生叔叔”。他让我们直呼他的名字。喊了一次，然后又喊了一次，这样我们就可以更快地熟悉起来，而且不会弄错。当我们终于重复得让他满意的时候，我们的家人已经走远，消失了。

我们出神地望着妈妈和爷爷刚刚站着的地方。我的膝盖突然一软，差点跪了下去。这个世界上的生物，形成了一种新的秩序。我不知道自己将会变成怎样的生物。不过好在一旁的卫兵也没给我时间让我细想这个问题。他拽着我的胳膊，将我拖到一边。珍珠见了赶紧用胳膊揽住我的腰，并对那个卫兵说她可以将我扶好。我们被领到三胞胎身旁，离开辅路，走到泥土路上。我们经过桑拿室，朝火葬场走去。我们迈着坚定的步伐，朝那个象征着死亡的新目的地走去。两侧的马车上塞满了尸体，一具具尸体堆在一起，有的已经发黑了。其中一个死人伸长了手，像是要牢牢地抓住什么东西，仿佛空气中有一根无形的锁链，只有濒死之人才能看见。那具尸体的嘴是张开的，我看见他的嘴里吐出一条粉红色的舌头，像是有千言万语要说，却没能说出口。

我知道语言对于一个生命来说意味着什么。如果我可以将我的语言匀一部分给这具尸体，我想，他大概就可以死而复生了吧。

我干吗要想这些？真愚蠢！是因为我意志薄弱吗？如果没有这火焰一样的风，和那个白领子的医生，我还会想这些东西吗？

这是个不错的问题。我的确常常想到这些稀奇古怪的事，却从来不求想通。我只知道，我直勾勾地盯着那具尸体，却不知道该对他说什么。在贫民窟的地下室内，我曾经听一个唱片走私者播放过一首歌。无论何时，只要我听见那首歌，整个人的状态都会好很多。我必须试一试。

“你想不想在星星上荡秋千？”我对那具尸体唱道。

尸体没有反应，没出声，也没有动弹。这是否因为我的声音太尖利了？

“想不想把月光装在瓶子里带回家？”我继续唱道。

这样的尝试真是悲哀。我很清楚这有多么悲哀，可我坚信，这个世界总有办法使它自己重回正轨。只需要一点善良，世界就能恢复到它本来的样子。当世界失去“善”，就会生出新的规则与秩序。那一刻，不知是因为愚蠢还是低能，我固执地相信，这具尸体有可能因为人的语言活过来，只是我唱错了歌。没有人能够释放尸体中的生命，也没有人能修复他的生命。我绞尽脑汁，想要再对尸体说一句话，说一句更好、更富有善意的语言。我确定一定会有这样的语言，可惜卫兵不肯给我思考的机会。他把我拉到一旁，推着我们向前走。他急着让我们洗澡，办程序，然后在我们身上烙下数字标签。这一系列步骤完成之后，我们在门格勒动物园的生活也就拉开了序幕。

奥斯维辛集中营是用来囚禁我们的，而比尔克瑙集中营是用来杀戮我们的。两座集中营只间隔了几公里，它们被不可言说的罪恶牢牢地绑在了一起。那这座动物园又是用来干什么的呢？我想不出答案，可我知道我和珍珠永远不会做笼子里的困兽。

动物园内的简易房屋是由马厩改造而成的。这里挤满了我们这样的人：双胞胎、三胞胎、五胞胎，一共有成百上千对。所有人都挤在他们的小床上。不，这根本不是床，只是一个个火柴盒，是能让人们把身体塞进去的小插槽。我们像叠积木一样，从地板叠到了天花板。每一个小隔间里都塞了三到四个人。大家被挤得透不过气来，一个女孩甚至不知道自己的头在哪里，脚又在哪里。

我大致地望了一眼，望见的都是一模一样的“复制人”。全都是女孩。悲伤的女孩，刚学会走路的女童，遥远的地方来的女孩，还有那些有可能与我们做邻居的女孩。有的女孩很安静，像栖息在稻草垫上的鸟儿，静静地观察着我们。我们经过“鸟儿们”歇息的地方，看见了那些被选中的鸟儿。一个女孩不得不遭受某种特殊的折磨，她的姐妹却毫发无伤。每一对姐妹中，总有一个女孩儿或脊椎错位，或坏了一条腿，被打伤了一只眼，顶着一个伤口、一道伤疤，搀扶着一支可怕的拐杖。

我和珍珠坐在床铺上的时候，一些可以自由移动的女孩爬到了我们的床上。她们爬过摇摇晃晃的围栏和草垫子，感叹我和珍珠是多么相似，并询问我们的身份。

我们告诉她们，我们来自波兰的罗兹市。我们最开始住在一座房子里，后来搬进了一座贫民窟的地下室里。我们有爷爷，有母亲，曾经，还有一位父亲。爷爷养过一条西班牙老猎犬，你要是用一根手指指着它，它就会在你面前装死。不过只要一声轻轻的呼唤，它随时都会活过来。我们的父亲曾经是一位医生，他救过成千上万个人，可是有一天晚上，他离开家去照顾一个生病的小孩，从此便再也没有回来。好吧，我不记得我们有没有提到过这一点。是的，我们很想念父亲，也一直没能从悲伤中走出来。除此之外，这个世界上还有许多让我们害怕的事物，比如：细菌、不快乐的结局、母亲的啜泣。当然，这世上也有许多我们深爱着的事物，比如：钢琴、朱迪·嘉兰[①]，以及妈妈哭得没那么厉害的日子。可归根结底，我们到底是谁呢？我们之中有一个女孩是个完美的舞者，另一个正朝着“成为完美舞者”这个目标努力，可事实上，除了对世界充满好奇，这个女孩没有任何擅长的东西。我就是这个女孩。这就是我和珍珠。除此之外，我们还有什么可说的呢？

以上的信息已经足够让这些女孩满意。她们也七嘴八舌地说起了自己的故事。

“在这里，我们可以得到更多的食物。”瑞秋是第一个开口的，她的脸色白得吓人，人们可以清楚地看见她皮肤下的血管。

“可这里的食物不符合犹太教教义，它们会从你的体内反噬你。”

---

① 朱迪·嘉兰（Judy Garland，1922—1969），美国女演员及歌唱家。

瑞秋的双胞胎姐妹严肃地说。

“我们没有剪头发。”谢琳说着扯了扯她的辫子。

“除非我们的头发生了虱子。”谢琳的双胞胎姐妹补充道。

“我们还可以穿自己的衣服。”一个俄国姑娘说。

“可那些人会在我们的衣服后面放十字架。”她的姐妹说。这个姑娘转过身子，让我看她裙子上耀眼的红色十字架。可我根本不需要看，我自己的肩膀中间也别着一个十字架。

孩子们突然安静了下来，大家陷入了沉默。这些双胞胎姐妹面面相觑，她们的表情像是在说：除了食物、头发和衣服，我们一定还有别的东西可以说。这时，我们底下的床铺传来一个声音。我们弯下腰，想看看是谁在说话。可是那个女孩和她的姐妹蜷缩在一起，把脸扭向冷冰冰的砖墙。我们没能看见她的脸，但却永远忘不掉她说的话。

这个看不见的陌生人说：“为了我们，那些人会保护我们家人的安全。”

听到这句话，所有女孩都赞同地点了点头。大家又开始了新一轮的讨论，祝福对方的家人平安，不用像大多数人那样，遭遇各种各样的不幸。这样的气氛也感染了我和珍珠。

我不想问那么明显的问题，于是掐了珍珠一下，让她替我问。

“可是我们为什么比其他人重要呢？”珍珠的声音越来越小。

我们的耳边瞬间响起了一片回应，包括双胞胎的用处和卓越之处，她们的纯洁、美丽等等。可惜没有一句话是有道理的。

还没等我想明白，布洛科娃就走进了屋。她是被派来看管我们的。这个女人体格非常健壮，生得虎背熊腰，我们都在背后叫她“人形公牛”。她的长相也十分滑稽，像是一个戴了假发的衣柜。她常常会火冒三丈地大声咆哮，用力地跺脚，鼻孔里好像要喷出火来。这更是激起了我们的反抗之心。我和珍珠第一次见到她的时候，她只是从门外探出头，一半身子还笼罩在夜色中。我们的问题显然让她有些不高兴。

“我们为什么要管这个地方叫‘动物园’？”我问，“这是谁决定的？”

公牛耸了耸肩，撇着嘴说：“答案难道还不够明显吗？”

我表示答案在我看来并不明显。爷爷告诉我们，动物园是用来保护动物，同时向人类展示生物多样性的地方。而这个地方显然是在进行某种怪异而邪恶的收藏。

“这个名字能让门格勒先生高兴。”公牛只回答了这一句。接着，她说道：“在这里，你是找不到多少答案的！去睡觉吧！这是你唯一能做的。你们最好规规矩矩的，你们不睡，我还要睡觉呢！”

我们要是能睡得着才好呢。这里的黑暗比我想象的更暗，难闻的气味涌进我的鼻孔，挥之不去。底下的床铺飘来一声痛苦的呻吟，门外还时不时传来骇人的犬吠声。我的胃不停地咆哮着，难受极了。为了让自己好过一些，我玩起了我和珍珠最爱的拼字游戏，但是卫兵们的喊叫声总会打乱我的拼写。我想让珍珠和我一起玩，可她一心想着砖缝里的蜘蛛网，故意不听我的问题。

“你愿意做一只知道什么时候是好时候的钟表，还是一只会唱歌的钟表？”我轻声问。

“我现在再也不相信音乐了。”

“我也是。可这是不是意味着你想要做……”

“我干吗要做一只钟表呢？难道我只有这么一个选择吗？”

我真想对珍珠说，作为一个生命体，作为一个还算活着的人形生物，我们必须把自己想象成一件物体。只有这样，我们才能够挺过去。我们必须把真实的自己隐藏起来，等到这个世界真正安全以后，再找回自我。可我没有说出口，而是问了另外一个问题。

“你愿意做一把钥匙，打开拯救我们的大门，还是愿意做一件武器，消灭我们的敌人？”

“我愿意做一个真实的女孩。”珍珠语气冷淡地回答，“像从前那样。”

我想说，玩游戏就能让她感觉自己是真实存在的，可事实上，我也不能确认这一点。纳粹给我们印上的数字让我们的生活变得模糊不清。在黑暗中，这些数字是我唯一能看见的东西。更糟糕的是，我们无法对这数字视而不见，不能一厢情愿地认为它们很快就会消失。我身上的数字有些花了。我又是蹬腿又是吐口水，那些人不得不将我牢牢按住，终究还是在我身上印上了数字。珍珠身上也被印上了数字。比起我自己身上的数字，我更讨厌她身上的数字。因为这代表着我和她从此变得可以被区分了。一旦我们可以被区分，终有一日，也许真的会被迫分离。

我告诉珍珠，一旦有机会，我就会帮自己文身，让我们再次变得一致。可珍珠只是像往常那样叹了口气。

“别再说梦话了。你哪里会文身呢？”珍珠说。

我对她说，我其实非常会。在格但斯克市的时候，一位水手曾经教过我。我还用墨水在他左臂的肱二头肌上文了一只锚。

没错，我就是在撒谎。不过事实上，这也不全是谎话。我的确见到过锚状文身。一年夏天，我们在海边消夏的时候，我花了好长一段时间观察一家文身店里的雕刻有燕子与船只的灰色壁龛。我仔细观察过那里的文身针，深知那小小的针尖能点燃一个人的梦。

“总有一天，我会让我们再次变得一样。”我坚持道，“只需要给我一根针和一点墨水。既然我们在这个地方能够享受特殊待遇，那我一定有办法弄到这两样东西。”

珍珠绷着脸，转过身背对我。床板被压得“吱”了一声。她手肘冲上，正好戳中了我的肋骨。她是不小心的，珍珠从不会故意伤害我，因为这也会让她受伤。这一戳是她对我最严重的一次冲撞。我们从来不会给对方造成痛苦。我们别无选择，因为我与珍珠心心相印。而我知道，在这个地方，我们必须在痛苦到来之前，想办法让我俩不要再那样“感同身受”。

就在我意识到这一点的时候，房间另一头的一个女孩擦出了一道火花。她找到了一只珍贵的火柴盒，然后擦亮了火柴，为大家表演影子秀。就在昏昏沉沉即将入梦的时候，我们突然见到墙上投射出一些影子。它们两两依偎在一起，仿佛要一起走向一座能为它们提供安全的，看不见的方舟。

这些影子里有多少个小世界啊！它们蹑手蹑脚地爬上那一座方舟。这一刻，没有一个生命是渺小的。水蛭有自己的声音，蜈蚣迈着无数条腿自在地爬行，蟋蟀愉快地唱着歌。沼泽、高山和沙漠里的动物在阴影中低头、蠕动、发起突袭。我偷偷地给它们分类。动物们两两一组，这让我感觉很愉快。可是它们的旅途很快就要结束了，火光暗了下去，墙上的影子变得歪歪斜斜。它们的背上隆起一个个“驼峰”，四肢逐渐脱落，脊椎也融化了。它们的形状开始改变，样子变得有些可怕，最后连自己也不认得自己了。

尽管如此，只要火光没有熄灭，墙上的影子就不会消失。这其实挺有意义的，不是吗？

珍珠

第二章

新来者

斯塔莎不知道，从一开始，我们就不仅仅是简单的我们。我比斯塔莎大十分钟，这已足够证明我与她是多么不同。

然而进入门格勒的动物园之后，我们的不同越发地显露了出来。

举一个例子：进入这个地方的第一个晚上，投射在墙上的一排影子让斯塔莎感到安慰，而我却丝毫无法从中找到安慰。火柴照亮了一些东西，可它同时伴随着将死之人的呜咽。斯塔莎有没有向你们提到那个濒死的女孩？

那天晚上，除了我和斯塔莎，我们的床上还躺着一个孩子。一个发着高烧，舌头发黑，如蝼蚁一般的女孩。这个显然将不久于人世的女孩蜷缩在我身旁，与我脸贴着脸。做出这样的姿势可不是出于亲密，仅仅是因为我们的床还不如一个火柴盒大。我常常希望这个失去了姐妹，又没人知道她名字的女孩能因为我的陪伴感到一丝安慰。我必须让自己相信，她之所以把她的脸贴在我脸上，并不仅仅是因为我们的床板太窄。

那个女孩渐渐没有了动静。她刚一咽气，我们底下那一床的双胞胎姐妹，斯特帕诺夫家的艾丝菲尔和妮娜就跳到了我们的床上，将那个女孩身上的衣服扒掉。她们娴熟的动作让我深感不安。这两个女孩似乎一辈子都在从死人身上扒衣服。艾丝菲尔开心地拿着那个女孩的毛衣在自己的肩膀上比画，妮娜也飞快地将女孩的羊毛衫套在自己身上。我一定是没能控制住自己的表情。艾丝菲尔大概看到了我一脸不高兴的样子，顺手将女孩的长袜塞到我手上。那个女孩发青的脚指头就在我的鼻子下面。这对姐妹想要借此平息我的怒气。我一把甩开了这所谓的礼物。这个老手，或者叫“老油条”，轻蔑地冷哼了一声：“呵，*新来的*。”

要不是因为我身边躺着个死人，我一定会为自己辩护。可是那一刻，我根本顾不上这些。这对姐妹交换着狡猾的眼神。这时，赛菈菲玛对我眨了眨眼，似乎是在对我说，她是站在我这一边的。抢掠搜刮完毕后，她们一个抱着那女孩的头，一个拖住她的脚，默契地轻轻一用力，就把这瘦骨嶙峋的女孩抬了起来。

“我愿意让她躺在这里。”我伸出手，把手放在女孩仍然温暖的胸脯上。

“可是她已经死了。”斯特帕诺夫家的双胞胎姐妹说，“你难道看不见吗？她死了！”

“那又怎样？无论是生是死，她都需要一个睡觉的地方，难道不是吗？”

“新来的，你这是在破坏规矩。”

“什么规矩？”

然而她们正忙着把女孩的尸体拖到梯子下面，根本顾不上回答。这时，有人擦亮了一根火柴。火柴将一些小动物的影子投到墙上，同时把床下面照亮了。我倒宁愿现在一点光也没有。因为我看见，当那个女孩的尸体被重重地扔在地上的那一刻，她的眼睛突然睁开了。所有的孩子都扭过头，不愿看到这一幕。可我看着那个女孩散在地板上的头发，望着她被人拖到门外。我目不转睛地看着这一幕，想要在女孩消失之前记住她的眼睛。

她的眼睛应该是棕色的，和我一样。可我们在一起的时间实在太短了，我也记不太清楚。

我只记得那对双胞胎有多么卖力。过了一会儿，她们再次回到屋内，拍掉了手上的泥土。妮娜穿着新毛衣，高兴得不停地转圈。艾丝菲尔则忙着扯掉偷来的毛衣上的线头。两件新衣服让这两个女孩有了新的活力。妮娜慢悠悠地向我们走来，把手上的一捆东西塞给斯塔莎。

“这袜子归你了。”她拍了拍我的妹妹，“你就别装得那么道貌岸然了。”

她把这对长袜放在斯塔莎的大腿上。斯塔莎没有伸手去碰，只是任它们软塌塌地搭在自己腿上。我让她把袜子还回去。可惜斯塔莎从来不肯好好听别人的话，同样也不肯听我的。她把袜子套在手上，像是在戴手套。这样的举动倒是让妮娜更高兴了。

“你倒是挺聪明的。”妮娜颇为满意地说。说完，她和她的姐妹又回到底下的那张床上。这两个秃鹫一样的女孩在她们的干草垫子上翻来覆去，显然又在秘密地讨论着她们的下一个猎物。

我看得出来，这里的人之所以能够活下来，都是因为她们还有为自己谋划的心思。我和斯塔莎必须划分一下我们各自需要承担的生活中的责任，这种划分对我们来说其实习以为常。于是，在这熹微的晨光中，我们做出了如下划分：

斯塔莎负责有趣的、未来的和糟糕的事。我负责悲伤的、过去的和开心的事。

这样的划分的确有交叉，可我们一向不在意这交叉。这在我看来其实挺公平的，可是当我们划分完毕后，斯塔莎又开始反悔。

“你分到的东西没有我的好。”她固执地说，“我要和你换。我要负责过去，你来负责未来。未来是有希望的。”

“我没问题的。”我说。

“不，我要你负责未来。我已经有了‘有趣’，就应该把‘未来’给你。这样才公平。”

小时候，我们每天一起学走路，学说话，一个人笑的时候，另一个人也会跟着一起笑。一时间，我沉浸在回忆里。就在我好不容易开始平静的时候，公牛出现了。她的出现再次唤起了我们的恐惧。公牛披着一条棕色的斗篷，看起来冷酷而能干。她从那个以泥土做衣裳的女孩的尸体旁走过，一言不发地将女孩的尸体拖回我们的床边，让她靠在我旁边。公牛把女孩冰冷的双手放在平坦的胸前，然后把她的双腿交叉在一起。看着公牛认真的样子，不知道的，还以为她是在为哪一位贵客摆放房间内的鲜花呢。

屋子里的女孩们一个个都装作什么也没看见，没有一个人敢吱声。不过公牛本来也没指望有人吱声，她只是想要吓唬我们。“我劝你们这些小丫头给自己找些别的乐子。你们知道门格勒先生每天早上都会清点动物园里的孩子。这具尸体要是再被人拖走——”

她没有说完，故意让我们想象可能出现的结果。她知道这样做更吓人。公牛的任务完成了。她转过身，棕色的斗篷夸张地飘在空中。她大步流星地朝门口走去，其间停顿了一会儿，收走了演影子秀的女孩的火柴。我们再次陷入了黑暗中，不过倒也不算太暗，足够我们看清旁边的这具尸体。

“哪怕去世了，她看起来仍是一副饥肠辘辘的样子。”斯塔莎说。她用套着袜子的手指戳了戳女孩的脸：“你说，她现在还有没有感觉呢？”

“人死了以后是不会有感觉的。”我说。可我自己也不确定这一点。如果说这个世界上有一个地方，连死人也会感觉痛苦，那这个地方一定是我们所在的动物园。

斯塔莎摘掉手上的袜子，想要把它们套回女孩的脚上。先是左脚，然后是右脚。

一只袜子卡在了女孩的小腿上，另一只则被顺利地拉到了膝盖上方。不对称的袜子让斯塔莎有些受挫。她用力地拉那只羊毛袜，想要让两只袜子变得对称。我不得不提醒她，这两只袜子本来就是不成对的。这个世界上就没有一件事是确定的，我们能做的只有设法让它们尽量完美。

斯塔莎盯着袜子上的一个小洞出神的时候，我轻声对她说：“拜托了，把过去让给我吧。我愿意接受过去和现在，就是不想要未来。”

于是，我承担起了时间与记忆的守护者的身份。从那一刻起，确认我们在这个地方熬过了几天，成为我一个人的责任。

1944年9月3日

在我的上一段人生中，我通常是我们姐妹中话更多，也更加外向的那个。一直以来都是我在想办法解决麻烦，是我负责同邻居及长者谈判。这样的角色很适合我。我是所有人的朋友，也是我们姐妹中的代表。

可是没过多久，我们就发现，在这个新世界里，斯塔莎才是那个更善于交流的人。她变得那么勇敢。微笑的时候，她的嘴角透露着坚毅，走路的时候，她的姿势近乎招摇，像电影里的牛仔，也像漫画书中的主人公。

我们来这里的第一个早晨，她的嘴几乎一刻也没有停下来。她把所有能想到的问题都问了个遍，想要借此让我们更快地适应这个地方。第一个遭到她“盘问”的人是魏林格斯瓦特，也就是“双胞胎之父”。双胞胎之父看得出我们对他的身份有些好奇，可他不愿意多做解释，只说动物园里的孩子们都这样叫他。他还告诉我们，用不了多久，我们就会发现，所有人在这里都会得到一个新的名字和身份，无论是儿童还是成年人。

“我们什么时候可以见我们的家人？”双胞胎之父记录门格勒所

需的信息时，斯塔莎又问了一句。双胞胎之父当时正坐在男生宿舍后面的木箱子上，他的脚下躺着一个小地球仪。这个小小的“圣物”原本被放在库房内。我真嫉妒这个地球仪。它可以从一个营区到另一个营区，我们却一直被关在动物园内，哪里也去不了。一个叫作皮特·亚伯拉罕的男孩，被门格勒看作是有一些学问的人，于是被任命为医生的信使。正是由于这个特殊身份，他可以把这个小地球仪藏在大衣里面，像个奇怪的孕妇一样，乘人不备时把它偷走。皮特早晨和晚上都会去偷，还有一次，地球仪又被卫兵偷了回去。就这样，地球仪被传来传去，时间一长，上面的图案已有些磨损。地球仪上被磨出了几个小洞，国界线变得模糊，各个国家的颜色也淡了下去。尽管如此，它依然是一座地球仪，依然是一件有用的东西。因为有了它，接受“盘问”时，我们可以将目光落在它，而不是双胞胎之父的脸上。虽说在我看来，这二者的外观其实没什么区别，都是一副饱经风霜的样子。

“你们可以在假期的时候看望家人。”双胞胎之父淡淡地说，“不过只要门格勒开了口，你随时都能见到你的家人。”

双胞胎之父那一年二十九岁。他是捷克军队的退伍老兵。他的言行举止仍然像一位军人，却透露着一种深深的疲惫感。门格勒对他的军人身份和那一口流利的德语刮目相看，于是委托他看管男生宿舍，处理新来的双胞胎们的文件资料。这些文件之后会被送到柏林的威廉皇帝研究院的遗传学家手上。

门格勒做过的唯一一件好事就是起用了双胞胎之父。男孩们爱极了他，听他讲课的时候，他们总是紧紧地依偎在他身旁。双胞胎之父教的主要是地理和德语，他还会和男孩们一起踢破布制成的足球。新生双胞胎宝宝的妈妈们获准住在动物园内照顾她们的孩子。这些女人会低声谈论双胞胎之父，称赞他将来会成为非常棒的一家之主。然而双胞胎之父对这样的赞誉不为所动，总是一副温和而睿智的样子。男孩们拥有这样好的伙伴，这让女孩们感到非常嫉妒，因为她们只分到了公牛这样的监护者。我们无法从公牛口中得到任何消息。从营区内的其他女孩口中，我们得知门格勒的动物园附近曾是吉卜赛人的营地。而现在，吉卜赛人已经一个也不剩了。最后一个吉卜赛人被杀害于1944年8月2日。营地的当权者们认为他们有必要将吉卜赛这个族群连根拔掉，于是在他们之中散播传染病，并掠走他们的食物，让他们活活饿死。这个族群的灭亡与食物的短缺其实没有关系，大人们总愿意为孩子们勒紧裤腰带。可是吉卜赛人愿意一整天唱歌跳舞，也不愿意处理他们的污秽。解决这个问题的唯一办法，就是消灭这个族群。

有传言称，门格勒当时曾想过介入此事。然而这是真是假，根本无从得知。我们只知道吉卜赛人遭遇了毒气，而我们，奥斯维辛的双胞胎们，却侥幸活了下来。我们搬到这个地方以前，这里是德国人用来堆放死人和将死之人的地方。这个地方一会儿塞满了人，一会儿又被清空，这样的过程可怕地重复着。这就是我们对这个地方最直观的了解。

透过十三英尺高的铁丝网，我们能看见远处白桦树的树枝，还能看见隔壁营区的女性囚犯。女孩们要是在这些人中看见了她们的母亲，就会偷偷地把自己的面包扔给她。我们的食物配给量比其他营地高得多。每个星期二、星期三和星期六，我们都会被带进一座二层的实验室，能看见实验室里的东西。不过除此之外，我们就看不到其他地方了。

如果有人私自把我们带去其他地方，他们恐怕就能见识到奥斯维辛的威力。我们从来没有见到那个被称作“加拿大”的营区。那个营区有一排仓库，里面塞满了抢掠来的物品，囚犯们以一个国家的名字给它命名，是因为那个国家在他们眼里代表着富足与奢华。加拿大营区的建筑里堆满了我们先前的所有物：我们的眼镜、大衣、工具、行李箱，所有的东西，甚至包括我们的牙齿、头发以及任何身为一个人类所需的必需品。我们看不见囚禁犯人的桑拿房。在那里，他们被剥掉衣服，清洗干净，然后被送进一排白色的农舍里。我们同样看不见纳粹党卫军奢华的总部，据说，那个地方常常会举办派对，泡芙营地内浓妆艳抹的女人们会去那个地方跳舞，然后坐在纳粹们的大腿上。我们没有看见那一切，因此对自己说，我们所见到的，就是最糟糕的。我们无法想象这个地方的人们经历着怎样的折磨，不知他们的家人是怎样被一个接一个地夺走，他们的村子又怎样在一夜之间遭到屠戮。

我们搬到这个地方的第二天，双胞胎之父便来登记相关信息。他的表情冷酷而理智，但调查期间也浮现出了一丝不确定。他似乎将每一个问题都当成了至关重要的问题，并认为这将对我们的人生产生重大影响。我看见他的手游离在一个个小方格间，最后标注了一个代表着不确定的记号。

“告诉我，你们之中谁是姐姐？”他问。

“这重要吗？”斯塔莎向来不喜欢这个问题。

“对他来说，所有的信息都是重要的。我有一个姐妹，玛格达，我从来不知道她是我的姐姐还是妹妹。可是为了让他高兴，我对他说玛格达是我的妹妹。告诉我，珍珠，你们谁是姐姐？”

“我是姐姐。”我回答。

双胞胎之父与我继续交流，斯塔莎的交流对象则是米莉医生。米莉医生需要将孩子们全部的资料收集好，并送去实验室。米莉医生很漂亮，像一朵百合花。人们常常说，她是一朵冷峻且让人深思的花。她让我想起了我妈妈。与妈妈一样，米莉医生也有着一头乌发，一对硕大的眼睛和一张有点歪的嘴。不过她的样子更像个洋娃娃，她的表情与其他人都不一样，那么遥远，那么有距离感。她似乎是深潜于水底的人，只是淡淡地观察着水面上的骚乱与波动。

然而比米莉的美貌更值得关注的一点在于，门格勒居然没有染指这一份美丽。进入门格勒视线的美人大多都遭遇了重大的改变。他无法容忍她们的美貌，于是给了这些美人两条路走，分别是——“艾比之路”和“奥莉之路”。选择艾比之路的人踏入营区的那一天也许很美丽，可是刚到第二天，你的美丽就会不复存在。门格勒会让你的肚子鼓起来，在你的腿上抹上难闻的酱料，他还会在你的皮肤上滴蜡，烧烂你的皮肤。选择奥莉之路的人可以工作，你将倚靠在窗户上，像一只毛色绚丽的小鸟一样，听着一位女士和门外的男人讨论你的身价。而米莉医生是一位让门格勒敬佩的犹太医生，她的境遇是所有人之中最为不同的。

艾比和奥莉是米莉医生的姐妹。她不能经常看见她们。谁要是想惹得米莉掉眼泪，只需要在她耳边提到艾比和奥莉就行。门格勒就钟情于这样的鬼把戏。一旦他对米莉的实验不满意，或者想要强迫她做某事的时候，就会这样做。之后的日子里，我经常会看见这样的场景。不过我们到达营地的第一天，营房内只有米莉医生，她只是个为我们制作档案的医生。

“我们什么时候才可以离开这个地方？”斯塔莎向米莉医生问道。

空气凝固了。米莉医生与双胞胎之父交换了一个眼神，过了好久才回答：“一定有办法的。”我很清楚，大人们听见一个听过许多次，却一直未能找到答案的问题时，就会用到那样的眼神。“我们有这样的计划，可现在还不……”

米莉医生没有说完，因为一个怀抱着婴儿的女人出现在了门口。她的手上抱着两个灰布包的襁褓，两个婴儿的脸被布盖住了。

动物园里来了双胞胎婴儿的时候，他们的母亲偶尔可以留在园内照顾。克罗蒂尔德就是这样一位母亲。所有人都知道克罗蒂尔德的丈夫，因为他曾经杀死过一个纳粹党卫军。他从那个卫兵手上夺过一把手枪，给了他致命的一枪，还差点带来了一场革命。这场暴乱结束之前，他干倒了三个卫兵。后来，他被施以绞刑示众。这场刑罚并未唤起人们的恐惧，反而造就了一个英雄传说。他的孩子们将永远为他们的父亲感到骄傲。多亏了父亲的好名声，这两个孩子的日子显然比别的孩子好过一些。他们小声呜咽，用力蹬着小腿，想要踢掉那脏兮兮的襁褓。他们的母亲将襁褓包得很紧，好像这样就能保护这两个孩子不受伤害一样。

斯塔莎凑到克罗蒂尔德身旁，想要瞧一瞧她怀里的小宝宝。我真怕斯塔莎会请求克罗蒂尔德让她抱一抱孩子，因为斯塔莎总觉得自己能做一些她根本做不好的事情。不过谢天谢地，她关心的只有自己想问的问题。

“我们吃什么呀？”她向克罗蒂尔德问道。克罗蒂尔德把一个孩子交给想要欣赏孩子的米莉医生。我看见米莉医生碰到孩子的一刹那，整个身体都僵直了。然而克罗蒂尔德似乎没有注意到医生的反应，她用苦涩的语气回答：

“我们吃的是算不上汤的汤。”

“我从来没有听说过这种汤。那是什么汤呀？”斯塔莎问。

“今天吗？我们今天喝的是煮树根。明天？明天还是煮树根。后天？依然是煮树根。你觉得这汤听起来怎么样？”

“这道汤听上去的确很可怕。”斯塔莎朝两个宝宝使了个眼色，“不过好在你的双胞胎宝宝用不着喝那样的汤。”

“那咱们就祷告上苍，求他再赐给我们一些好运吧。”克罗蒂尔德说，“你的祷告要是没能应验，那就把这祷告当作食物吧。祷告本身就可以让我们感觉饱腹了。”两个小宝宝似乎听出了这话多么荒唐，刚才的低声呜咽瞬间放大成了能将人的耳膜刺穿的哭号。

“我们不做祷告。”斯塔莎抬高音量，想要盖过孩子的哭声。

的确，自一九三九年九月十二日起，我们就不再祷告。与许多停止祷告的人一样，我们经历了一次家庭变故。那一周，我们祷告得比任何时候都要多，接下来的一周也一样。我们就这样不停地祷告着，直到最后完全断了这念头。风铃草的嫩芽冲破泥土，探出头的时候，也是我们的祈祷被深埋进土里的时候。

我不打算向克罗蒂尔德解释这些，她的眼角眉梢已经透露出鄙夷的神色。她用围巾盖住两个孩子的脑袋，似乎想要让他们远离没有信仰的人。

“等你真正饿到不行的时候，就会改变这种想法的。”她低声说。

说完，她和双胞胎之父用捷克语简单地说了几句话。我们听不懂捷克语，然而从他们的语气和几个简单的词汇中，我听得出他们是在争吵。除了恼火，米莉医生的脸上还透露着痛苦与恐惧，这表情简直像一个眼看着自己的父母吵得不可开交的孩子。她退后一步，远远地望着这两个人。

“不过……”米莉医生对我们说。她必须大声喊，我们才能听见她的话。她的话语中显然带着将要赢得辩论的笃定。她说：“你们也许不做祷告，可你们会许愿。对吗？待在这个地方，你们一定有许多想要实现的愿望。”

她表现得那么淡定，那样有经验，我惊讶地发现，米莉医生在动物园内很重要的一项工作就是调停纠纷。她做得很不错。克罗蒂尔德往地上吐了一口唾沫，这代表着她已经投降了。我看见双胞胎之父的脸上浮现出一丝笑意，他似乎对这样的结果非常满意，又回到我们的小问答里。

“你们原先住在哪里？”他继续问道，“还有没有别的兄弟姐妹？你们的父母都是波兰裔犹太人吗？你们出生时是顺产还是剖腹产？有没有出现并发症？”

我们一一回答了双胞胎之父的问题。他的钢笔飞快地在纸上游走。就在他快要问完的时候，一队士兵从我们身旁经过。他们的大靴子扬起了一阵尘土，还惹得附近的狗一阵狂吠。克罗蒂尔德怀里的宝宝哭声都小了一些。双胞胎之父用手托着脑袋，人们还以为他就要永远地睡过去。我们听说，在这个地方经常会有这样的事情出现。我们盯着双胞胎之父的少白头看了一分来钟。他突然抬头望着我们，瞬间清醒了过来。

“很抱歉，”双胞胎之父挤出一个苍白的笑容，“我的钢笔没墨水了。钢笔经常没墨水，经常——”他停顿了一下，似乎又陷入了自己的思考中，可他很快调整了过来。他对我们挥了挥手，这一次，露出了一个大大的笑容：“你们走吧，到点名的时候了。”

我们于是转过身。可就在我们准备离开的时候，双胞胎之父又让我们等一等。他直勾勾地望着我们的眼睛，让我们认真听他接下来的话。这段话，他显然已经重复过许多次。

“你们入园后的第一项任务就是牢牢地记住其他孩子的名字。新孩子入园的时候，你们也要把他们的名字记在心里。哪个孩子要是离开了我们，也请你们记住他们的姓名。”

我发誓我会记住这些。斯塔莎也发誓。然后，她问起了双胞胎之父真实的姓名。

双胞胎之父没有回答，只是低头看着手中的文件，看了足足一两分钟。他小心翼翼地组织语言，却不知要如何回答。他用墨水笔记录信息，并将一些小格子涂黑，可他仿佛也把自己的世界涂黑了。就在我们久等无果，打算放弃答案的时候，他抬起了眼皮，对我们说：

“我曾经是维兹·辛格尔。不过如今这已经不重要了。”

我们在晨光下排好队，等待点名。我们不停地吸鼻子，想要甩掉冲进鼻腔内的尘土与恶臭。九月的天依然炎热，热浪与沙尘让我们几

乎晕倒。这次点名让我见识到了门格勒全部的主题：多胞胎、巨人、侏儒、缺手缺脚的人以及长相类似于雅利安人的犹太人。有些人认为我们是无辜的，也有人不这样想。不知道要过多久，人们才会不再把我们看作新来的人。我们尽最大的努力忽略人们向我们投来的目光。我们早餐的时候可以吃到面包，还能喝到算不上咖啡的咖啡。我把大部分的面包都给了斯塔莎，却大口地喝光了杯子里的咖啡。这咖啡酸得很，斯塔莎说，肯定是有人从河底下捞出一只旧鞋子，然后用它煮了咖啡。咖啡刚入喉，斯塔莎就立刻感到不适，一下子把咖啡喷了出去。不幸的是，拉比诺维茨一家人当时正巧站在斯塔莎喷咖啡的地方领早餐。斯塔莎无意间喷溅出的咖啡正巧落在他们家长子的西装外套上，而这无疑冒犯了他。

拉比诺维茨一家都是侏儒，他们的大家长随身带着一根表演用的指挥棍。这一家人都穿着天鹅绒和丝质的表演服装，衣服上镶有流苏花边和金线。他们家的女性都把头发高高地朝上梳，男性都留着波浪式的大胡子。长长的胡子飘在身后，像是游行队伍中的旗帜。我不是个过度悲观的人，但是仅凭这一家人招摇的样子，我就看出他们为什么这么惹人厌。一、除了这一家人，奥斯维辛哪里还找得出一户完整的家庭？二、门格勒的关注让他们享尽了优待。这份关照不仅让这家人有了高人一等的心态，同时让他们获得了一间位于医务室内的宽敞房间。那间房里有铺着蕾丝桌布的桌子，挂着粉红薄纱窗帘的窗户，绘有柳树图案的一整套茶具，豪华的迷你皮革扶手椅。门格勒甚至给了他们家最大的儿子米尔克一台收音机。米尔克常常会跟着收音机里的音乐一起歌唱，就算是没有歌词的纯音乐，他也可以自己想词儿。

斯塔莎正是把咖啡喷在了这个人身上。

“*新来的*，你吐的东西，你自己负责。”米尔克咬牙切齿地说。

我赶紧道歉，想要擦掉米尔克大衣上的唾液。然而米尔克抽身一躲，像是受到了羞辱一样，从帽檐上抽出一块布自行清理。斯塔莎将他的这一系列举动看在眼里。她仿佛着了魔一样，一对眼睛睁得老大，像是要更清楚地观察这奇怪的一幕。她的态度真是荒唐。

“你以前从来没见过我这样的人吗？”米尔克说。

“当然见过，”斯塔莎撒了个谎，“我们去看过表演，看过很多表演。我们以前经常去剧院，见过整整一团像你这样的人。”

我真不知道她这些谎话是从哪里编出来的。她撒起谎来那么自然，好像天生就有捏造事实的本领。斯塔莎的谎话让我有些紧张，可她似乎很清楚要怎样对付米尔克这样的人。听了斯塔莎的话，米尔克绷紧的神经瞬间放松了。他原本握成拳头的双手也自然地垂在身体的两侧。他脸上厌恶的表情消失了，露出一张英俊的脸。这张脸是姑娘们读爱情小说时想象的男主人公的脸。米尔克大概也知道自己有多好看，他向斯塔莎做了一个绅士的致敬。我本无意看到这一幕，这种感觉就像是撞破了别人的隐私，让我涨红了脸。

“你看上去涉世未深。”米尔克对斯塔莎说，“可我相信，尽管你的年纪不大，却有可能是剧院的常客。话说回来，你本人有什么过人的天赋吗？”

“我姐姐是一名舞者。”斯塔莎说。像往常一样，她虽然是在介绍我，手指的却是她自己。我抓住她的手指，把它撇向了我。

“噢？是吗？”米尔克的目光落在了我身上，“你在哪里跳舞呢？

我们能不能合作？医生很喜欢看表演。我们偶尔会为他本人或他的朋友们献上私人表演。你知道舍尔吗？他是医生的老师。没错，门格勒这样的人也是有老师的。你如果是一位很棒的舞者的话，也许也可以做我的老师呢。”

他即兴跳了一段吉格舞，舞步结束的时候，他骄傲地对我鞠躬致意。

“我的家族一直以来都很会跳舞。我的祖母与你一样，是一位高个子的女士。我们到处表演跳舞，给国王和皇后舞蹈助兴，也为他们讲笑话。你想不想听个笑话？你喜欢什么样的笑话？”

我们还来不及回答，一个脸色煞白，头发花白的女孩就降临到了这个小人国。在白炽灯的照射下，这女孩更是白得可怕，像是毫无生气的冬天。她一个俯冲，狠狠地揍了米尔克一下，米尔克嚎叫的时候，这个女孩又在他的小脚丫上踩了一下。她高声质问米尔克，虽说我和斯塔莎是新来的，可他凭什么自认为比我们、比高个子的人高贵？斯塔莎想要插嘴，想要说米尔克并没有让我们感到不快。但这个无礼的天使沉浸在自己的情绪里，根本听不进别人的话。她追在米尔克后面，好几次踩住他的鞋跟，并几次用石子砸中了他。

“你这个丑妖怪！你以后睡觉的时候小心一点！”米尔克大声喊完这句就躲进了男生宿舍。

“那你就试试看啊，小蝌蚪！”白发女孩也大声喊道，“我倒想看看你能拿我怎么着？那些人都不能让我屈服，就凭你？我每天一睁开眼就做好了要爆炸的准备。我的体内都是毒药。我充满了力量，满脑子都是复仇的点子。你试试看啊，看看你能不能让我更加痛苦！有本事你就试试！”

这一场“战争”结束后，天使的脸上洋溢着胜利的光芒。天使穿着一件曾经是白色的丝质睡衣，她拂去睡衣上的灰尘。天使的身材又高又瘦，像一根盐柱。她眼睛上的一大块淤青让她看起来像是一只熊猫。这淤青本来就够奇怪的，更何况她的眼睛还像玫瑰一样红。

这个女孩的名字叫作布鲁纳。至少，她那段时间叫的是这个名字。卫兵们给她取了这么一个残酷的名字，在德语中，“布鲁纳”的意思是：深色头发的白人女人。为了自己好，布鲁纳接受了这个名字，并淡化了其中的恶意。

“呸，这帮小侏儒。”布鲁纳轻蔑地说，“这些小怪物哪一天要是落到了我手上，我肯定不会让他们好过。哪怕是巨人我也不怕。你同意我的话吗？”

我正准备与她争论，斯塔莎却抢先说：“你眼角的淤青是怎么回事？”

布鲁纳骄傲地指了指眼角的紫色漩涡。

“这是公牛给我的。因为我和她顶嘴。可是明明是她先挑衅我的。这要是在我的家乡，我的人一定会给她点颜色看看。我只要一声令下，他们就会为我拼命。可是在这里，我没有自己的人。我真怀念从前的时光。我不是什么领导型的人，可我是个不错的大盗，体面的大盗。最开始是扒口袋，后来发展到持械抢劫。猜一猜我最大的收获是什么？”

“你偷走了一栋房子？”

“怎么可能？谁能偷走一栋房子呀！”

“可是我们的房子就被人偷走了呀。”斯塔莎说。

“是啊，我的房子也被偷走了。”布鲁纳说，“你们两个小不点还算聪明，不过我偷走的不是别人的房子。我偷的东西比房子还厉害，因为房子不是活物。猜猜我偷了什么！好吧，我知道你们不会猜的。那我就直接揭晓了，答案是天鹅！我从乌克兰奥萨德的动物园里偷了一只天鹅。我到池塘边抓了一只天鹅，把它塞在大衣底下。我那时候穿的衣服都挺宽大的，可是再宽大的衣服也不可能塞得下一整只天鹅。但那只天鹅的年纪比较小，个头也比一般的天鹅更小。其间，那只天鹅还咬了我几下。可是它和我一起回家之后，很快爱上了我们的生活。如果可能的话，我想它一定想要永远和我生活在一起。”

我们问布鲁纳偷天鹅对她而言有什么好处。一只天鹅又卖不了多少钱，这样的犯罪真有些奇怪。

“那些人正在清洗我们的城市，他们要把我们的动物全都杀光。那些士兵喜欢把我们的小狗一脚踢飞。不过有一些动物，比如马匹，会被那些人留下并据为己有。他们对我们的猫咪干的事更是恐怖。我不想让奥萨德城的美丽断送在他们手里。因此，当那帮人闯进我家的时候，我亲手拧断了天鹅的脖子。”

她两只手做了一个拧脖子的动作。从她的动作与描述中，我们很轻松地想象到她终结这个生命时的情景。我们仿佛听见了骨头破碎的声音，看见天鹅白色的长颈无力地垂下去。布鲁纳无疑也听见了这个声音，看见了这幅画面。她那对粉红色的眼睛已是一片晶莹。她赶紧把手插进口袋里，想要把这段暴力的回忆抛到脑后。她用睡衣的袖子擦了擦眼睛，然后勉强挤出一个笑容。

“可是我的朋友们——是的，我要和你们聊一聊我的朋友们。我们的人不多，但是会互相照应。就像我刚刚照应你一样。”

“我们会报答你的。”斯塔莎说。

“我相信你会的，”我们的天使说，“我说什么，你都会去做的。”

听到这话，我和斯塔莎的脸上一定流露出了警觉的神色。布鲁纳压低了嗓门，用两只胳膊揽住我们的背，把我们拉到她身旁。

“噢，别担心，”她低声说，“我不要求你们做太难的事，也不会让你们干坏事。我又不会让你们帮我杀人，只是想让你们偶尔帮我顺一些东西。在这个地方，你们能得到的东西远比我能得到的东西多，因为你们是双胞胎。你们就算偷了一整条长面包都不会受到惩罚，哪怕偷了一整桶汤也没人会拿你们怎么样！我曾经见到斯特恩家的三胞胎把一大块人造黄油塞进靴子里！我教她们如何顺东西，她们也常常与我一同分享。我指的顺东西其实就是偷东西。我们这样做是为了生存，为了交易，也为了给自己找乐子。没有了这点乐趣，我肯定会无聊死的。”

“在这么一个地方，人怎么可能会无聊死呢？人们总要应付最坏的可能性，哪里还有空无聊？”斯塔莎大声问道。布鲁纳听了冷哼了一声。

“你要是一辈子都得待在这个地方，每天都被人用注射器扎，就不会这样认为了。看见人们每天给你拍照片，画肖像，可你身边的人却一个个地被伤害，被杀死，你就不会感到奇怪了。”布鲁纳叹了一口气，一副没精打采的样子。郁闷了一小会儿之后，她又收紧双肩，努力挺直身子，对我们说：“我刚才给你们上了一课，作为回报，你们必须给我找些乐子。我需要找些乐子。更准确地说，我想要玩一些恶作剧。你们这些双胞胎最会恶作剧了。”

“你自己难道没有双胞胎姐妹吗？”斯塔莎惊讶地问。布鲁纳听了一阵狂笑，显然觉得这个问题愚蠢透了。

“你瞎了吗？我要是你的话，根本不会问这样的问题。要不然的话，我就得挨毒气了。”

“什么毒气？”斯塔莎问。

我们的“老师”突然沉默了，忧伤瞬间爬上了她的脸颊。

“别管这个了，”过了好久，布鲁纳才继续开口，“你们只要记住，永远不要让别人以为你们比自己本来的样子更加愚蠢、更加软弱，明白吗？”

布鲁纳把身子挺得笔直，显得十分有威严。她的手顺着脸部一直扫到臀部，给我们展示了她的肤色有多么白。

“你们从前有没有见过白化病人？”布鲁纳问，“我就得了白化病。这是一种基因突变。”

“也就是说，你和他其实没什么两样。”斯塔莎指了指米尔克逃跑的方向。我们正好瞧见米尔克的脑袋从营房的一角探出来，他显然是在偷听我们的谈话。见到自己被发现，米尔克吐了一下舌头，转眼又躲回了营房里。

“变种人！混球！臭虫！”布鲁纳大声骂了几句，然后对我们说，“不，我和他才不一样呢！我比他好多了！不过，我不像你们这样的双胞胎一样好。你们两个之中要是有一个人不幸去世了，门格勒一定会捶胸顿足，心痛不已。可就算这样，你们对他而言依旧不是人，只是个物件。不过和我们相比，你们可是珍贵的物件。你们就好比这个地方的大钢琴、貂皮大衣、鱼子酱。你们是很值钱的东西！而我们只不过是玩具笛子、粗帆布、大豆罐头。”

布鲁纳显然爱极了这一段演讲，她完美地概括了我们目前面临的困境。就在布鲁纳说完这段话的时候，一只黑色的苍蝇落在了她的鼻子旁边，惹得她又是一通乱骂。

“臭东西！”她尖着嗓子喊道，“寄生虫！坏东西！你也想让我仇恨自己的人生吗？”她追赶着那只苍蝇，却一个重心不稳，摔在一个白色的堆积物上。她倒下的时候，扬起了一阵尘土。我俯身对她伸出一只手，她却把我的手甩开，像着了魔一样出神地望着天空。这一天的天空并不是正常的蓝色，而是被大火烧过一样的灰色。

布鲁纳的眼神随着那只苍蝇飘到篱笆外头的田野上，怔怔地说：“和我说说，做一个被人看重的人，是一种怎样的感觉？”

我告诉她我不知道。这显然是个谎言。我很清楚被人看重的感觉是怎样的，直到妈妈和爷爷将这样的感觉带走。妈妈和爷爷离开之后，我依然能感受到自己是被人看重的。我明白，在斯塔莎眼中，我比她自己更加重要。可我不打算对布鲁纳吹嘘这些。布鲁纳看起来更疯狂了，整个人都开始颤抖。她右手的中指抖动得尤其厉害。布鲁纳指了指远方的一幢建筑。我后来才知道，那是门格勒的一座实验室。

“拜托了，”她恳求道，“等你明白那种感觉以后，请你务必形容给我听。”

1944 年 9 月 7 日

布鲁纳告诉我，面包能让人忘掉一切，那里面全是镇静剂。她说这面包会在我们的肚子里结成块，让我们的脑子一整天都浑浑噩噩的。我是负责时间与记忆的，所以我经常把自己的面包让给斯塔莎。我暗暗地认定，我和她之中必须有一个人尽可能地忘记我们经历过的一切。在布鲁纳的帮助下，就算不吃面包，我也能找到别的维持体力的办法。

布鲁纳管我叫“小不点一号”，管斯塔莎叫“小不点二号”。这代表我们是她的人。我不介意这种叫法，做布鲁纳的小跟班总好过做别人的小跟班。她教会了我各种有用的事，她教我如何用足球场里的野草做汤，如何在锅里炖草叶汤，怎样把锅藏起来。她还教会了我怎样讨好厨师，把物品带进厨房，然后为我们“换”一些东西。有时是一个土豆，有时是一个洋葱，一些煤炭，一些火柴，一把汤勺。布鲁纳为我缝了一个小麻布袋，把它系在我的腰间，让我更方便地顺东西。没过多久，我就往那个小小的麻布袋里装进了一整个世界。

不知道妈妈和爷爷会怎样看待我们和布鲁纳的关系。表面上，我害怕布鲁纳，但实际上，在心底的某个角落，我将布鲁纳当作了我们的家人。正因为如此，我们才会用无限的爱与感情回馈她。她喜欢我们的游戏。我们的小游戏比其他孩子钟爱的挖土游戏高级得多。虽说不擅长，但布鲁纳时刻准备着猜谜语，刺杀希特勒，进行生物分类游戏。对于某种生物高级于其他生物的原因，她有着奇怪的标准。

布鲁纳其实只有十七岁，却已经在奥斯维辛住了三年。在此之前，她在几座劳改营内待了好几个月。因此布鲁纳坚称她明白自己在说什么。她说，我们所在的营地比其他营地更高级。那些营地周围没有道路，唯一的混凝土只有几座塔，唯一的装饰就是插入云霄的枪支。

“这个地方更加文明，”布鲁纳经常这样说，“可这并不是一件好事。”

布鲁纳从不肯让自己闲下来，我们不是她唯一的朋友。她总在帮助某些人，折磨某些人，管每一个人的闲事。不过更多时候，她总是站在女子营房外的木桶上举目眺望。一切都躲不过她的眼睛。哪个护士要是想为医务室顺一点东西，布鲁纳会毫不吝啬地帮忙。哪一对双胞胎要是在欺负另一对双胞胎，布鲁纳就会帮忙教训他们。双胞胎之父要是想找一本书，布鲁纳就能把它找出来。而她要是碰上了哪个不善言辞的人，一定会让那个人敞开心扉，从此爱上交流。

可是永远不知安分的布鲁纳哪里会因为这么一点小事就满足呢？

“我好无聊啊，”我们进动物园的第三天，布鲁纳对我们抱怨道，“我已经让你们看到我的本领了，现在轮到你们了。”她用那只发红的眼睛看着我，“二号经常对人们吹嘘你的踢踏舞。”

“斯塔莎太夸张了。”我说。

“跳给我看看。”布鲁纳从木桶上夸张地跳下来，用命令的语气对我说，“我是欣赏艺术的人。我以前偷过一支画笔、一些芭蕾舞剧票，还从一间高级公寓里偷了许多瓷像。偷瓷像的那次，我被人抓到了，可是就算这样我也不害怕。我那一次可吃了不少苦头，也算是为艺术受了苦。你可不能拒绝我。”

她用期待的目光打量着我，还拿走了地上的几个石子，为我腾出一座舞台。她用石子去扔过路的人，没想到居然没扔中！布鲁纳是从来不会浪费任何潜在武器的。也许是因为她此时一心沉浸在更值得期待的东西里吧。

“好啦，珍珠。让我看看你是怎么跳舞的。让我暂时忘掉那些我想要忘记的东西吧。”

“我才不要在这种地方跳舞呢。”我坚持道，“谁会在这种地方跳舞？”

“你就当是为了将来出去的练习好了。”斯塔莎说。她弯下腰，又拾走了一块石子。“你可以为了未来而舞蹈。还记得吗，我可是负责未来的。”

“我不跳。”

布鲁纳架着胳膊在一旁观察我们。这一幕似乎已经足够让她开心了。可斯塔莎坚持让我跳舞，她认为这是在为战后的日子做准备。我们的城市只剩一片断壁残垣，尸骨堆积成山，孩子们的父亲再也回不来，大家的房子也被毁坏殆尽。斯塔莎常常说，我的舞蹈未来将成为我们一家人维持生计的唯一手段。

见我不买账，斯塔莎加大了赌注。她对我说，大明星朱迪·嘉兰要是碰见了这种情况，一定会愿意表演。无论她脚上的血流得多么厉害，不管她的胃疼得多厉害，脑袋多么难受，她都会尽情地舞动。

“我又不喜欢朱迪·嘉兰。”我不太领情地说。

虽说我的态度已经很明确，可斯塔莎丝毫不肯退让。我只得在这尘土飞扬的地方，伴着我妹妹的口哨声起舞。她不怎么会吹口哨，吹两个音就会中断，可我不得不承认，她的口哨的确让我找回了从前。有那么一瞬间，我真心乐在其中。谁能想到，哪怕是在这样的地方，舞蹈依然能让我感到快乐？我快乐地舞动，忘记了时间。观众们越聚越多，而在我旁边的一个树桩上，坐着一个讨人厌的观众。

这个人叫作陶布，他是一个年轻的管理员。人们盛传，陶布常常会溜到女人们的身后，她们还来不及反应，就会被他扭断脖子，挖出心脏。他有一头黄发和一对黄色的眼睛，还有着苹果一样红润的脸颊。他说话的时候，脸部的其他部位很平静，脸颊却会鼓起来。我刚一瞥见他，就吓得立刻停了下来。可他却示意我继续跳下去。他跷起二郎腿，一副兴致勃勃的样子，像一位焦急地等待表演开场的观众。他从口袋里掏出一根巧克力棒，一小口一小口地咬。我和他之间隔着一段距离，可我能清楚地看到他在巧克力棒上啃出来的齿痕，能想象到它有多么甜。

“继续跳啊。”他用命令的语气说。我看到他的牙齿都被巧克力染黑了。

我只得尽量忽略陶布的存在，继续舞动。

“跳快一点。”他冷冰冰地说。

抬脚，落脚，我的脚扬起尘土。我在想，如果我跳得足够快，足够卖力，陶布会不会感到满意，然后让我停下来？就在我快要坚持不下去的时候，终于听见陶布喊了一声：“停下——”

我于是停了下来。可我扭过头，却见到陶布的脸颊愤怒地鼓胀着。我好像误解了他的指示。

“我指的不是你。你继续跳舞。那个女孩！”他指向了斯塔莎，“别再吹口哨了。”

斯塔莎赶紧闭上嘴，下意识地用手捂住耳朵。我明白，斯塔莎之所以捂耳朵，是因为她不想听到我的脚敲击地面的声音。她能感觉到我的痛，我的疲惫。她不敢大声说话，只得小声恳请陶布让我休息。

“但珍珠是个非常有天分的舞者，你难道不这样认为吗？”

“我当然这样认为。”斯塔莎用颤抖的声音说。她把头深深地埋在肩膀下面，直勾勾地盯着自己的脚。我知道斯塔莎的脚此刻肯定也肿了，她可以感受到我的痛，因为我们心心相印。

见到斯塔莎痛苦的样子，我不小心被自己绊倒，重重地跌了一跤。斯塔莎伸手想要拉我，却被陶布一把推开。他抓住我衬衫上的腰带，把我拖到他之前坐着的树桩旁边，然后退后了几步，像观察货架上的娃娃一样观察我。他看了我一会儿，然后开始鼓掌。我紧张地望着他，所有人的心跳似乎都停了下来。

“你们知道莎拉·林德吗？她是柴可夫斯基的***生活与爱情***中的女明星，是德国最棒的电影演员。”陶布终于不再鼓掌。

我们不知道什么莎拉·林德，可是假装认识她似乎才是安全的回答。于是我们夸张地赞美起这个女演员的美丽与智慧。我们的赞美让陶布眉开眼笑，好像我们称赞的是他本人，而不是什么远在天边的电影明星。

“莎拉是我们家的一位朋友，她一直以来都想要找一位能在事业上给她帮助的人。你的舞蹈很吸引我。”他用手指戳了戳我的脸颊，“你的脚很好看。我听说，过不了多久，莎拉就有一部新的音乐剧要开拍。如果你足够努力的话，能在短时间内提高舞技的话，我倒是能把你推荐给她。这是不是你这辈子遇见的最好的事情？”

“应该是吧。”我回答。

“那我可就对你的表现拭目以待啦。”陶布的脸上透出了一丝类似于激动的表情，“我这就给林德小姐打电话。她肯定一刻也不会犹豫，说不定会立刻跳上飞机，然后把你接走。”

好吧，他显然想要我给他一个回答。

“说不定吧。”

“说不定？这样的回答简直太弱了。你的信仰去哪儿了？决心去哪儿了？你现在就该去收拾东西！我看到你在犹豫。有什么好犹豫的？你难道不知道未来等待着你的，是多么精彩的人生吗？”

直到这一刻，我才留意到陶布旁边还站着三个看热闹的卫兵。他们笑得太用力，嘴上的香烟抖个不停。听到这放肆的笑声，想起我刚才那样卖力的舞蹈，我难受得喘不过气。我大口地吸了一口气。一个卫兵大步走到我身旁，查看我的情况。所有人都知道，门格勒是不允许卫兵伤害双胞胎的，他们甚至需要负责双胞胎们的安全。这个人在我的背上轻轻地拍了几下。

“你真应该庆幸这话没被医生听见。”他对他的同伴警告道。

“这只是个玩笑。”陶布耸了耸肩，满不在乎地说，“你难道没发现吗？犹太人喜欢玩笑，尤其是与他们自己相关的玩笑。”

他将一只手放在我的肩膀上，用力地摇晃，晃得我不小心咬到了自己的舌头。

“你其实觉得很好笑，不是吗？好了，现在，我要你为了我笑一笑。”

我想要缓和他的情绪。可是就在我好不容易想要挤出一点笑意的时候，我身旁的布鲁纳突然爆出一通大笑。她笑得前仰后合，几乎笑岔了气。

“没说你！”陶布的脸上堆满了厌恶，他不快地说，“你没资格笑！”

这个人太容易上钩，聪明的布鲁纳笑得更厉害，然后转身跑开。陶布像一只突然发现了新猎物的狗一样，立刻追了上去。布鲁纳就这样用笑声将这讨厌的人引走了。

这是布鲁纳在奥斯维辛做过的最贴心的举动，这也让我再也不愿意笑。

卫兵刚一走开，斯塔莎就在我身旁坐下。她为我穿上鞋，用袖子帮我擦眼睛。可是在她看来，这样做还远远不能抚平我的创伤。思来想去，斯塔莎认为她应该和我玩我们小时候常常玩的游戏。她于是转过身，和我背对背坐着。小时候，我们常常会这样坐着。我们会同时把自己脑子里想的东西画出来，然后看看我们的画是不是一样的。

我们拾起两根小木棍，在地上画画。画完之后，我们转身看看对方的画。我们画的都是鸟，两幅画的细节也很相似，均是头顶上挂着星星和月亮的鸟儿。接下来，我们画船，画城市：大城、小城、未被破坏的城市，没有贫民窟的城市。我们还画了许多通往城市的小路，而我们的路都朝着一个方向延伸。

这时，我的脑子毫无预兆地一片空白。我不知道要去哪里，也不知道要画些什么，可我清楚地听见我妹妹手上的小树枝不带迟疑地飞速划动着。斯塔莎感觉到了我的脊椎在动，瞬间明白我这是在干什么。

“你干吗要作弊呢？”她严肃地问。

“我哪有作弊？”

“我感觉到你在动。你刚刚偷看了。”

她说得没错，我根本无从抵赖。

“你为什么要偷看呢？是因为你来到这个地方以后就变了，对吗？他们已经改变了你和我。”

这话没有错，可我不愿意接受这样的事实。

“不是这样的，”我说，“我们依然和从前一样。别说了，让我们再试一次。”

我们于是又试了一次。我们可以一直画下去，无奈却被人打断了。营地里开来了一辆侧边印有纳粹图案的白色卡车。艾尔玛护士打开车门，从车上走了下来。看她做作的脚步与姿态，不知道的人还以为她刚从一艘游船上走下呢！我们从动物园其他孩子的口中听说过艾尔玛，可这是我们第一次亲眼见到她。

看见艾尔玛以后，斯塔莎画了一颗子弹。我也画了一颗子弹，我们画得越来越快。艾尔玛每走一步，就离我们更近了一步，地上的子弹也更多了一些。

我忍着不去看她，努力专注于我们的画。可是艾尔玛蹲在我们身边，用她那张擦了脂粉的脸靠着我的脸，然后捏了捏我的鼻子，好像把我当成了一个没有感觉的橡皮人。艾尔玛生着一张棱角分明的俊俏脸庞。斯塔莎后来说，这张脸就是艾尔玛的武器，即便在黑暗中，她依然可以吸引猎物。那一刻，护士和我贴得太近，她的牙齿都要碰到我的牙了。她真是个美人，有着蛋白糖霜一样的秀发与过于娇艳的红唇。她似乎故意要把自己打扮成雪地里的一滴鲜血。

“你们俩都这么大了，还蹲在地上玩泥巴？”艾尔玛在我鼻子上捏了最后一下。

我和斯塔莎都不知要如何作答，但艾尔玛显然也不指望我们回答。她低头欣赏起自己纤细的影子，也因此留意到地上的画。她扭过身子，弯腰细看我们用小树枝创作的画作。

“这是什么？”她指着地上的子弹说。

“是泪滴。”斯塔莎回答。

艾尔玛护士把脑袋扭向一边，望着地上的画微笑。我猜，她肯定明白这所谓的“泪滴”其实是子弹。我们的小谎话似乎让她很感兴趣。她揪着我们的领子，把我们从地上揪起来，可她的动作不算大。她把我们领到印着纳粹图案的卡车前。她抓着我们的后颈，好像把两只小猫拎到了水桶上，却不能立刻把它们淹死一样。

斯 塔 莎

第三章

不死之身

我想让你记住这些眼球。那是几百双直勾勾地盯着你的眼球。它们看着你,却又看不见你。你若是正视那些眼球,一定会感到不寒而栗。

看见那些眼球的一天，我就变了，变得与珍珠不再一样。

不过在对你说这些眼球之前，我要先和你说一说他的实验室，抽血室，X 光室。还有一间实验室是我们从未见过的，据说它坐落于处理死尸的火葬场后头。米尔克说他曾经进去过一次，进去以后就晕倒了。他说，医生叔叔让他苏醒了过来，让他捡回了一条命。其他人都不信他的话。“你们真应该亲眼看看！”米尔克老爱对那些爱唱反调的人这样说，可他们怎么可能亲眼看到呢?

实验室不是你想进就能进的，当然也不是你想不去就可以不去的。

每周二、周三、周六，总有人被带进各间实验室，每次都要在里面待八个小时。实验室里除了医生和护士，还有照相师、X 光技术人员，以及拿着画笔的艺术家。他们会从某个特定角度对我们做记录，形成报告，供医生叔叔审阅。在这些技术人员的手中，我们变成了一张张图，一份份档案。他们从我们身上提取物质，给它们上色，把它们制成切片，上着色剂，然后放到显微镜底下。

每天晚上，珍珠总是睡得很快。睡着以后，我们俩的潜意识就能分开了。我常常在想，我们体内的小粒子是否也会认为我与珍珠心心相印？不知道这些小粒子是否也不愿意成为实验品？在我的想象中，它们就是不情愿的。我真想对它们说，这不是你们的错，这所谓的“合作”根本是非自愿的，而你们其实是被人偷走的。可我转念就想到自己对这些小粒子产生的影响其实少得可怜。它们从我身上分离之后，就只能被自然、科学和那个自称为“叔叔”的人控制了。

他们第一次从我们身上提取样本时，艾尔玛护士把孩子们领到了实验室的大厅。她用指尖顶着我们的背。我们能感觉到她用手戳我们的脊椎，她呼出的气飘到我们的后背。我们闻到一股浓浓的香水味，这美妙的香味使她显得更迷人了。她护送着我们穿过一道又一道门。她一脚踩在我鞋跟上，我瞬间失去平衡，重重地跌在地板上。我抬起头，见到了米莉医生。

“起来，快起来。”米莉有些着急地说。她伸出一只手拉我。她的手上戴着手套，可我依然能感觉到她手的温度。这短暂的肢体接触让我有些激动，可我抬起头，却看见米莉医生似乎有些后悔。她后退了几步，将手放回口袋里。那一刻，我认为米莉医生之所以不想碰到我，是因为她要是在任何像艾尔玛这样的同事面前表现出善意，对她而言都是不利的。多年后我终于明白，她之所以这样做，其实是感到悲伤。她不愿意照顾我们这些被叔叔当作私人物品的孩子。这无异于为一个把竖琴当作刀子的人穿琴弦，为一个把书本往火里扔的人修订书籍。

然而我那时候只是个假装成大人的半大孩子，还无法感悟到这些。在那间实验室里，我们被夹在两个女人中间。这两个女人似乎成了两个奇怪的生物。她们看起来就像两个没有感情的生物，用厚厚的防护壳把自己柔软的一面裹起来。艾尔玛护士看起来就像是一只外骨骼生物，所有的骨头和尖刺都是朝外的——她是一只完美的河蟹。我想她大概生下来就是这副样子吧，对周围的人从来都漠不关心。米莉医生的防护壳不一样。她像一只海星，虽说想要表现得强硬，却无法避开全部的伤害。然而她是那种恢复力极强的生物，就算身体的哪个部分受到了伤害，也可以在短时间内迅速恢复。受伤的细胞组织有着极强的自愈能力，分裂得极快，最后甚至比受伤之前生长得更好。

我还要过多长时间才能变得像她一样啊！

我本无意将这句话说出口，它却不自觉地从我嘴里溜了出来。艾尔玛将手放在我的肩膀上，用力地摇晃了几下。

“你是在说我吗？”护士厉声责骂道。

“我说的是她。”我指了指已经红了脸的米莉医生。米莉医生总会为我们这些孩子辩护，也知道怎样对付艾尔玛。

“这孩子只是说，她希望自己有朝一日也能做一名医生。对不对？”米莉医生说。她还向我使了个眼色，让我顺着她的话说。

我点了点头。我站在她们两人面前，身体前后摇晃着，显得更矮小，更像个小姑娘。不知为何，人们总觉得这样的姿势挺可爱。珍珠和雪梨·邓普常常会用到这一招。而这招在我身上也起了作用，护士放开了我。

“好吧。”护士的心情似乎好了很多，她用手指在我的脑袋上敲了几下，对我说，“如果你足够努力的话，将来也许真能成为一名优秀的医生。一切皆有可能，不是吗？”

我要怎样回答这个荒谬的问题呢？可是谁能想到，把我从这个问题中解救出来的居然是突变的天气。实验室的玻璃窗上突然噼里啪啦地响个不停，就像是有成百上千只迷你的小拳头在敲玻璃一样。硕大的冰雹落在地板上，医生与护士们赶紧冲到窗前，把窗户关上。天空仿佛变成了一片生长着牡蛎的海洋，突然被拉开一道口子。价值连城的珍珠从海里露出来，落进实验室的大厅里。

冰雹引起了小小的骚动。不再有人理会我和珍珠，我们的注意力落到了隔壁的房间。透过半开着的房门，我看见那间屋子的墙边堆满了书。我的手指变得不听使唤，真想要进去偷几本书。实验室里的书也许能教会我如何忍受这样的地方，怎样将自己的身体变成一座堡垒，隔离全部的痛苦。书籍从来不让我走错路。没有了书，我怎么能受得了这样一个地方？

于是我蹑手蹑脚地走近那间房，轻轻扭动门把手。我的手心全是汗，手上黏糊糊的，可我依旧把门打开了。门上的铰链发出刺耳的声响，好像是在告我的密。艾尔玛护士来不及把脑袋上的帽子扶正就冲进房间里，对我大声喊叫。然而这一刻，我已来不及把门关上。这一刻，我看见了房间内的眼球，它们也看见了我。

我愣愣地立在那里，不知道要如何理解眼前的情景。

我只知道，后墙边的桌子上摆放着几排眼球。这些眼球被针刺穿，然后系在一起，像等待点名的孩子一样，排列得整整齐齐。五颜六色的眼球，像多彩的四季：绿色、淡褐色、棕色、黄色。一只蓝色的眼球孤零零地摆放在一旁。这些眼球自然没有活人的眼睛那么亮。眼球的虹膜外覆盖着一层薄薄的纸，窗外的微风时不时就会把它们吹起来。一根根银色的大头针从眼球中间穿过，把它们固定好。

虽说我彼时只是个少女，却也知道何为暴力。暴力有一种边界，有一种气味和颜色。我曾在报纸和新闻短片中见到过暴力，可是直到我亲眼见到暴力对爷爷造成的影响，才真正明白它是什么。爷爷来到我们位于贫民窟的地下室里，用一块红布捂着脸。见到爷爷的样子，妈妈惊慌得一句话也说不出来。她赶紧撕掉睡衣的下摆，为爷爷包扎鼻子。包扎过程中，珍珠举着灯站在一旁，为妈妈照明。而我被这血腥的场景吓得瑟瑟发抖，根本帮不上忙。我知道，那个警卫到我们家宣布爸爸失踪的消息时，妈妈一定也遭遇了暴力。我一直紧紧地闭着眼睛，不敢看这一幕。可珍珠一直睁着眼。我的姐姐见证了一切。虽说闭着眼，可我能透过珍珠间接地感受到一些信息。我的眼睑火辣辣地疼。我看见妈妈倒在地板上，看见警卫的大靴子从地上碾过去。我的逃避让珍珠感到愤怒，她强迫我睁开眼。我求她不要逼迫我，可她不肯听我的。珍珠说她不会把头扭开，永远也不会，无论这件事会给我带来怎样的伤害。珍珠说，如果我们选择了逃避，就会彻底失去自我。

正因为如此，我很清楚什么是暴力。更准确地说，我很清楚这些眼球都经历了什么。这些眼球本应该拥有这个世界上最好的视力，却被残忍的人们挖了出来。我不知道世界上最好的视力究竟有多好，可我多么希望它们曾经有过一副好视力。我想要走遍全世界，翻过崇山峻岭，渡过浩瀚海洋，给这些眼球找到一些物体，一种动物，一副好视力，一些仪器，一位主人。我希望看到，就算它们经历了骇人的暴力，可它们依然是美丽的，依然值得被记住。可我意识到自己根本什么也做不了，我能献给它们的只有一件东西：一滴从脸颊上滑过的眼泪。

“你在哭什么呢！”艾尔玛护士严肃地说。她关上了那扇门，而门里面的眼球还来不及看到我的泪水。

“我没有哭。”我说。

“你姐姐没有哭，”她朝珍珠撇了撇脑袋，然后低头凑到我眼前，对我说，“可你哭了。你到底看见了什么？”

我没办法形容自己看见了什么。可我知道，那些眼球将永远留在我的脑海中，只要我活着，它们就会一直跟着我。那些一动不动的大眼睛，空洞地凝视着前方，渴求着另一种结局。只要我听见哪个孩子出生，哪一对新人结婚，某个失踪者被找到，我都会觉得那些眼睛在盯着我。我想要闭上眼，让自己平静一些，可我将再也不能闭眼。我们都没办法真正地闭眼。

“我什么也没看见。”

艾尔玛护士脸上的冰雹融化成水，一滴一滴地落在地板上。她又开始了那一套惯用的伎俩。

“我知道你一定看见了什么。”她一边摇晃我的身体一边说，“我只想要确定你和我看见的是同样的东西。我不希望其他孩子被你编出来的鬼话吓到。我最清楚像你这样的孩子了。你们就爱编故事！我认识这么一个女孩，她编了一个故事，还谎称这是她亲眼看见的。你猜那个女孩最后怎样了？”

“我不知道。”

“是吗？我也记不清了。我要照顾的孩子实在太多了，哪里记得住那么多东西？可我知道，这些荒唐的故事可没给那个女孩带来什么好下场。你明白我的意思吗？”

我点点头。这个姿势有两重意义，不仅让艾尔玛宽了心，同时让我不露痕迹地流下第二滴眼泪。

“好了。告诉我，你在那间房间内看见了什么？”

我没有立即回答，而是思考了一下合适的答案。那些眼球虽说被困在房间内，但它们的颜色依然很漂亮。落在眼球上的灰尘看上去像花粉一样。许多眼球的主人看起来像是从很远的地方漂洋过海来的。他们被当作害虫一样对待，被诱骗，困住，饿肚子。当他们失去生命以后，眼睛被挖出来，被钉在那个地方，供感兴趣的人观察、学习。

“蝴蝶，”我脱口而出，“我看见了好多蝴蝶。只有蝴蝶。它们根本不是什么眼球，只是蝴蝶。”

“蝴蝶？”

“没错。那间房里装着一排又一排蝴蝶。那应该是一种生物分类实验，房间里装的都是菜蛾科生物。”

艾尔玛用一根手指托着我的下巴，让我抬头看天花板。她这是在干什么？要把我撕成两半吗？可她最后还是放开了我，装作沮丧的样子，用专横而笃定的语气说：“里面根本不是蝴蝶。是甲虫。医生多年来一直有收藏甲虫的爱好，你明白吗？”

“我明白。”

“那你就说出来，说那里面藏的是甲虫。我想要听你说出来。你刚才描述错了。你要纠正这个错误，这样珍珠才能明白。”

“我刚才看见的是甲虫。”我对珍珠说。说话的时候，我没有看她。

“我不信。”

“那里面确实只有甲虫。不是蝴蝶，是甲虫。鞘翅类动物，有两对翅膀。”

艾尔玛护士这才满意地转身走开。这场盘问让她来了精神，走起路来都欢快了许多。

我们走到大厅深处，艾尔玛护士用力地推开了一间房的房门，而这间房屋将永远地改变我们的人生。这个世界上，能给人们的人生带来改变的房间肯定不少。你有可能在一间房里遇见你的挚爱，也有可能在一间房内超越自己的悲伤、骄傲和勇气。

然而在奥斯维辛，我却发现了一间能让你失去全部感觉的房间。这间屋子仿佛在说：***“来，进来坐一会儿，我将让你再也感受不到痛苦。你的苦难是不真实的，其实你本人也不怎么真实。”***它还告诉我：***“救救你自己吧。只有抛弃全部的情感，你才能救自己。如果你非要保留一点情感，也千万不要被别人看出来。”***

走进这间屋子以后，艾尔玛脱掉了我们的衣服。她手里拿着妈妈为我们缝制的裙子，颇为鄙夷地看了一眼上面的草莓图案，甚至连水果也能惹得她不高兴。

“真是孩子气，”她用涂了红色指甲油的手指戳了戳裙子上的图案，高傲地说，“你们喜欢做小孩子吗？”

“喜欢。”我和珍珠异口同声地说。这是我们最后一次不约而同地说出某个词。我真希望我那时候就能意识到这一点。可我当时一心想着取悦艾尔玛，根本顾不上别的。

艾尔玛护士一脸难以置信的表情。“真有意思。为什么会这样？”

“我从来都不想长大。”我说。这是实话。长大意味着我可能会与珍珠分开。

艾尔玛护士笑得眼睛都眯成了一条线。

“那你可算是来对了地方。”她说。

没错，我本该从她的话中推测出我们的未来。但艾尔玛护士的某种气质让我困惑，让我无法正确地看待她。艾尔玛坐在椅子上，钢铁的椅背冷冰冰的，让我们打了好几个寒战。这间房间一时像冰窟，一时像火坑。我的眼前起了一层薄雾。我早就习惯了这种感觉。每当我目睹一些残忍的东西，我的视线就会不自觉地变得模糊。艾尔玛把我们的东西放在一旁，开始整理托盘内的实验器具。我想要把她想象成一个没那么残忍的人，但这个女人给我留下的固有印象实在太深刻，让我无从抵抗，无力扭转。有些人可能会觉得，这是因为艾尔玛护士有着非常独特的性格。我也想这样想。我想要把她想象得更加大方，更有人性。但很显然，除了无尽的空虚，她其实什么也没有。

“我们如果多多地恭维她，她的心情是否会好一些呢？”我暗自想着。

“快夸她漂亮。”我对珍珠说。

“你要是觉得她漂亮的话，就自己告诉她。”

艾尔玛护士好像一眼就看出了我讨好的意图。她走到房间的另一头，开始擦拭一把银剪子。锃亮的银剪子折射出一点微光，落在上方的窗户上。这扇窗户虽说并不大，但是对于一帮刚被剥掉衣服的女孩而言，窗外的阳光还是亮了一些。我们把腿紧紧地闭在一起，用手遮住我们的胸部。我们用力盖住开始生长的乳房，好像这样做就能让它们知难而退，从此消失。

“你不必害怕他们，因为相较而言，他们其实更害怕你。”我小声对珍珠说。除了开几句玩笑，我们现在也没什么可做的。珍珠被逗得笑出了声，我于是也笑了几下。我们的笑自然引起了艾尔玛的注意。她把剪子重重地扔在手术台上。

“你们笑什么笑？你们看见别的孩子笑了吗？”

我们当然没看见。事实上，我们根本没看见其他的孩子。这个地方陌生得可怕，模糊了我们的感知能力。经过艾尔玛的提醒，我们这才发现自己并不是这个地方唯一的孩子。

除了我和珍珠，房间里还有五个孩子。

林诺·阿莫林与亚瑟·阿莫林今年十岁，他们来自意大利加利西亚地区。与我们一样，他们也刚到这个地方不久，还是被人看不起的新人。除此之外还有睡在距离我们三张床处的海德威赫。由于她入园的时间很久，而且知道怎样对付公牛，她成了动物园内最受人尊敬的女孩。她还在园内散播谣言，称阿莫林兄弟根本不是双胞胎，他们来这座营地仅仅是为了享受这里的各项优待。她说双胞胎之父早就看穿了这两兄弟的鬼把戏。他们两人换掉了相关文件，这才得以进入双胞胎营区。为了进一步证明自己的话，海德威赫比较了这两兄弟的发色，林诺的头发是红色的，亚瑟则长着一头金发，这足以证明他们是在撒谎。然而从这两个男孩坐在椅子上的姿势，我就能看出，他们绝对是双胞胎。护士对他们的各项细节进行测量和记录时，两个男孩表现出同样的震惊，都害怕得瑟瑟发抖。两个男孩全部的相似点都被拿来比较——有多少根眼睫毛，多少头发，眼睛里的斑点是不是一样的，腘窝和酒窝有没有不同。他们被加起来，被减掉，被比较。这两个一模一样的小人儿无从反抗，只能不安地在座位上扭动。

剩下的两个是玛格丽特·克莱因和兰西·克莱因。她们来自匈牙利，今年六岁。每当我和珍珠感到忧伤，我们都会看一看这一对姐妹。因为她们能让我们想起自己小时候的样子。两个小姑娘手拉着手，两人之间藏了好多小秘密，偶尔还会愠怒地用手肘撞一撞对方。她们会用手指给对方梳头发，会用草叶吹口哨。她们的母亲教她们用紫色的发绳绑头发，这样她就能在人群中一眼看见她们。两个小姑娘于是每天起床后做的第一件事就是用紫色发绳绑头发。两个小发髻高高地立在她们的头顶上，像是天鹅绒的小耳朵。护士用红墨水绘出她们苍白的，长着小红点的脸蛋。她在这里添一笔，在那里补一块，用大片大片的红色把她们的身体填满。

第五个孩子孤零零地站在一旁，用嘴含着他的大拇指。他可能十三岁，也可能三十五岁、六十岁，像是超越了年龄。他的护士草草地翻阅着档案，一副百无聊赖的样子，像是没必要在他身上花一点功夫。护士面前的桌子上摆着两个文件夹，两组相片，两份表格和两份X光报告，可她面前只有一个男孩。

这个男孩的个头很小，瘦骨嶙峋，一口龅牙露在嘴唇外面，形成了一道天然防护网。他头顶上长了许多白头发，他的眼睛看起来也不怎么明亮，除了头顶上的天花板，他似乎看不见任何东西。在医院凛冽的灯光下，男孩皮肤底下的血管清晰可见，甚至改变了他皮肤原本的颜色。寒冷和病痛让这个男孩变成了蓝色的。

我注视着他，希望他能感受到我的目光，也看一看我。双胞胎们经常会这样做。然而这个男孩只是缓缓地咳嗽着，丝毫不愿掩饰他的病态。护士不满地皱了皱眉头，将其中一半档案装起来。这一举动惹恼了男孩。我看见他一个踉跄，几乎没能站稳。我以为他肯定会跌倒，可他依然站立着，用无比尊敬的目光盯着那一盒档案，像是盯着一座坟墓。他伸出手，想要打开档案盒。护士一把将这个男孩的手甩开，他像受了伤一样，猛地把手缩回去，又把大拇指放回嘴里。护士告诉他，检查结束，他可以把衣服穿回去。但这个男孩拒绝穿衣服。护士把衣服塞到男孩扁平的胸口，他依旧不肯穿。他像是打定了主意，再不愿抓住任何东西。除了含在嘴里的大拇指，他再不愿碰其他东西。恼羞成怒的护士把男孩的衣服丢在他脚下，头也不回地走开了。这个蓝色的男孩裸着身子站在那里，就是不肯听护士的话。他扭过头，朝着护士离开的方向咳嗽，也终于看见了我。

我赶紧把头扭开。扭头之前，我看见他友好地对我点了点头。可我不能再看他。我无法面对他所忍受的一切。他身旁的空椅子寓意着再清晰不过的恐惧。

“我明白你要说什么。”男孩对着那把空椅子说，“可我们的父亲若是在的话，一定会说‘恶有恶报’，母亲要在的话，她会说——”他没能说下去，又开始了剧烈的咳嗽。

这个男孩和他身旁的空椅子让我做出了一个决定：我不要做一个简单的实验品。我也许不像医生叔叔那么聪明，但我可以偷偷地向他学习，学习医学知识，并从中获益。珍珠未来可以跳舞，我也得有自己的长处。毕竟战争结束以后，总得有人照顾其他人。总得有人前去寻找失踪者，让破碎的家庭得以重聚。我怎么就不能挑起这一重任呢？

我决定先从这个男孩入手。我不知道他的名字，于是把他叫作“蓝色病人一号”。我远远地观察着，可我还来不及掌握他的特性，就被一个响亮的声音打断了。

是医生叔叔。他吹着口哨，步履轻快地走进了屋。他长袍的下摆拖在地上，而他的身上有薄荷糖和淀粉的气味。医生叔叔一直觉得自己是保健学、文化、艺术和写作方面的专家，大概也自诩为吹口哨方面的专家吧。他的确一个音符也没有吹错，像机器人一样精准。不过仔细听一听，人们就能发现，他常常会跳过曲子的其他部分，只是反复吹一小段。他的口哨声里有一种让我摸不透的空洞。

我想要模仿这段空洞的口哨声，却模仿不出医生的颤音。我甚至发不出哨声，只能靠嘴唇发出噼啪声。

医生叔叔注意到了我的小举动，露出好笑的表情。在外人眼中，这微笑也许人畜无害，可他嘴角的弧度让我忍不住发抖。我们毕竟只是这间实验室里的实验品。其中一些实验必然会让我们主动暴露自己的不足之处，实验者们再凭借这些信息决定我们是否有资格活下去。我知道，我们绝不要把这些人的某个简单的举动当作一时兴起。

“我能吹口哨的。”我对医生叔叔说，“我发誓。我几个小时以前还吹了口哨呢。”可他没有理我，而是转过头与一位助手交谈起来。

见到珍珠的脸吓得煞白，我自己的脸色也变得不好。当时的我一心觉得，不会吹口哨将给我和珍珠带来可怕的噩梦。为了补救，我决定向医生展露我其他的才能。我不打算吹嘘珍珠的舞蹈天赋、钢琴技巧和背诵诗歌的本事，而是专注于我自己的本领。

“《蓝色多瑙河》。”我说。

我的声音很嘹亮，整间屋子里的人都能听见。这小小的花招果真起了作用。医生叔叔好奇地转过头。

“你刚才说什么？”

“您进屋时吹的曲子是一首华尔兹，《蓝色多瑙河》。”

医生叔叔满脸喜悦。他抓住我的辫子，轻轻揪了一下，那样子和小男生简直没什么区别。

“你懂音乐？”

我突然成了他视线的唯一焦点，这让我坐立不安。

“珍珠是一位优秀的舞者。”我对他说。

“那你呢？”他用手指着我，“你是她的助手吗？”

“我以后想做一名医生。”

“像我一样吗？”他微笑着说。

“像我们的爸爸一样。”我说。爸爸失踪以后，我很久都没听见过这个词。再次听到这两个简单的字，我依然感觉难受。可是过了一会儿，它又变得柔软。它就像一个最初落在台阶上，后来落在沙子里的脚步。我想要为这个词赋予一些新的含义，以此模糊它的固有含义。我的父亲掉进了一道沟里，走进了一段时光，打开了图书馆的一扇门，藏在门后面，谁也找不着。说完这个词，我就陷入了自己的思维里。

可是医生叔叔开心到没能注意到这一点，我想，当我说“我们的爸爸”时，他听到的大概是“像你一样，只像你一样，医生叔叔”。他满面红光，脸上带着无尽的骄傲。

“你想做一位医生！很好，这真让我刮目相看。”他对他的助手们说，“这是个聪明的姑娘。”艾尔玛护士不完全赞同这一说法，但她还是露出了一个赞同的表情，然后继续清理实验器具。

医生叔叔走到水槽边洗手，借着橱柜的钢面照了照镜子。这倒影让他有些得意，可他很快发现自己的头发梳得不太平整，于是专注地梳起头发。完美的中分似乎能为他的整个人生带来对称。头发梳好后，医生把梳子装回套子里，又吹起了口哨。他瞥向我们前方的一把椅子。这是为他准备的椅子。医生用随身携带的手绢擦了擦椅子，用力地擦椅子上的小污点。清洁完毕后，他在我们面前落座。他直挺挺地立着上半身，肢体动作看起来颇为僵硬。他就像一个与家人分散多年，好不容易才得以重聚的人，急迫地想要听到别人的近况，却不肯说出自己的故事。让他放松似乎成了我们的任务。我于是对他露出一个微笑。我笑得一定不好看，但医生至少看出了我的善意。我想，他大概也从这个微笑中看到了我的软弱吧。

他将两只手放在我和珍珠的膝盖上，观察我们在牲口车上留下的伤疤。

“我想要在这里办一场演奏会。你们觉得这个主意好不好？”

我和珍珠同时点了点头。

“那就这么定了！我要让乐手们演奏你喜爱的每一首音乐。不，为了不麻烦他们，我还是让他们把同一首歌演奏两次吧。”

他被自己的话逗得笑了起来。我也笑了，但这笑仅仅是为了掩盖我的恐惧。珍珠瞬间领会了我的意思，也咯咯地笑了几声。虽说入园不久，可我们已经学会了如何自保。可我大概学得不好。和往常一样，我又说了一些愚蠢，不过脑子，且无可避免的话。

“我听说，您会保证双胞胎家人们的安全。”我冲动地脱口而出，很快意识到这个问题十分不妥，于是把头深深地埋下去。我刚说出这句话，珍珠就踢了一下我的椅子腿，让我道歉。

“用不着感到抱歉。”医生叔叔安慰道，他用手背轻轻地碰了碰我的脸颊。我不知道他对我们这样的人说过多少次这样的话，这话从他嘴里蹦出来，让他自己都有些不习惯。他的嘴角抽搐了一下，几根胡子飘进了他的嘴里。对于一个像他一样镇定的人，这样的抽搐真有些奇怪，也让他显得有些迟钝。可我很快发现，之所以出现这样的动作，是因为医生在努力思考最合适的用词。考虑完毕后，医生松开了嘴里的胡子，严肃地对我们说：“我的确会保全双胞胎的家人。你们想让我为你们做些什么吗？”

我们告诉他，***我们的爷爷***虽说看起来像个老人，但他的思想非常年轻。他的脑子一刻也不肯闲着，总忙着发现世界上的新鲜事物，并加以研究。在牲口车上，他让我们答应他两件事：第一，我们要学习游泳；第二，等我们获得自由的那天，我们要为他准备一大瓶上好的美酒，并向他敬酒。而我们的敬酒词将会是：“希望上苍将那些杀人犯除尽。”我们要为他们准备一百万间大厦，每间大厦里有几千间房间，每一间房里放着几百张床，每一张床下面都藏着一条毒蛇。蛇会在他们的脚踝上咬一口，可他们不会因此而死掉，而会被守在床边的医生救活。这些人要一次又一次地忍受蛇噬之苦，直到床下的毒蛇厌倦了纳粹的味道。可它们永远也不会厌倦，因为所有人都知道，蛇最爱品尝的，就是罪恶的味道。

说完这段话，珍珠狠狠地瞪了我一眼，然后在座位上不安地扭动着。但医生叔叔似乎并未被这段话惹恼。事实上，他好像根本没有听我讲话一样，只是继续嚼了嚼嘴边的胡子，又开始了问话。

“你们的爷爷喜欢游泳吗？”

“噢，没错，他很喜欢。爷爷能在水上游泳、翻转、潜水，像一条鱼一样。”我们回答。

“那就这么定了。我们这儿的确有一座游泳池。我会派人护送他去游泳的。”

我提醒医生叔叔，如果他想让爷爷游泳的话，恐怕要为他准备一条游泳裤。

“那是当然！我怎么可能把这个忘了？我猜，他大概不会随身携带泳裤吧。我们可不能让这老头的屁股吓坏别的游泳者，不是吗？”

我完全不觉得裸体的爷爷有什么好笑的，但医生觉得这很有趣，我于是跟着他一起笑了起来。这让珍珠有些惊慌。我多希望她能看出来，我的笑其实是有原因的。医生叔叔刚平静下来，我就借机提出了第二个请求。

“还有一个人。”我说，“我们的母亲。”

“说下去。”

“她是我们的母亲。”一时间，我只想得出这一句。一想到她，我的脑子就一片空白。

“还有呢？”

“她会画素描和油画。大多数时候她画的都是动物和植物。她为活着的生物和已经灭绝的生物绘制出一幅历史图卷。这能让她感到开心。”

我不知道这样的说法是否准确，不知道画画是否真能让母亲感到开心，只知道这能让她少流一些泪。

我想起画在牲口车车厢上的罂粟花，想起那柔软的花瓣如何成为我母亲的慰藉。不过我不可能与医生叔叔细谈这些。他的脸上已经浮现出一丝不耐烦的神色。我很清楚，失去了这次机会，我将再也没有机会与他讨价还价。

“那就给她拨一些画笔。”他考虑了一下，“还有一块橡皮。当然，还有一些颜料。”

我们谢过了他，并表示妈妈和爷爷也会感激他。“我们已经很满足了。”我们说，“也许不完全是这样，但——”

“我知道你要说什么。”他严肃地说，“能为他人着想，这很不错。你的家人的确可以得到一定的优待。因为他们把你们带到了这个世界，也因为你们是双胞胎，是不同于其他人的。”

“可不是吗？这么多年，我一直在向珍珠说明这一点。”我说。

“也许她现在该信这话了。”医生的表情很严肃。“你现在相信了吗，珍珠？”

“我相信。”珍珠说。可我听得出她并不完全赞同这一点。

医生叔叔满意地拍了拍我和珍珠的头。他在橱柜里翻出一个玻璃罐，递了一块方糖给我。我怎么能独享这甜蜜的小冰屋呢？于是我把这方糖递给了珍珠。医生皱了皱眉头，又递给我一块糖。我把这块糖也给了珍珠。

“这是给你的。”他说着把第三块糖放在我的手上，然后捏住我的手指，让我握紧它，“这不是普通的糖，它可有药用的功效。”

“既然如此，我能不能把它送给蓝色病人一号呢？”

医生的脸上先是困惑，后是愤怒。我于是不再坚持，把手中的糖丢进嘴里。让医生高兴可不是件容易的事儿。接下来，医生叔叔又问了一连串问题。这一次，他踩到了那块让我最不舒服的禁地。他说他只想知道一些最基本的问题，想知道我们从何而来，又为什么变成今日的样子。说得明白一些，他想知道我们为什么没有父亲。珍珠很自然地解释了起来。她说话的时候，我一直在脑子里哼歌，故意不听她说话。我哼的是《蓝色多瑙河》。我想要沉浸在这首曲子里，却还是被拖进了珍珠的故事里。

珍珠对医生叔叔说，一天晚上，爸爸告诉妈妈，他要去执行一场任务，结果却再也没有回来。妈妈当时曾想过阻止爸爸。“现在早就过了宵禁时间。难道不能请别的医生去照顾邻居家生病的孩子吗？斯塔莎和珍珠就不重要了吗？”爸爸没有同妈妈争吵，他匆忙地赶出门，甚至忘了带雨伞。我们傻傻地站在屋里，妈妈拿起雨伞，等着爸爸回来取。可是爸爸那天晚上没有回家。接下来的几天，甚至几个月都没有回来。妈妈到相关部门求助。那里的人没帮上什么忙，只是告诉我们，一个与爸爸特征相似的人近期浮尸于耐尔河。妈妈坚称那个人不可能是爸爸，一定是哪个可怜鬼。除非收到官方文件，妈妈是不可能接受这个结果的。

医生叔叔从不会被混乱的文件难倒，但他似乎很喜欢这个解释。他对我们说，自杀是蔓延在犹太人之间的流行病。

“你是否有过这样的感觉？觉得自己被困在了悲伤中？”他问话的时候，用一束光照了照珍珠的嘴巴，然后又照了照我的嘴巴。

“我们从来没有过这样的感觉。”我回答。

“那你呢？”他又给了珍珠一块糖。珍珠用糖堵住自己的嘴，不去回答这个问题。

“珍珠是个单纯的好姑娘，不知何为忧伤。”我替她回答。

“我明白了。”

“珍珠太棒了，甚至感觉不到疼痛，你明白吗？”

为了证明我的话，我掐了一下珍珠的胳膊。可她没有忍住，我们俩同时叫出了声。医生叔叔饶有兴趣地记了几笔，可我不认为他真正明白了刚才究竟发生了什么。珍珠之所以叫出声，不是因为我掐了她，这纯粹是个意外。就在我掐她的那一刻，我和珍珠同时感受到了妈妈的悲伤。她对我们思念到入骨，甚至失去了求生的勇气。她不知道，我们很快就可以去看她。因为我和珍珠是珍贵的实验品，所以拥有一定的特权。我们的母亲实在太脆弱。我和珍珠只求颜料和画笔能在事态无可挽回之前送到她手上。

我想要向医生叔叔表明事情的紧迫性。可我还来不及开口，他就紧紧地抓住了我的肩膀。赤身裸体的我试图躲闪，可他让我站起来，领着我走过这间房间。

“珍珠会留在这里等你。”医生叔叔对我说。我们从护士们和其他孩子身边经过，走到一扇屏风后头。医生让我躺在一张钢材质的桌上，把一盏大灯移到我头顶上。屏风内只有我、医生叔叔，医生叔叔白色长袍的下摆和明亮的灯光——可我的确感受到了其他人的存在。

我感觉那些眼球正从上方俯视着我，也知道它们此刻其实依然被钉在那间房间里。我知道那些眼球看见了我所看见的一切。通过它们，我看到医生叔叔往针管里注入了一些发光的液体。这液体与珍珠戴的琥珀石是一个颜色的。我和珍珠在波罗的海捡了好多琥珀石，而这琥珀色的液体让我回到了那段时光。那时候，爸爸还没有失踪。我们坐在一条小船上，向大海深处漂去。不，我可不能陷入回忆里！因为珍珠是负责过去和记忆的，而我现在闯入了一段有可能甚至不再属于我的过去。我庆幸它不属于我。因为此刻，躺在明亮灯光下的我心里清楚，在这个地方，时间与记忆只会带给我痛苦。我真为我的姐姐感到高兴，她是我在这个飘摇的世界上最亲近的朋友，她让我不再感到痛苦。

“我知道你在想什么。”医生叔叔拿着针走到我身旁。

“是吗？这可真有意思。”我说，“因为在过去，只有珍珠才有这样的能力。”

他对我微笑，但我看得出来，他已经厌倦了我的笑话。于是我摆出一副智慧的神情，好奇地望着医生手上的针管，就像是坐在前排，时刻准备让老师注意到自己的学生。

他用指尖试了试针管。“你肯定以为这会很疼。我保证，不会疼的。好吧，可能会有一点疼。但是比起你将要得到的东西，这一点疼痛根本算不了什么。”

我有些好奇。我会得到什么？

医生叔叔轻声在我耳边说了几句话，征求我的同意。至少我记忆中是这样的。至少，在我恢复全部的理智之前，我一直以为他曾征求过我的许可。当然，他很可能根本没有这样做。

绝望能让人莫名其妙地同意一些事情。身在这样一个地方，我可能突然就丢了性命，甚至来不及拯救自己所爱的人。这时医生告诉我，他可以给我打一针，让我成为不死之身，我怎么可能拒绝？

“好的。”我说，“我愿意变成不死之身，哪怕只是一时的。”

医生叔叔拍了拍我身上的一根血管，往血管里面打了一针。那一刻，我感觉自己全身的细胞都分裂了。它们在我的体内打起了仗，我仿佛掉进了冰窟窿里，寒冷难耐。

我的记忆飘荡在那间房间，在那张钢制桌子上，与桌上的实验设备和我心里抹不去的困惑融合在一起。你可能会问：***斯塔莎，你所相信的不死之身，是否会像一支箭、一把刀一样钻进你体内？它是否会在你的心上撒一把盐，让你的心像蜗牛一样蜷缩成一团？***

我想要对你描述不死之身是一种怎样的生理体验，可我描述不出来。医生把针头抽走以后，我再也感受不到自己的身体。接下来的很长一段时间，我都无法感受到自己的身体。我第一次感觉到自己稍微摆脱了这种麻木感时，已是一九四五年。那时候，我从华沙一家孤儿院的台阶上走下来，疲惫而虚弱。我的袜子里藏着一片毒药，我的身后是孩子的哭号声。走到大门边的时候，我看见一个几乎与我素未谋面的人。他的泪水同雨水混在了一起。

但我们可以晚一些再说这段插曲。现在，我们不妨回到这针头。医生叔叔的目标很简单，他要把这一管药剂稳稳地送进我体内。我呆呆地观察着他的操作，可我的注意力却不自觉地飘到他本人身上。医生叔叔的脸比我认识的所有人都镇定。我不知道这背后藏着怎样的情感。我强迫自己不去想这些，因为我知道，了解这些，对我一点好处也没有。

琥珀色的液体注射进我体内之后，医生将针管抽走。他把一个棉花球按在我的伤口上，棉花很快就印上了一滴血。

“你的脸色太苍白了。有没有哪里不舒服？”

我真想对他说，这苍白其实是出自愧疚。我感觉自己独享了所有美好而有价值的东西。我逃离了死亡，也逃离了真实的人生。我体内的每一个细胞都在哭泣，而我知道它们并非为我哭泣。它们哭的是那些消失不见的人，以及那些将要消失的人。而我，只是一个不应该存在于医生的世界中的人。医生打断了我的思绪，在我的鼻子底下打了个响指。

“斯塔莎？我在问你话呢！你感觉怎么样？”

“我觉得自己现在是一个真正的人了！”我撒了个谎。接受注射后，我的身体不由自主地颤抖，这也很好地掩盖了我的内疚。我对医生说：“现在，我不仅仅是双胞胎中的某一个，还是独立的自我。是斯塔莎，唯一的斯塔莎。”

“真有意思！”这样的结果让医生又惊又喜。我猜，打破自然母亲赋予我和珍珠的联系，让我奇迹般地获得新生，这大概能让医生感到力量吧。我也相信，他一定认为失去了双胞胎这一层关系，我会更好控制。他认为我是姐妹之中更简单、更爱自由的那个，是完美的实验对象。我的谎话虽说不敬，可我明白，让这个谎话继续下去，将给我带来巨大的好处。

“我自己。”我佯装激动地说，“我做梦也没想过这才是我真正想要的——可我现在明白了。我想做一个独立的人，想做我自己。我不要做珍珠的妹妹，不要只做双胞胎中的一个。我只想做一个普通的女孩，不用被迫去爱某些人，与某些人生活在一起。”

我一点点地放弃了自己最珍爱的一切。你知道我的心对此做何感想吗？我的心愤怒得发抖，肺部像是突然没了感觉——它们像是在假装自己根本不认识我。那时候的我能感觉到的只剩下一点希望。用不了多久，我就要认识到自己全部的使命。我的欺骗是为了拯救我和珍珠两人。这伪装是为了珍珠，也是为了我自己。这么多年来，我的姐姐支持着我，让我变成更好的自我，让我成为一个体面、可爱、了不起的姑娘。现在轮到我支持她了。

门格勒被我耍得团团转。我的宣言让他倍感喜悦。他用手指绕着我的鬈发打转。

“不死不灭的小斯塔莎，”他笑着说，“你将会活得比我们任何一个人都长。”

看见他把针管和针头放回托盘上，我意识到医生叔叔让我变得复杂了。我和珍珠共同生活在这个飘摇的小世界里，两人相依相伴，相互支撑。我们本有着许多相同之处，可是由于医生的干预，我们的相似之处不见了。那一剂药水让我成了一个“混血人”。但这个词的意思绝不同于纳粹强加于我们身上的意思，与可怕而冷血的血统、崇拜和继承无关。不，我是完全不一样的混血儿。苦难锻造了我。如今的我，由两个部分组成。

其中一个部分是绝望与失去。无边的黑暗让生活变得难以承受。

另一个部分呢？是不受我控制的希望。没人能把我的希望夺走。哪怕是割掉我身上的肉，用针扎我，也不能割掉，或抽走我的希望。

这狂野的希望扭曲了我，把我塑造成一个新的形状。那个在牲口车上舔洋葱的女孩已经死了。这个混血儿成了一个古怪的、被挫败的人，成了一种奇怪的生物。这种生物可以诱骗她的敌人，也可以拯救她最深爱的人。

“你知道吗，你是第一个尝试这种针剂的人。”医生叔叔对我说。他说我是他的最新发明，是一个将永葆女童样貌，拥有无限未来的女孩。他拿出一把放大镜，检查了一下我的眼睛。可无论他凑得多近，都看不透我的小计划。欺骗对我而言已不是什么难事。

“既然我已接受了注射。我想知道，您接下来会不会给珍珠注射呢？”在这个藏着无数问题的世界里，我最关心的就是这个问题：“您也会让她变为不死之身吗？”

医生叔叔没有立刻回答，而是默默地整理托盘内的实验器具。我看得出来他这是在拖延时间。他要用最好的处理方法对付我这样的犹太人：一个两面派，一个可能成为完美间谍的人。他对我说，如果我能证明自己是一个有价值的病人，珍珠也会接受同样的治疗，所有双胞胎均如此。

我保证会证明自己。“为了珍珠，让我做什么都可以。”我说。医生心不在焉地点点头，表示他很高兴听见我这么说。因为孩子们如果不能摆脱血缘带来的劣势，他是不会让这些孩子成为不死族的。

他说这话的时候，我明确地感受到了针剂对我造成的影响。我的身体在抽搐，在发烧。我体内的细胞像是认得医生的声音——我感觉到不死的细胞在不断地分裂、延展，就像是一朵突然暴露在强光之下的花。我发誓，等到珍珠也变成不死之身以后，孩子们都不用再听这个禽兽医生的话了。珍珠会像我一样，成为一个混血人。我们是两个混血人，两个能够打破生命法则，超越胜利与忧伤的女孩。不死不灭的我们可以找机会推翻医生，我们会耐心等候时机，趁其不备，永久地摆脱他的控制。吃早餐的时候，动物园的狱卒们会允许我们使用餐刀。我们也许可以把这餐刀插进医生体内，结果他的性命。如果我们下手够快够准，他甚至不会知道自己究竟命丧谁手。我们自己都不知道，我和珍珠谁能完成这个大快人心的任务。长久的忍耐过后，我和珍珠将会再次融合。那时候，我们可以一同面对有趣的、未来的、过去的、悲伤的、开心的和糟糕的事。

我们将再不会感到痛苦。

珍 珠

第四章

战争物资，紧急

一九四四年十月，这是我们成为囚犯的第二个月。我们不再是动物园里的新人。每天都有很多孩子进来，也有很多人离开。

虽说我负责的是时间与记忆，可我也记不清我妹妹是从什么时候开始变得不对劲的。大概是从我们第一次见到门格勒开始吧。那天以后，她就变得没精打采。她终日埋着头，要么就是在看解剖书，要么就是在写她的医疗日记。那是一本蓝色的小册子，上面详细解释了人体的各个组成部分以及它们的特性。斯塔莎沉浸在这些器官与生理系统中，仔细地画图，记笔记。

这本蓝色的小册子与爷爷送给我们的观鸟图鉴不一样。斯塔莎对云燕和麻雀不再感兴趣，而关注起了肺部和肾脏的特征与功能。

人类的诸多器官中，斯塔莎对那些成对的器官尤其感兴趣。

斯塔莎的小兴趣虽说很疯狂，却也让我感到安慰。和被关在这里的许多双胞胎或多胞胎一样，斯塔莎假装她很想维护我们姐妹的一致性。我感觉她身上的某件东西像是被突然折断了。她的分离让我想到了一块碎裂的，独自漂向远方的冰块。

在门格勒和艾尔玛面前，斯塔莎往往表现得淡定、快活、礼貌而顺从。可是一旦脱离了他们的视线，斯塔莎就会沉下来。她不愿与人交流，说话的时候，也不肯看别人的眼睛。能引起她兴趣的东西，只有那本记满了笔记的解剖书。不学习的时候，她会用手指顶住自己的肚脐，好像有什么东西就要从她体内流出来一样。斯塔莎像是努力要把自己拼凑起来，不让自己垮掉。我也用手指顶住自己的肚脐，可那只是为了模仿斯塔莎。斯塔莎的改变一时超出了我的控制。她要么就是丢了魂儿，要么就是出现了一些我想象不到的变化。我似乎知道什么，又什么也不知道。我连自己都掌控不了，只能眼睁睁地看着我的双胞胎妹妹变成一个陌生人。

斯塔莎本就是个爱幻想的人，门格勒一定是加重了斯塔莎的幻想。这是我唯一能想到的结论。自从那次进实验室以后，斯塔莎的声音就洪亮得吓人，总是频繁地眨眼睛。而我，再也捉摸不透她的心情。

一天，长达数小时的测试结束后，我问："你感觉怎么样？是不是和我一样？"

"我只允许自己去感觉这落日。"这便是斯塔莎的回答。

"那这落日让你感觉怎么样？"

"我觉得很内疚。因为我将长生不老。"

“这话是什么意思呀？”我笑着说。这些年来，斯塔莎常常会说一些让人发笑的故事。可那些故事不会像这个故事一样，让我感觉惊慌失措。

第一次从实验室出来以后，斯塔莎就经常躲避我的目光。我对此非常肯定，因为她从来没有表现得这样明显过。我望着她的一百五十六根眼睫毛。根据莎莉医生的记录，斯塔莎一共有一百五十六根眼睫毛。斯塔莎的睫毛没精打采地耷拉着，而她眼睑下的青筋像是在诉说她的沮丧。

“我什么都不会说。我承诺过要守口如瓶。”

既然斯塔莎这样说了，我只能尽量不去想这件事。夜里，我们在自己的铺位上躺下。我们没有被子，第三个女孩的体温就算是我们的被子了。这个女孩明天早晨就会被送去别处。我睡不着。谁能告诉我，那些奇怪的念头，究竟是怎样钻进斯塔莎脑子里的？

我和斯塔莎经常能感应到对方的心，我了解她的幻想与感受。然而尽管如此，斯塔莎的脑子对我而言却一直都是个神秘的地方。这一次，她更是让我捉摸不透。斯塔莎经常会进行一些小冒险，这不足以让我担心。她的脑海是一个甜蜜、温柔的地方，也是我偶尔会造访的地方。那里装满了形状各异的小岛，岛上生活着各种各样的小动物。那里到处都是适合攀爬的大树，长满了斯塔莎想要了解的植物，堆满了她想要读的书。

然而这些天，当我试图进入我妹妹的脑海时，却发现那里的风景全都变了。那座安宁的小岛成了一片我不曾探索过的新领地。那块领地里如今都是关于染色体、细胞分裂、细胞变异、抚慰、救援，以及复仇的问题。

她坚信自己可以对付门格勒，并不断地自我暗示，自我激励。斯塔莎相信，她如果可以做个阿谀奉承，又看似天真无邪的女孩，就能夺回门格勒从我们身上抢走的东西，并解放动物园。

我在斯塔莎脑海中的新领地中发现了这个执着的小念头，这让我恐惧得不知所措。

斯塔莎管他叫“实验品”，可我知道，那个男孩不仅仅是蓝色病人一号。我很清楚，斯塔莎把他看作了我们的兄弟，一位不可失去的家庭成员。我警告过斯塔莎，求她别在那个男孩身上倾注太多感情，可她却指责我麻木不仁，并坚称自己没有做错。我并非故意选择漠视，可是我的关心只够匀给斯塔莎和我自己。我早已不堪重负，哪里顾得上其他人的痛苦?

我阻止不了斯塔莎，只能看着我妹妹在男生宿舍外进行着一系列调查。她的研究对象坐在一个树桩上，他的身后就是阴森可怕的火葬场。斯塔莎的问题简直多余，她常常问同样的问题，最终得到的也是相同的解释。

我还清楚地记得她第一次问这些问题时的情景。那一天，我盘腿坐在斯塔莎身旁。我假装织毯子，实际上却在偷听斯塔莎的谈话。动物园里的女孩们教会了我如何织毯子。她们通常会借此打发两次点名之间的时间，熬过被迫与姐妹分离，不得不被困在实验室里的时间。

她们从铁栅栏上折下一段铁丝，用石头把它磨尖，将它制成针。线则是从我们还没有完全散开的线衫中抽出来的。我们将这少得可怜的物资收集起来，轮流织成一条只能给一个小洋娃娃盖的小毯子。小毯子织好以后，就会被拆成线，并传递给下一个女孩。

织毯子是个绝佳的掩护，我可以借机监视我的妹妹。斯塔莎还以为我织毯子的时候是没心思听她说话的呢！我记得，斯塔莎那天的第一个问题，是问她的实验对象为什么会长这么多白发。

“我的头发从前不是这样的。”男孩回答，“它们是一夜之间变白的。我兄弟也是。”

“一夜之间？”

“也许是几个夜晚之间吧，总之它们很快就变白了。是在我们来这个地方的路上。我们的牲口车里又没有镜子，我也不知道具体的时间。”

“你的背景呢？”斯塔莎问。

男孩想了好一会儿，他的脸在沉思中皱成了一团。

“我一共打赢了五场架。其中三场是靠拳头，另外两场是靠牙齿。别问我打输了多少次。你要是这么问，那又是在找打。”

“不。我问的是你的***背景***。”斯塔莎说。

“我父亲是个拉比。我母亲是拉比的妻子。我的拉比老爹现在也许还活着。他常常说：‘黑暗中难辨美丑。’除此之外，他还有许许多多这样奇怪的句子。”

“我感兴趣的是你的医学背景。”斯塔莎终于说明白了。于是接下来，他们讨论起了门格勒从这男孩身上拿走了什么，又往他体内注射了什么。男孩向斯塔莎描述起了他见到的各种实验器具。说完这些，他补充了一句："你们真应该祈祷，但愿门格勒别在你们的肚子上用到这些东西。"

"你听上去真像克罗蒂尔德。"斯塔莎有些反感地说，"我们从不祈祷。***我们的爷爷***倒是经常祈祷，但他祈祷的对象不是神灵，而是科学。"

病人觉得斯塔莎的话挺有意思，他伸出胳膊，想要展示自己的肱二头肌。可他胳膊上哪有什么肱二头肌，手臂上的小隆起只有一小堆豌豆那么大。

"我不会让自己被祈祷打败。"他说，"可是期盼自己变成老虎、狮子或大野猫没有错。更何况我很快就要满十三岁了。我为自己内心最凶残的一面祈祷，希望它可以击败医生给我造成的伤害。我希望有一天，这股力量能带我离开这个地方。我会找一个俄罗斯女人，爱她，满足她。就算她没有完全满足，也没关系，因为我将成为一个魅力超凡的男人，一个真正的绅士。说实话，我的意志并非一直这样坚定。但我要继承我双胞胎兄弟的遗愿。你不认识他，斯塔莎，可你要知道，那个毫无良知的门格勒害死了他。我的兄弟曾是一个情感丰富，讨人喜欢的小男孩。他走了，我想，他做梦也想要把那些纳粹勒死，把他们的心肠挖出来。他的复仇之志现在落在了我身上。你想要扮演护士，就扮演护士好了，但我只能做一个杀手。"

"我才不要扮演护士呢！我有自己的计划。"斯塔莎噘着嘴说。她把书放在膝盖上，四下张望，不想让人听见她的小告白："你有没有想过，我也许有着和你一样的兴趣？"

“那就告诉我，你究竟是在做什么。你的大计划到底是什么？你难道想要逃跑？莫非你没有看见罗赞穆德和卢卡的下场吗？”

“我还真没看见。”

“他们被枪杀啦！”病人抬起胳膊，趔趄着倒退了几步，一头栽倒在地上，假装牺牲，“毫无理由就被枪杀。你根本别指望什么好结果。”

“好吧，幸亏我的计划和他们的不一样。”斯塔莎走到病人倒下的地方，检查了一下他的骨头。

“这个地方只有两种计划。”病人说，“以前倒是有三种计划。但是给自己寻觅充足的食物如今已经不可能实现了。”

斯塔莎思考了一下病人的话，对他宣布检查结束，然后在书上胡乱画了几笔。斯塔莎故意说得很大声，因为门格勒这时候刚巧从院子里经过，正要去折磨他的囚犯。斯塔莎没有对病人说她的检查结果，只是表示，基于病人现在的身体状态，就算他再不情愿，也还得靠吃老鼠保持体力。

“老鼠是不符合教义的不洁之物。”病人鄙视地说。

“面包也一样啊！”斯塔莎回敬道。我开始觉得，斯塔莎之所以整日端着那本书，其实就是为了避免与其他人进行眼神接触。刚说完这句话，她就立刻埋头盯着手中的书本，像是因为刚才的话感到羞愧。

斯塔莎的指控只让她显得更加可悲。那一刻，我清楚地认识到：斯塔莎之所以要让那个病人成为她的病人，是因为只有这样，她才可以活下去。

而那个病人也想要自救。

眼前的问题显而易见：病人的兄弟去世了，这意味着再也没有什么双胞胎。一对双胞胎若是没了一个，另一个也就不再有价值，随时可能被舍弃。失去了你的姐妹或兄弟，你的日子也许就只剩下几天或一个礼拜。用不了多久，你就会被送去和那个死去的孩子团聚。你们的尸体将一同被送去殡仪馆，供人研究。这样的“团聚”并没有明确的规定，但明眼人一眼就能看出规律：米莎去世后，奥古斯塔斯没几天就不见了。赫尔曼去世后，我们又送走了阿里，眼睁睁地看着他的鼻子贴在救护车的玻璃窗上。这些孩子的失踪无可避免，侧面印着纳粹图案的车辆将我们的同伴们一个接一个地带走。

既然我是负责时间与记忆的，我每天都会在我们的小床边刻下记号，记录那个病人共陪伴了我们多少天。

“这是什么？”斯塔莎用指尖摸了摸我刻在木床上的四个凹痕。

“是我们家的四位成员。”我回答。

“那后来怎么会变成五道记号呢？”

“我把去世的家人也包括了进去。”

得到答案后，斯塔莎满意地摸了摸那些凹痕。时间一天天过去，床板上的凹槽越刻越多，我不得不去想新的解释。我说，那些凹槽代表着我怀念的东西，我欠布鲁纳的人情以及斯塔莎让我感觉到的善意。

幸运的是，那些让人忘记事情的面包让我的解释简单了许多。只要斯塔莎把镇静剂吞进胃里，她就会相信我的解释。

后来，床板上的凹槽超过了九条。我真不知道他凭什么能活这么久。也许是因为门格勒手中的尸体太多，所以一时把他忘记了吧。也有可能是因为他对斯塔莎真心存有几分尊重，因此允许她拥有自己的实验品吧。毕竟，人人都知道，门格勒常常因为一时兴起而破坏规矩。

而这座动物园里最能引起门格勒兴致的人，就是斯塔莎。

1944 年 10 月 14 日

一辆白色卡车来营地接我们。它像一头白色的野兽，身体的一侧印着纳粹勋章，而它所到之处必扬起一片尘土。实验室的墙上挂着许多医生和护士的画像，他们的制服上都绣着与卡车上一样的纳粹勋章。他们从斯塔莎身上取走一点血液，将它注射进我的体内。接下来，他们又从我身上取走一些血液，放进一个小桶里。他们用针刺斯塔莎的脊柱时，我感同身受。他们给我们拍照片、绘制肖像。我们听见走廊里传来此起彼伏的哭声。照相机的强光把我们晃得睁不开眼。门格勒吹着口哨，带着标志性的微笑，将斯塔莎从我身边带走。进入那间小隔间时，斯塔莎回头望了我一眼。

艾尔玛护士对我说，医生会对斯塔莎进行特殊照料。

我不知道时间究竟过去了几分钟还是几个小时，只知道斯塔莎出来的时候，一直歪着脑袋，像是一只断了线的木偶。她用手捂住左耳，哪怕是最轻微的声响都会让她受不了。

我用不着看斯塔莎的伤口都知道她是怎样受伤的。

坐在椅子上等待的时候，我感觉到某种液体和气泡被猛地灌进了我的耳朵。我很清楚自己感应到了斯塔莎的感受，不由得叫出了声。这样的反应招来了艾尔玛护士的注意。百无聊赖的艾尔玛护士原本在类似于镜面的医药柜前剔牙，梳头发。她被我的反应吸引，因此转过了头。

“小丫头，你怎么了？”她大步流星地向我走来，然后戳了戳我脸上的酒窝，“没想到你居然还有力气发抖。”

我的痛依然继续着，但我没对艾尔玛护士透露半个字。我知道他们把开水灌进了斯塔莎的左耳，想要永久地夺去她的听力。虽说斯塔莎咬着牙没有喊出声，可我很清楚里面发生了什么。

我朝窗外望去，想要甩掉脑海中的可怕场景。我看见守卫把一架钢琴推进院子。我知道这就是我们的钢琴，是我们丢在贫民窟里的。我们在那个地方一同长大，我、斯塔莎和那架钢琴。那时候，我们经常藏在钢琴底下。这可能是任何人的钢琴，但我确定，它就是我们的。然而我才刚刚看见那架钢琴，警卫就把它推走了。我看不见它，只能听见撞击和拖拽的声音、琴键发出的轻微声响以及人们的咒骂声。

不知道他们要把钢琴运到哪里去？不知道我还有没有机会再见到它?

门格勒终于又出现在我的视线范围里。他依然吹着口哨。走到一半时，他突然停下了脚步，像一个正在向学生提问的音乐老师一样指了指我。

“是贝多芬第九交响曲吗？”我壮着胆子问。

“啊哈，大错特错。”门格勒带着胜利者的语气说。

我为自己的错误道歉。我本想告诉他，我的听力此时受了些损伤，可我最终没有这样说。

“能不能再给我一次机会？”

我相信门格勒一定经常听见这样的话。他大笑了起来。艾尔玛护士假装责备地看了他一眼。

“别对这些小丫头这么残忍！”她又对我说，“你回答得没错。可是我们的医生有时候就爱开些小玩笑。”

“这是为了让你放松一些。”医生点了点头，对我说。

“这哪里会让他们放松呀？这些孩子一定紧张死了。”艾尔玛护士说，“你看看他们的样子！”

“斯塔莎就挺喜欢这一招的。”门格勒说，“那个姑娘最喜欢听笑话，不是吗？你比你妹妹内向一些，对不对？”

他摘掉手中的手套，又换了一双新的。他戴手套时的神情，简直像一个将要上场比赛的男孩。他把戴着手套的手放在眼睛前面。确定一切完美无误后，他用一只手拍了拍我的肩膀。

“你妹妹需要休息一阵子。”门格勒对我说，“这期间，我们也许可以做些别的事来打发时间？”

他总爱这样措辞，好像只是在提一个友好愉快的小建议一样。

门格勒和艾尔玛护士讨论了几分钟。我努力装作对他们的谈话丝毫不感兴趣的样子，却还是听见了一些信息。我听见他们在讨论我和斯塔莎谁更强大，通常是谁领导谁。聊完以后，他们回到我身旁。椅子上的我冷得瑟瑟发抖。

“这一次有些新玩意儿。”门格勒终于对我说，他甚至露出了微笑，“至少对你而言，是新鲜的。你妹妹倒是早就尝试过了。”

他在我身上找血管。这几乎毫无难度。我的血管生得那么明显，让我忍不住诅咒它们。

我不知道针管里装的是什么。细菌？病毒？毒药？我唯一可以确定的是，接受注射之后，我的身体不停地颤抖，一股热流在我体内涌动，可我的双手却凉得可怕。一个更强大的人也许会反抗，拒不接受注射。可是如今的我已失去了大部分的勇气。自从我从那辆牲口车内走出来以后，我就不再勇敢。

注射完毕后，门格勒满意地站起来，退到一旁观察我。他像当初在宠物店里咒骂过我的海盗一样歪着头。我希望他保持这个距离，别靠近我。可他将一把椅子拖到身旁，坐在椅子上摸我额头，看我有没有发烧。他拿出一把小锤子，在我的关节上敲了几下。锤子刚碰到我，我的腿和胳膊就飞了起来。门格勒露出关怀而且感兴趣的神情。我坐在椅子上，他在我周围走来走去，白色的长袖子落在我赤裸的身体上。

“你感觉疼吗？”他一边用小锤子敲我，一边问，“这样感觉怎么样？这样呢？”

疼。不疼。不疼。不疼。

我想要搅乱门格勒的实验，因此故意不说实话。我要让实验变得和我一样没有意义。

门格勒丝毫没有怀疑。他用一道光照了照我的眼睛。一瞬间，我什么也看不见了。看不见倒好，门格勒的脸离我的脸那么近，他身上的味道甚至飘进了我的鼻子里。那是炒蛋和残酷混合在一起的气味。我的胃不争气地叫了起来。他和我聊起了这个声音，好像是要向我证明，他本人的身体也会有新陈代谢。

“你今天过得怎么样，珍珠？”他用轻松欢快的语气问，好像他是我们放学回家的路上遇见的普通人，是邮差、屠夫、花匠、邻居。他的问题显得那样人畜无害，那么不经意。

“很受伤。”

“你过得很受伤？多么有意思的说法啊！我还以为只有斯塔莎有喜剧天赋呢。”

我听见房间另一头的艾尔玛护士冷哼了一声。

“疼痛总是有原因的。”门格勒说。

他给了我一块糖，让我必须好好享受。我没有把糖纸剥开，而是把它藏在了舌头底下。不撕开糖纸是为了安全起见，因为此刻，我的舌头、嘴巴和脑袋已完全不听使唤。回动物园的路上，我一直含着这颗糖。一走进动物园的院子里，我就把这颗完整的糖吐在地上。赫肖恩家的三胞胎为了争这颗糖打得不可开交。

我也不知道要站在谁那边。

斯塔莎受伤之后，监视她变得更容易。她那只坏掉的耳朵上缠了一层厚厚的纱布，再不能敏锐地捕捉到声响。再加上她现在常常昏昏欲睡，我轻易就能从她脑袋底下拿走那本蓝色的小书。

1944 年 10 月 20 日

医生把药水瓶藏在一个小盒子上。盒子上写着“战争物资，紧急”。*我知道那是药水瓶，因为那上面贴了我的名字，也贴了珍珠的名字。他小心翼翼地将药水混在一起。任何关于组织的东西，他都非常上心。可现在，我开始怀疑他的医术。*

读到这里，斯塔莎突然醒了，正好撞破了我的偷窥。她有些生气，可她的身体太虚弱，也拿我没办法。她只是冷淡地移动了一下耳朵上的绷带。

“你很清楚，你根本对付不了门格勒。”我小声地说。

“爷爷不会同意你的话的。他认为我只要下定决心，什么事情都能办到。你自己去问问他，他会告诉你的。”

“我要怎么问他？”我说。这是我第一次对她的幻想表现出明显的轻蔑。斯塔莎的脑子里装了这么多绝望而奇怪的想法，它们像药物一样影响着她。

“我一直在给妈妈和爷爷写信。”她说，“如果你想要这么做的话。我可以把这个问题加进信里头。”

她夺走了我手上的书，想在口袋里摸出一支铅笔。

“我们这是在装什么呢，斯塔莎？”

“装？”她压低嗓门说，“你指的是病人吗？是啊，我一直假装他的身体没问题。但是所有医生都知道，不可以对病人说，他们生病了，那只会加剧他们的病情，让他们失去希望。失掉希望的人，哪怕不去碰他们，他们身上的骨头都会自动折断。而他们的肺部——”

“我说的是妈妈和爷爷。”

“你为什么认定他们不能好好地活着？医生叔叔让我们做什么我们就做什么，从来没有反抗。”

她又开始胡言乱语，说我们每被针扎一次，妈妈就会多得到一些面包。每当医生从我们身上取走一些组织样本，爷爷就可以在守卫的监视下，去游泳池游泳。她坚称自己一直在和医生叔叔谈判。她甚至牺牲了一只耳朵，医生叔叔怎么可能不照顾妈妈和爷爷?

我决定不对她说我今天在实验室的院子里看见钢琴的事。钢琴也是纳粹从我们身上夺走的东西，这些人从我们身边夺走了那么多。之所以选择不说，不仅仅是因为善心，同样因为我其实依然不相信自己是否看真切了。

“那我们为什么从来没有见过面？”我有些不服气地说，“和我们的家人见面难道不是最重要的特权吗？”

“我还没有向医生叔叔提出这个请求。”

“而你之所以不提出这样的请求，是因为你很清楚他们已经不在了。”

“不是这样的。”斯塔莎无比严肃地说，“我知道你说的不是真的。我有证据。他们虽然不在我们身边，却依然活着。”

“什么证据？”

斯塔莎坐起身子，和我脸对脸。她突然轻轻地伸手盖住了我的眼睛。

“你看见了吗？”

“没看见。”

“再用心一点。我正在想着呢。”

她用指尖按摩我的眼睑，一阵柔和的黑暗遮住了我的视线。突然间，我的眼前开出了一朵花。

“你现在看见了，对不对？”

我的确看见了。这就是妈妈画的花，可是——

“没有。”我说，“我什么也没看见。”

“我知道你在撒谎。你明明看见了，就像我一样。”

我依然不肯承认。

“是罂粟花。”她小声嘟囔着，“你记得的。这不就是妈妈的画吗？在罗兹市，当我们的生活走向悲剧时，妈妈开始画罂粟花。她画出了一片罂粟花海。人们把我们推进牲口车的时候，她又开始画，可是只画了一朵。每当我悲伤得难以承受时，我总会看见这些花朵。我知道，如果妈妈不在这个世上了，我就再也看不见这些花儿了。可我没必要和你解释，你很清楚我在说什么。”

斯塔莎说得没错。可我不打算承认。

“看到这样的画面挺好的，因为它能让我想起妈妈。可事实上，我不太喜欢这样的感觉。有时，当我的痛苦超出忍耐限度时，我眼睛里的罂粟便会成倍地增长。你不在我身边的时候，我就会看见成片的罂粟花。我真希望自己将来不会再看见那样的场景。”

斯塔莎将整个头都埋进了薄薄的被子里，不看我，也不许我看她。我听见她疼得呜咽了一声，给我脱鞋时，她不小心擦伤了自己。斯塔莎从小就爱脱我的鞋子，因为没有了鞋子，我就不能离开她。我感觉到自己脚上的鞋子被斯塔莎脱了下来。我真庆幸斯塔莎这会儿钻进了毯子里，什么也看不清。我不想让她发现，她的鞋子其实比我的鞋完整得多。事实上，她脚上的鞋还像新的一样。除了医院和院子里，斯塔莎几乎哪儿也不去。可我的鞋又旧又破，因为我经常去地里找马铃薯，我脚上的鞋子早已不成样子。

躲在毯子底下的斯塔莎问了个问题。她每天都要问这个问题，问得多了，我在梦里也能回答。

“你今天练习跳舞了吗？”斯塔莎问。

我不打算说实话。我的确想要练习，可是当我摆出第一个动作的时候，我的嘴里流出一滴鲜血，滴落在地上。这鲜红的液体像是在警告我，我的身体出毛病了。这也清楚地代表着，门格勒注入我体内的液体开始生效了。我要想挺过他给我带来的伤害，就只能一遍一遍地复制奇迹，这哪里可能呢？

“当然了。我为何不跳呢？”我说。

斯 塔 莎

第五章

红 霞

医生叔叔弄伤我的耳朵以后，我听到的任何声音都伴随着回声。当人们说一些让人开心的好话时，这回声能让我更加快乐。可是当人们无情地训斥我们，下达一系列讨人厌的指示时，回声也就不是什么好事了。

不用我说，你们也知道哪种情况发生得更频繁吧？女子营房的管理者可是公牛。这个女人从来不会感到满意。

耳朵受伤的第二个副作用是：我经常什么也听不见，觉得耳朵又酸又累，耳朵里总会突然响起一声巨响。

第三个副作用倒是挺让我高兴的。医生叔叔在我耳朵上留下的小洞为梦打开了一扇小窗，让它们更轻易就能飘进我的脑海。左耳失聪后，我做了各种各样的梦。这些梦境那么美妙，让我几乎要原谅医生叔叔对我做的坏事。因为即使在想象中，我依然无法正视他干的那些坏事。

“你做梦了吗？”一天早上，从一场复仇的美梦中醒来以后，我问珍珠。是的，我的确是在试探她。我想知道我们这一天是不是心意相通。

“当然了。”珍珠伸了个懒腰，还打了个哈欠。我知道她这是故意的，为的是掩盖她那让人忍不住怀疑的语气。

“那你梦见什么了？”我向她逼问了一句。

珍珠知道她的表情一定会出卖自己，于是转过脸，面对墙面。

“家人。”珍珠回答，“否则还能是什么？”

我从来没有梦见过家人，没梦见过爸爸妈妈，也从未梦见过爷爷。珍珠的话让我有些内疚，我于是决定不揭穿她。

“没错，我梦见的也是我们的家人。这是个非常棒的美梦，但我希望梦的内容每次都能有新意。”我说，“爷爷将卷心菜变成蝴蝶的部分还挺有意思。可是我还梦见，每当妈妈流泪的时候，爸爸就会再次出现。我不喜欢这一段情节。”

“是啊，这个梦的确让人沮丧。”珍珠说，“我们怎么就不能做一些好梦呢！”

“我想这可能都是我的错吧。毕竟，你是先出生的那个。”我说，“你常常会指引我的行动。即使在实验室里，他们都认为你是我们之中更有话语权的那个。”

“这只能证明他们有多愚蠢。”珍珠说，“任何长了眼睛的人都看得出来，你才是我们之中说话算数的那个。”

我躺在床上，摇晃着双腿。我们此刻若是身在别处，我一定会觉得快乐而自在。屋外阳光明媚，鸟儿放声高歌，像是一心要与营地里的看门狗一比高低。

“快起床！”公牛咆哮着，一边走，一边用一只大木勺敲击床板旁的木栏杆。心血来潮的时候，她就会揪女孩们的耳朵。这样的恶趣味总能让她开心。

我用手捂住两只耳朵。

“不想听恶魔的声音，对吗？”公牛说。

我点了点头，拒绝将手拿下来。

“你不会见到邪恶的事。至少今天不会。今天有一场足球比赛。这是不是很棒？”

我谨慎地放下双手，对她说：“棒极了。我很期待这场比赛。”

我姐姐也很高兴。这段日子里，她的动作和反应都有些慢，但是这次，她敏捷地爬下楼梯，迅速穿好衣服。可是公牛一把抓住了珍珠的衣领，将她拉到一边。

“你没有比赛看。”公牛冷冰冰地说。

说这话时，我们看见一辆卷着尘土的救护车呼啸着从门前驶过。

我眼看着珍珠被艾尔玛护士带走，看着他们消失在那所谓的“救护”车内，绝尘而去。我真希望医生干脆把我的眼睛也弄瞎了，这样我就不用眼睁睁地看着我的姐姐受折磨。话虽如此，可我现在还不能失去视力，至少目前还不可以。

我们被驱赶到院子里，在公牛面前排好队。公牛似乎是个狂热的运动爱好者，而她显然想要将这种精神传递给我们。她饶有兴致地对孩子们讲述比赛技巧，分析警卫们的实力。米莉医生与双胞胎之父对比赛没那么感兴趣。他们在我们之间走来走去，清点人数。

这时，病人踏着八字脚大步走到我跟前。他的眼神看起来躲躲闪闪的。

“我有个礼物要送给你。”他说话的时候，一直把手背在身后。

“可我最想要的礼物，就是你的健康，病人。”我说。

他没有回答，只是咳嗽了几声。

“而你的身体一点也没有康复。”

“就像人们常常说的，”病人用欢快的语气说，“事情只会越来越糟糕，而且永远不会变好。可是我们每个人都忙着处理眼前的小麻烦，哪里管得了那么多呢？”

那段时间，人们的确常常将这句话挂在嘴边。我转过身，不愿继续这段对话。突然，我感觉有个东西抵住了我的后背。有人在我的肩膀上轻轻地拍了一下。病人笑着把一个号角助听器递给我。

“这是给你的。”他说，“是从加拿大营地偷来的。他们之所以没有丢掉它，大概是因为它是象牙制成的吧。”

这个精致的助听器一定是哪个有钱人家的太太或小姐的。助听器表面的抛光完美得让人赞不绝口，手柄上雕刻了一匹马的头。它可不是什么温顺的马儿，它歪着嘴，鬃毛全都向后飘，像是正迎着狂风前行。不知道医生叔叔看见我拿着这东西走来走去，会作何感想。

“快试试吧。”病人满心期待地恳求道，“把它放进你坏掉的耳朵里，我说几句话给你听听。”

我不肯试，满脸怀疑地抓着马鬃。

“你可一定要喜欢它。”病人说，“这是我从皮特那里换来的，是他特意从仓库里偷出来的。女孩们从皮特那里换东西倒是容易，只要让他占点小便宜就好。而我必须用香烟跟他换。”

“我要这东西干什么？你倒不如给我香烟呢。”我嘲笑道。

“香烟可不能让你的耳朵听见声音。”病人似乎比任何时候都理智，“未来的某一天，我也许会在你的左耳边说一些很重要的话，一些让你不愿错过的话。”

他说得有道理。我越来越享受这一段谈话了。我可以和病人说那些不能对珍珠说的话。我们可以聊关于医生叔叔的话题。比如我们要怎样了结他，以及什么样的方法可以一招致命。

比赛时，孩子们都站在赛场左侧。我们刻意不看赛场右边，因为那里站着典狱长、一些女人，以及可以在周末前来探访的卫兵家属。这些家属惬意地躺在毯子上晒太阳，身旁摆着土豆沙拉、小面包和香肠。母亲们在草地上追赶着她们可爱的小宝宝，为她们的女儿读图画书，然后用相机拍下奥斯维辛集中营内千奇百怪的一切。我看见一台相机向我所在的方向扫了过来，不由得眨了眨眼。病人也学着我的样子眨眼。值得一提的是，我和病人的确变得越来越像了。

我们睁开眼后，比赛正式开始了。

球在身着运动服的守卫和穿着破衣烂衫的囚犯脚下传来传去。病人似乎尤为激动。我几次让他别喊得太大声，以免伤到内部器官。我告诉他，不加节制的喊叫必然会伤害他脆弱的身体。

“还有，你可别指望我们能赢。”我说。

“可我们就是能赢。”他在我的右耳边兴高采烈地说，“我们胜利的那一刻，火车将重新回到轨道上，向森林和群山深处驶去。我们胜利以后，就再也不会有贫民窟，也不再会有人撞开我们的家门。”

他暂停了一下，想得到我的赞同，可他没一会儿又滔滔不绝地讲了下去。病人坚信想象的力量，也爱极了这些小幻想。在这方面，我和他是一样的。

“我们要是胜利了，”他继续道，“我的兄弟将不再是一个死掉的男孩，而会再度变回我的兄弟。他再也不用受折磨，不用躺在地下，也不用时刻惦记我身在何处，过得怎样。”

我想要给他泼一盆冷水，告诉他，我不认为这样的奇迹有可能发生。

我的确知道这个地方的一些秘密，但是死而复生？这也太荒唐了。可我突然意识到我不能完全否定这种事的可能性。要知道，当初的我也坚定地认为，奥斯维辛集中营不可能像人们传说的那样残忍啊！

然而我一句话也没说。病人表现出专注于比赛的样子，我看不出他对我的想法是否感兴趣。

我们看着囚犯们在操场上疲惫地小跑着。但是跑第一轮的时候，我看到了疲惫之下的决心，跑第二轮的时候，我又看到勇敢。其中一些人像是拿着屠刀的梦游者，另一些人则像是被胜利的可能性鼓舞了。他们凝聚了自己全部的力量，虽说他们明知这一点力量最终也会消散。球没有思维，不在乎踢球的人有多么虚弱，多么困倦。球在囚犯与卫兵之间传来传去，像是在进行着一场根本不可能的谈判，徒劳地争取着无法实现的和平。第三轮的时候，一个卫兵一脚把球踢下了场，他们只得用一个面包代替。每踢一脚，面包屑就会飞起来。连栖息在树上的乌鸦都知道，这面包屑是碰不得的。它们把炭一样黑的小脑袋扭向太阳，故意不看地上的面包馅。真是聪明的鸟儿。我学着它们举头望太阳，病人也学我抬起了头。

我们不再看比赛，而是一同仰望天空，看着云朵变换成各种各样的形状。我和病人一起观察云朵，像是变成了一对无忧无虑，天真无邪的孩童。

“一座钟！”我指着一朵云说。

“一个臭纳粹！”病人说。

“一只小兔子。”我指向了另一朵云。

“一个臭纳粹。”

我们继续着这样的对话。我看见一位新娘，一个幽灵，一颗牙，一只汤勺，但病人只看得见纳粹。他的纳粹要么在睡觉，要么在剔牙，不过大多数时候，都是奄奄一息，行将就木。他们死于各式各样的疾病，死于动物的袭击、病人祖母的攻击，以及病人自己手中的早餐刀。

我也想看见病人看见的东西，于是凑到他身旁，从他所在的位置仰望。脸上沾着尘土的病人咳嗽了几声，然后礼貌地扭过头，不让自己的呼吸落到我身上。

“告诉我，那朵云怎么就像纳粹了？”我指着离我们最近的一片云朵问。病人说那显然是被毒箭射中的纳粹，一眼就看得出他已命不久矣。

病人从口袋里掏出他的早餐刀，仔细打量着刀锋。动物园里的孩子们都分到了一把用来切割食物的餐刀，大部分的刀刃都很钝，有的刀甚至连刀柄都要掉了。不过病人的刀不一样。他用石头把它磨得十分锋利。

“未来的某一天，我一定会亲手杀死一名纳粹。”轻声说完这话以后，病人猛地坐了起来。

“我也想杀一个人。”我小声说，“一个特别的人。你知道我指的是谁。”

病人用刀猛戳地上的泥土，坚定地说：“他们都是一样的。只要能杀掉一个纳粹，我不在乎杀的是谁。”

他说话的时候，我突然感到一阵剧痛。我知道，这不是我身体的痛。这样的剧痛简直让人承受不住，我不知道自己怎么还没昏过去。天上的云朵感受不到我的痛苦，仍在欢乐地翻腾。真是愚蠢的云。我已经看倦了它们。它们对我们的痛苦视而不见，而且没有一朵云化成我姐姐的样子，真是没意思。我忍受着这疼痛，想象着珍珠在实验室里经历了什么。可我不敢想象，不能去想。

我只能对自己说，她比我坚强，一定能熬过这一切。

我强迫自己专注于更让人高兴的事物。

“将来的某一天，”我对我的朋友说，“也许再也不会有杀戮。因为这场战争终会结束。”

“你在说什么？世界终会结束？”病人皱着眉头说。

“不，我说的是战争。战争会结束的。”

病人耸了耸肩。我不知道他耸肩是因为不赞同我的话，还是因为守卫们又得了一分。

“世界、战争，都是一样的。”他说。

守卫的得分让病人愤怒得难以自控。他起身把餐刀掷向了那朵纳粹形状的云。可是他的身体早已千疮百孔，连这小小的动作也支撑不住。他跌跌撞撞地后退了几步，一头栽倒在一块石头上，身体不住地抽搐。公牛目睹了这一幕，却什么也没做。我也不曾做什么。我很害怕，只能大声呼喊双胞胎之父和米莉医生。病人仍在抽搐，眼睛空洞地摇摆着。囚徒中的守门员大喊了一声，冲到病人身边。他想要把病人抱起来，想要稳住这个男孩抽搐的身体，不让他咬到自己的舌头。见到这一幕，一个守卫掏出了手枪。他开枪了。两枪射向空中，一枪射向了男孩身旁的守门员。囚徒守门员应声倒地。

医生叔叔拨开人群，带着担架队冲了过来。他咆哮着让大伙儿让开，为了早一点把病人放上担架，他甚至从守门员身上踩了过去。

病人被抬上担架的时候，我突然觉得，这将是我最后一次见到我的朋友。我低头看着自己的胳膊，它们抖动得和病人一样厉害。不需要助听器，我也能听见医生叔叔徒劳的喊声。他对着病人已没了表情的脸大声喊叫，想要让他保持清醒。

在呼喊和哭泣声中，我又感觉到了自己一直想要忽略的痛，也就是我姐姐此时正在承受的痛。之所以会感受到她的疼痛，是因为珍珠比我坚强，也因为这是珍珠的愿望。她想要和我心心相印，感同身受，而我也绝不能离开她。珍珠的疼在我体内驰骋、盘旋，像是在说：*“你无论怎么做都没用的。我是不可忽略，不可改变，不可忍受的。”*

这话让我吓得丢掉了手中的助听器。

助听器落在了距离受伤的守门员几英寸远的地方。守门员用一只手捂着腹部，痛苦不堪。人类为何会有如此强烈的好奇心？即便当我们的生命走到了尽头，依然会对映入眼帘的新事物感到好奇。囚徒守门员看见了地上的助听器，他从未见过这么一个奇怪的东西，于是拖着垂死的身躯，爬向那个助听器。他想知道那个象牙助听器是否是他最后的启示，是否代表着一种讯息，一个身体，一声哭泣。然而守门员的尝试被守卫发现了。就在守门员刚刚抓住助听器的那一刻，守卫又开了一枪。这个身受重伤的男人直挺挺地躺在地上，再也动弹不得。我看见滚滚红霞在死者的肩头凝聚、翻腾。

珍 珠

第六章

信 使

奄奄一息的病人被人带走以后，我的妹妹变得沉寂、寡言少语。我从没听见她诉说自己的忧伤。不过她也有可能说过，只是我没听见。毕竟，在奥斯维辛集中营，人们往往无法将忧伤和其他声音区分开来。那是一九四四年十月底，几架飞机从我们头顶的低空飞过，引起一片犬吠和水泥塔里的一阵枪击。

“是苏联人。”陶布苦涩地自言自语。他歪着头望着天空中的飞机。“我想在整个波兰被毁掉之前勇敢地离开这个鬼地方。”

“真丢人！”布鲁纳嘲讽道，“‘勇敢’这个词和你根本就不沾边。”

我屏住呼吸，想知道陶布会如何回应。可他没有回答，而是陷入了沉思。

“我们应该立刻把这个地方炸了。”思考了一会儿，陶布继续说，“把你们这帮人留在瓦砾中，让苏联人解放你们的尸体。”

“那你为什么不那么做呢？”布鲁纳的语气依然充满蔑视，“你真是个可悲的怪胎！”

然而陶布的心思这会儿全在苏联人的飞机上，根本顾不上布鲁纳的嘲讽。当然也有可能是因为飞机引擎的声音太大，盖住了布鲁纳的声音。无论是出于哪种原因，布鲁纳都不肯就这样作罢。“你真是废物，简直就是一团烂泥！”

布鲁纳总爱以此为乐，这让我们越发盼着飞机能沿着航道继续航行。苏联人的出现为许多人带来了希望，但我妹妹没有。

没有了可以照顾的朋友，斯塔莎发现自己突然多出了大把大把的时间。每个人都向斯塔莎提建议，告诉她打发时间的方法。布鲁纳想和斯塔莎结成联盟，小矮人米尔克邀请斯塔莎喝下午茶，结果都被拒绝了。克罗蒂尔德知道我妹妹喜欢小宝宝，她同意斯塔莎为她的双胞胎宝宝择虱子。然而连这样让人妒忌的信赖之举都没能打动斯塔莎。

斯塔莎表示她再也不能把时间浪费在任何会让自己分心的事物中。这可真是一句真心话。病人离开以后，再也没有人能让斯塔莎分心。我们给尸体挠痒痒，想要把它们唤醒，可是斯塔莎从来都不会加入。她对自己最爱的“刺杀希特勒”游戏都没了兴趣。而在此之前，她对这个游戏的狂热甚至到了让米尔克不安的程度。在人们的固有印象中，希特勒的小胡子是他的标志性特征。斯塔莎撇开这一点，专注于模仿希特勒的演讲。她还会模仿希特勒流口水的样子，把大家逗得捧腹大笑。我知道斯塔莎最爱逗别人笑，然而病人走后，她对一切集体活动都没了兴趣。我劝斯塔莎和我们一起玩游戏，因为这个游戏可以让我们交到朋友。然而斯塔莎却故意大声回答："我现在没有可以浪费在朋友身上的时间。"这话是说给摩西·兰格听的。不久前，一只蟑螂从斯塔莎脚边爬过。摩西在蟑螂叮到斯塔莎之前将它拍死，然后将那只死蟑螂作为礼物送给斯塔莎。斯塔莎希望摩西听了刚才的话，可以放过她，别再缠着她。

斯塔莎最喜欢坐在医务室的台阶上。她还会把餐刀放在自己的膝盖上。这些台阶见证了来来往往的路人——病人、护士以及被抬出医务室的死人。为了躲开我妹妹，米莉医生进出医务室时都格外小心。作为一位有风度的女士，米莉医生不愿与斯塔莎讨论病人的命运。然而无论米莉医生的速度多快，她都会碰到斯塔莎。斯塔莎会摆出一副木头人一样的神情。她想要让自己的表情变成一个大问号，让米莉医生回答她的问题。然而米莉医生只会委屈地皱皱眉，暗示斯塔莎听屋内垂死之人的呼喊，然后找准时机溜走。

我不知道斯塔莎怎么听得了这让人心碎的哭声。可我知道，她想要在这些声音之中找到病人的声音。换作是我，一定没勇气这样做。我知道斯塔莎一直在测验自己。苏联飞机撤退的时候，她终于肯和我说话。可是她的声音里多了一种难以言喻的苦涩，像是出自一个比我们年纪更大的女人。

"最近一段时间，罂粟花总会闯进我的脑子里。你看见那些花朵了吗，珍珠？"

是的，我看见了。

"可我现在看不见了。"她继续道，"最好别让我再看见它们。"

我知道这是个预警信号，这让我不得不为斯塔莎的未来做打算。

我要私下里见一见皮特。皮特就是那个帮病人偷助听器的男孩，斯塔莎不喜欢他。皮特在绘画和书籍方面有些研究，这给门格勒留下了深刻的印象。让人觉得不可思议的是，皮特没有什么双胞胎兄弟或姐妹，也没有任何身体异常或遗传病。这样一个普通人，是不配得到救赎的。然而，由于皮特生着一副雅利安人一样的俊俏相貌，有着让门格勒赞不绝口的英雄式的鼻子和下巴，他获准留在动物园。

从一开始，这个男孩在门格勒眼中就是特别的。他赋予了这个十四岁的男孩无上的特权，使他超脱于所有人。我不知道皮特是否意识到了这一点，是否因此感到羞耻。皮特的行为与其他人很不一样。我一直观察着他，看着他像一只灵活的小猫一样在栅栏底下钻来钻去。他蹑手蹑脚，神情专注，显然是要利用职务之便做些什么坏事。这个皮特有着超强的适应能力，也比布鲁纳举止大方。那副老练沉稳的样子，往往会让人忘记他其实是多么年轻。奥斯维辛集中营是个污秽的地方，可这个怪男孩一直注意保持卫生。与其他孩子不同，他的指甲里从不会有污垢。我经常看见他整理衣服，缝补衣服上的破洞。虽说他和所有孩子一样瘦，可我经常看见他在操场上做运动。他不停地举石块，做伏地挺身。除此之外，皮特还是足球队的队长和动物园男孩秘密联盟的队长。这所谓的秘密组织叫作“黑豹”，而它其实根本算不上什么秘密。这个小团体的会议到最后往往会演变成男孩间的掰手腕比赛。

抛开这一切不说，更让人刮目相看的是：皮特是动物园内鲜有的仍保留着骄傲的人。即便在门格勒的眼皮底下，他都不肯丢掉自己的骄傲。这应该是皮特最了不起的地方。

然而最让斯塔莎妒忌的一点是：作为门格勒的信使，皮特可以去往动物园的任何地方。他可以肆无忌惮地越过所有的边界。从一个区域到另一个区域，从男子营房到女子营房，从人们可望而不可即的花海，到富丽堂皇的纳粹总部。皮特可以堂而皇之地漫步于这些地方，把消息从一处传到另一处。与皮特相比，我们受到的限制可要多得多。我们可以去男子营房、女子营房，能够沿着围栏徘徊，去医务室的后墙，踏上通往实验室的路，走进可怕的实验室。可是皮特可以大大方方地前往我们只有在梦中才能去的地方。

皮特亲眼见到了加拿大营区，那座装满了属于我们的奢侈品的仓库。那里有成堆的金子，小山一样的银器，森林里的树木一样多的老爷钟，可供上千上等人就餐的瓷器，以及数也数不过来的皮毛衣料。他经常会和大家谈论起这些东西。

他看见了医务室里的秘密，见证了看守们以物换物的小交易。他看见人们在公共厕所上留下的暗号，他们无助地把这些信息埋在泥土中。皮特也会说起这些，不过总是言语匆匆，一句带过。

他还看见了一些不可说的东西，珍贵的假牙、头发和其他。而这些都是他不愿意和人们讨论的。

当然，有些地方是连皮特也不能踏足的。虽说大部分卫兵都知道皮特是门格勒的宠物，不会难为这个男孩，但皮特偶尔也有踩过界的时候。其中一次越界给皮特留下了一道伤疤。凶狠的鞭子从皮特的耳朵上扯下一块月牙形的肉。门格勒想要把皮特的伤口缝好，可他糟糕的手艺却让皮特的伤口变得更大。皮特不介意什么伤疤。因为这件事后，门格勒亲自整顿了军纪。这在皮特看来就是一种报复了。皮特说他将来还要犯同样的事儿，因为除了这种方法，他哪里还有复仇的办法呢？

受伤的耳朵倒是增进了我对皮特的亲近感。它让我想起了我和斯塔莎小时候养过的一只流浪猫。我们天天训练它，到后来，只要一摇铃，它就会奔向我们身边。我不得不承认：我常常想象着自己用手抚摸那个伤口，用指尖轻触那道伤疤时的情景。我想要在一切为时已晚之前碰一碰皮特的脸，感受一下他独特的体温。

我想要单独找他聊一聊，然而事实上，我也不知道自己想说什么。

我找到皮特的时候，发现他正和雅迪哈家的三胞胎待在一起。他们四个正靠在男生宿舍的墙壁上练魔术。三胞胎把白手绢变得像牛奶一样，让手绢从一只手流到另一只手上。这个魔术在当时非常流行，因为它能给人们带来一种见到食物的错觉。斯塔莎对他们的魔术向来不以为然。“都是些没用处的东西。”她这样说，“它只会让梦想家永远失去自己的梦想。”由于斯塔莎经常会表达出对这魔术的轻蔑，我真希望三胞胎别把我错当成我妹妹！不过从他们的表情来看，这些人显然把我当成了斯塔莎。

“你在这儿干什么呢，斯塔莎？”两个男孩异口同声地问。

“她不是斯塔莎。”皮特头也不抬地说，“斯塔莎现在已经聋了。这个是没聋的。”

“她没有聋。”我生气地说，“只是一只耳朵听不见而已。而且她的健康状况正一天天好转呢！”

男孩们幸灾乐祸地用手肘互相推搡着。

“我相信用不了多久，她就能为陶布跳舞了。”一个男孩窃笑着说。

“那你和我说说，”我的脸像火烧一样，“你们的手帕牛奶够不够你们四个人分呢？既然你们自认为比其他人更厉害，怎么不把那牛奶喝下去？”

他们把手帕捏在手里，对我怒目相视。我现在不能和他们计较。为了斯塔莎，我必须大气一些。于是我和这些男孩一起靠在男生宿舍的墙上。他们立刻不说话了。动物园的男孩们和女孩们通常不会在一起玩。被塞进牲口车之前，我就听其他姐姐们说过和男生一起跳舞有多么尴尬。我想，此时的我大概感受到了类似的尴尬。大伙儿都不肯出声，由于四周太安静，我甚至能听见疼痛在我的体内闯出一条新的路，在我体内奔跑。我的身体在燃烧，痛感像一块沉入大海的石头，浸入我身体的深处。因此当亚当·雅迪哈凑过来和我讲话的时候，我着实松了一口气，期待他能让我暂时分一点心，让我的身体好过一些。

“你知道陶布根本不是那个女演员的朋友，对吗？”

“当然了，我又不是傻瓜。”我说。

“但你妹妹好像相信了呢。”

“她也不是傻瓜。”我说，“还有，你们难道不能玩些别的魔术吗？我要是你的话，就会学一个能让自己在纳粹眼前消失的魔术。”

这话让亚当的两个兄弟狂笑了起来。亚当自己倒是没有笑。

“我没有开玩笑。”我有些生气地说。

“噢，你当然没有。”皮特低下头，凑近我的脸。我的眼神无处可躲，只能迎上他的目光。“斯塔莎才是负责开玩笑的那个，对不对？”他的语气很温柔，没有一丝嘲笑的意思。好像这里此刻只剩下我和他，没有其他人，好像我们正站在温暖的室内，而不是男生宿舍脏兮兮的墙边。皮特似乎意识到自己刚才太一本正经，为了摆脱尴尬的气氛，他用一根手指拉了一下我的一缕鬈发。触碰。一切变得复杂而奇怪。我常常被人拉头发，至少以前上学的时候，常常被后排的男同学拉头发。可是这次的感觉却不一样。皮特的这个举动让我感到开心和激动，我知道这可能是我这辈子从一个男孩身上收到的，最近似于喜爱的触碰。可我很快意识到这也许会是我最后一次感到激动，于是我冷静下来。我无法将目光从皮特受伤的耳朵上挪开。此刻我多希望自己的裙子上有两个口袋，这样我就能把手插进口袋里，而不去想着抚摸皮特恢复得那么糟糕的伤口。

“我是在取笑你呢。”皮特有些紧张地说，“别担心，我不会告诉别人的。”

我和斯塔莎明明是私下里进行分工的，皮特怎么会知道？三胞胎好像石化了，一个字也不敢说。他们似乎对这样的场景非常熟悉，早知道该怎样应对。皮特一定是看出了我的拘泥，他打了个响指，那三个男孩就消失得无影无踪。如此温和的下命令方式真有趣。要知道在这个地方，一个人对其他人下命令的时候，最常见的方式就是用靴子狠狠地踹他们的脖子。

“你愿不愿意和我一起散步？”皮特问。说完这话，他脱掉自己的毛衣，想要把它套在我身上。我把他的毛衣从自己身上抖下去。这是一个少女尴尬时的正常反应。我不想从皮特那里获得太多东西。能够和他一同散步，我已经很开心了。

散步的时候，我发现冬天就要来了。远方，火葬场和足球场的那一头，琥珀色的桦树叶已经掉光了。桦树已准备好迎接降雪。我的目光越过桦树枝。我知道桦树林的后面有一条河和几座山，我们可以从那里逃出去。动物园内的所有人都听过罗赞穆德和卢卡的故事。这是一对不屈于命运的爱侣，他们想要逃出动物园，却惨遭射杀。一个月的柔情蜜意后，这对情侣最终一起倒在了铁篱笆旁边。和皮特在一起，我真不该想到这两个人的故事。于是我试着专注于脚下，想要用脚步丈量铁篱笆的长度。我走在皮特前面，从一个树桩跳到另一个树桩上。这样的小动作让我放松了一些，也能更好地和皮特对话。我甚至忘记了疼痛，只在最后失足跌倒的时候感觉到疼。

皮特将我扶起来，用戴着针织手套的手取掉我膝盖上的鹅卵石。被医生和护士们扎了那么多针以后，我因为这只不会伤害我的手感慨万千，不住地颤抖。

“我听人们说起过你的故事。”我对皮特说，“我听说你可以从容地应对一切麻烦的事儿。你教会陶布的狗叫希特勒的名字，把一只癞蛤蟆放进艾尔玛护士的桌子里，还把鸡蛋放进了门格勒的拖鞋里。”

皮特的头发经常会滑到他的眼睛周围，而他也以此为掩护，故意不看我。

“我的确有过一些冒险。”皮特说，“但是把鸡蛋放进门格勒的鞋子里？我倒是想，但那怎么可能呢？我不知道你是从哪里听来这些故事的。它们是不是出自你妹妹之口？”

“除了这些，我也听过一些没这么惊心动魄的故事。”

“噢，是吗？也许你可以让斯塔莎编一些更夸张的故事吧？”

“我不是从斯塔莎那里听来的。是布鲁纳说的。”

皮特停下了脚步。他看起来有些不安。

“那我可以向你保证，她的故事一定不准确。布鲁纳根本不知道自己在说什么。你信不信我的话？”

我没有回答，尴尬得不知是否要复述布鲁纳告诉我的故事。

“我去泡芙营地主要是为了送信。不过我的确故意逗留过。因为那一天，我见到了一个老朋友。你认识伊凡吗？”皮特想了想又继续说，“不，他在这里的时候你还没来呢。伊凡比我大几岁，但我和他从小住在同一个社区内，是一起长大的。那时候，我已经有至少一年时间没和他见面。他进了泡芙营地，还救下了他所住的那条街上的所有男丁。见到伊凡的那一刻，我震惊得说不出话来，伊凡却很开心。他甚至要我保证，如果我有幸再见到他的父亲，一定要告诉他父亲，他那天晚上都做了什么。”

“那你后来有没有见到他的父亲？”

皮特的声音突然多了一些距离感。

“有。”

“那你有没有告诉他？”

距离感更深了。

“没有。”

“也就是说，你违背了诺言？”

皮特犹豫了一下。我看得出他不愿意谈论这个故事。

然而他还是说了下去。

“也不全是这样。因为当我见到他父亲的时候，他父亲已经是一具尸体，和一堆尸体躺在一起。我不愿意和死人说话。在这个地方，一旦你开始和死人说话，无论你说的是哪国语言，用不了多久，你就再也不会说话了。于是我把伊凡那天夜里的事迹写在纸条上，将纸条放进了他父亲的口袋里。这真是一段尴尬的经历。”他停顿了一下。我以为皮特不是个会脸红的人，然而那一刻，他却脸红了。“你觉得我这样做对不对呢？”他有些迟疑，“这件事一直困扰着我。我总会想着它。”

我知道困扰我的是什么事。知道皮特也有困扰的事，会不会让我好过一点呢？皮特一边思考，一边将已经破烂的鞋子插进沙土中，像是要把快将他压得喘不过气的困扰也插进泥土里。

“今天我将这件事告诉了你，以后也许可以不用再想着它了吧。我可以想你。”皮特说。我不知道一个人的声音居然会如此温柔，也没想到居然会有个男孩凑到我身边，摘掉粘在我脸颊上的一根眼睫毛。我多么希望斯塔莎不会感受到我此时此刻的心情。

我看着皮特用大拇指和食指捏住那根眼睫毛。“明天早上，艾尔玛护士可要重新数一遍了。”为了缓和气氛，皮特轻快地说。

我本无意亲吻皮特，却不知为何竟这样做了。我想说，我之所以用我的唇去碰他的唇，其实是为了控制他，为了给我们画上一个句号。我还想说，他吻回来的时候，我依然保持着这个姿势。他抚摸着我的侧脸，以前从来没有人这样做过。可这不是一个开始，也不代表亲近、情感和爱。这不是让罗赞穆德和卢卡走向末路的少男少女的好奇。

我知道这是错误的行为。在这样一个没有希望的地方，我们怎么能像正常的人类一样，徒劳地想在他人的记忆里烙印下自己的痕迹呢？更可怕的是，我知道这种事情一旦开头，恐怕很快就会让我走向毁灭。

想到这里，我抽身躲开了皮特。他不知道我为何突然停了下来，可他像个绅士一样也后退了一步。皮特的绅士让我有些后悔自己的行为。不过此时此刻，我还有更重要的事。我必须先解决这些问题。

“我需要一些东西。”我说。

“噢，我明白了。”皮特叹了口气，“原来你是为了这个。”

“你以前也这样做过？和其他女孩？”

皮特礼貌性地耸了耸肩。这时，一直被他小心翼翼地藏在掌心的眼睫毛被一阵风吹跑了。

我站在铁篱笆下面，伸手摸了摸皮特受伤的耳朵。我把自己的情绪放到一边，把自己需要的东西告诉了他。“在我离开斯塔莎以后，我想要你替我保全她的性命。”说完这话，我摸了摸皮特耳垂下面的伤疤，看见了门格勒为他缝针的地方。

这时，纳粹的基地传来了朦胧的管弦乐声。我们曾经听到过这段音乐。从牲口车上下来的时候，迎接我们的就是管弦乐。如今，人员运输告一段落，动物园里再也没有新的囚犯，也就用不着这样的“入会仪式”了。囚犯们修建营房，分拣仓库物资，运送尸体，挖下一个又一个的坟墓时，一直伴随着乐队的乐声。他们做每一项劳动，耳边都会回响起乐声和歌唱声。***到这里来，到这灭绝之地来，只有证明自己是有用的人，你才有活下去的机会。***

在我渺小的生命中，我从未想过自己居然会怨恨音乐。这暗无天日的地方改变了我。每一个音符都让我感到害怕，每一次变调都让我恐惧。这音乐只会让我想到伴随着它的，奴隶般的劳作。

然而那一刻，有了皮特的陪伴，我居然不再仇恨音乐。我穿着皮特的破毛衣，皮特则出神地望着铁篱笆外面的白桦树。我再次爱上了音乐，因为那是我们失去已久的美妙音律。我很多年都没有听到那么动人的音乐，将来也许再也没机会听见。我想要回到曾经无忧无虑的时光，想要理解音乐对于两个亲密相拥的人而言究竟意味着什么，想要用爱填补这短暂的时光。

和大多数男生一样，皮特其实不会跳舞，可我依然想要和他共舞一段华尔兹。尽管不合时宜，我依然想要伴着这段不完美的旋律起舞。管弦乐队里的人真的有必要给我们的旧钢琴调一调音。虽说皮特总会撞到我的手，踩到我的脚，可他表现得十分严肃。我们不再是绝望的囚徒，而变成了一对淡然讨论生活困境的成年人。

“你要知道，你的愿望恐怕很难实现。”皮特说，“我现在无论去什么地方，公牛都会跟在我后面。而且陶布现在又养了一条新的警犬。那个小畜生虽说常常趴着睡懒觉，可是一旦我从它身边经过，它立刻就会醒过来。”

“这听起来似乎是个有趣的挑战。我想你应该很乐意接受挑战吧？”我微笑着说。

“只有你才值得我这样做。”

皮特的手温暖而笨拙，我能感到它在颤抖。透过皮特薄薄的毛衣，我能感觉到他那一排肋骨。我每天都能看见骨头，看见瘦骨嶙峋的孩子慢慢死去。可我从来没有如此近距离地感受过一个男孩的骨头。也许都是因为它们，我才说出了下面这句让我后悔的话吧。

“我爱你。”我靠在皮特的肩头说。

皮特没再踩我的脚，怀疑地眯着眼看我。

“不，你才不爱我。将来的某一天，你也许会爱上我。但你现在之所以说这样的话，是因为你觉得自己以后恐怕不会有机会真心地说出这句话，对不对？”

“对。”一眼就被看穿的我只能实话实说，“我的确是这样想的。”

“那我也爱你。”皮特说。我知道我们都希望自己说的是心里话。于是我对着皮特瘦巴巴的胸膛又重复了一句。我的声音那么轻，几乎让人听不见，可我知道皮特一定能感觉到。因为一曲终了后，皮特大步流星地走进了紫罗兰一般的夜色中，并向我保证，就算我不再吻他，他也一定会拿回我想要的东西。

“我愿意吻你。”我在皮特身后说。

“而我永远不会拒绝你的吻！”

奥斯维辛的夜晚本不该如此美丽。然而信使身后的夜色却美得让人忘却了痛苦。

1944 年 10 月 27 日

我身体的疼痛与日俱增。有几个早晨，我醒来的时候，发现自己的脚趾都在发烧。还有些时候，我感觉自己的五脏六腑都要被疼痛吞噬了。每一天都会有一个新的痛处，每一天都会比前一天更疼。我不愿去想自己究竟得了什么病，可我的脑子不听我的使唤，总想要给我的病起一个名字。我最终决定把这种病叫作“软弱”，以期让我变得坚强。我意外地听见米莉医生说，忍耐和力量是这个实验的关键，医生想要测验哪一对双胞胎足够强大，可以抵抗他注射进他们体内的针剂。

我不知道注射进我体内的是伤寒、天花还是其他不知名的病毒，也不知道我还能不能掩饰住自己的“软弱”。我向别的孩子寻求建议，想知道战胜疾病的方法。因为我不能向斯塔莎求助，不能让她知道我的病。“实验品”们有着各式各样的小花招，他们知道如何化解危险的问题，避免被送进医务室。他们知道如何把一声咳嗽转化为一个笑声。看见我汗如雨下的额头，公牛要给我量体温。一个女孩把自己嘴里的温度计抽出来给我，她的双胞胎姐妹再帮忙掩护，这样公牛就不会发现我在发烧了。

动物园里的孩子们都把土豆当作药物。虽说我有些好奇，不知道它们怎么会有药物作用，但土豆的确能让我感觉身体没那么疼。当然，布鲁纳帮了我很大的忙。我们在囚犯的厨房内，假装帮厨师端汤锅，然后借机偷土豆。厨师一转身，我就会把土豆塞进腰间的小袋子里。

回到我们的营房里，我咬掉土豆棕色的外皮，像是要被风刮跑的小鸟一样，用力啃着手中的美食。

日子一天天过去，我偷了许多土豆，身体却越来越虚弱。每天点名以后，我都会去找皮特。皮特会给我看一看他空空的口袋，然后和我讲故事。他告诉我，在纳粹的一次聚会上，一个党卫军让他背诵一首诗。他背诵了怀特曼的一首诗，还假装这是自己写的，结果居然没被发现。他还说，泡芙营地的一个女人说陶布是个爱哭鼻子的大男人，而且酷爱酗酒，是一个长着白菜脸的幼稚鬼。因为没人喜欢陶布，他只能向犹太女人求欢。皮特还告诉我，动物园里有一间卖火药的秘密商店。店里的人给了他一本书。为了让我不要经历等待的折磨，皮特一口气将全部的故事都说了出来。可他大概也看得出来，尽管我主观上非常愿意听他讲故事，可我的整个身体似乎要被一种看不见的疼痛刺穿。某些不知名称的疾病正一点点地拖垮我的健康。

我向皮特提出那个请求后的一个礼拜，他握着我想要的东西来找我。

“我想知道。得到这件东西以后，你还能不能用得上我？”皮特说。

他神情严肃地将手里的东西塞进我的掌心，像是在进行某种仪式。我真不知道他是怎么在那些恶棍的眼皮底下把它偷出来的。我无比珍惜地将它塞进腰间的小口袋，谢过了皮特，并与他道别。皮特不想和我分别。他想要一个新任务，想为我搜集一些别的东西，还说这是为他自己好。

“你想要什么都行，”皮特说，“我想要在这里找你想要的东西。这让我的生活变得有价值。无论你想要什么，我都能给你找来。无论你需要什么，我都义不容辞。”

他似乎是在求我。我无法清楚地描述皮特的心情。身体的疼痛让我无法思考，无法感知。

“就好像我们有未来一样。”皮特说，“好像我们还能共度一个月，哪怕是一个礼拜也行啊！”

这个我熟悉，或者说是开始熟悉的男孩突然像丢了魂一样，再也不是孩子们口中的领导者和勇敢者。

我的沉默让皮特失去了最后的意志力，他打定主意，要把这件事上升为一项挑战。

“我要为你偷一件真正的乐器。”皮特用故作滑稽的语气掩盖他声音里的不安，“不仅仅是钢琴的一个小部件。我要为你偷一架完整的钢琴。你相信我吗？”

“我相信你。”我回答。然而这个回答并不能给皮特带去多少安慰。我迎上皮特的目光，我看出，他想要把自己的目光收回去。不仅如此，他还想要将我和他共享的一切都收回去，收回那段时光，收走我们的感情。至少，我认为他是这样想的。因为我就是这样想的。

然而一个人对另一个人的情感就算再浓烈，也阻止不了人们想要独自承受痛苦的愿望。

爷爷常常告诉我们，动物们即将离世的时候，往往会选择独自面对死亡。为了不成为负担，受伤的动物和身体过于虚弱的动物会离开自己的族群。我知道终有一日，我也会这样做。我要为那无可避免的日子做好准备。那一天到来的时候，我会转身离开，不再拖累那些有机会活下去的人，比如皮特、布鲁纳、斯塔莎。他们没有被约瑟夫·门格勒选中，不用承受腐烂和毁灭。我是被选中的人，这是我的命运，而我为此深感庆幸。我是认真的，因为这意味着我用不着看见斯塔莎经历我所经历的痛苦。

我不愿意在这一刻就抛弃皮特。我想要和他在一起多过一个礼拜，多过几日。

“你要是这样说的话，那就给我偷一支管弦乐队怎么样？”我笑着说。

“就这么简单？”皮特大笑着将我拉到了他的身边。

这个小东西简直太美妙，简直美丽得不真实。我把它放在手心里仔细观察。我原以为这是我为斯塔莎准备的礼物，然而将它拿在手里，我却发现这是给我自己的东西。我也想要这个东西。我将它攥在手心里，不舍得将它送给别人。过了好一会儿，我才起身去找斯塔莎。

斯塔莎一个人坐在男生宿舍旁，正拿着笔在那本蓝色的小书上涂涂画画，绘制解剖图。周围安静得奇怪，只听得到警犬的声音。如果你集中精力摒弃耳朵里的犬吠声，就能隐隐约约地听见火葬场里有条不紊的生火声。斯塔莎眯着眼，专注于手中的书籍。认真思考的时候，她的嘴角就会呈现出一道特定的弧线。斯塔莎的专注让我想到了我们此时此刻已变得多么不一样。当然，改变不仅仅发生在我一个人身上。我无法抵御病痛给我带来的改变，斯塔莎也变了，只是她的改变比我似乎更微妙一些。我们已不再是无忧无虑的孩子，不再是昨天的我们。我没有将这段感慨说出口，但斯塔莎依然看出了我的心思。

“没错。我们的确不一样了。”斯塔莎说。

“是我的错。我不该把头发朝相反的方向梳。”我说。

“你干吗要这样做？把头发朝相反的方向梳又不能把神秘人带回来。”斯塔莎悲伤地说。说完这句，斯塔莎又说起了她这段时间常常说的话，懊悔自己没有保护好病人，也没能要门格勒的命。

“别难过了。病人会理解的。”然而无论我说什么，都劝不了斯塔莎。我只能闭上嘴，低头为她编辫子。她坐在我脚上。我用手帮她整理头发，双手却不停地抖动，她的头发从我的指尖不断地往下漏。

“我今天这是怎么了？”第三次失败后，我有些懊恼地说。

“因为帮我梳头发会让你想起妈妈。”

“也许吧。”

斯塔莎把书放到一边。这样的举动把我惊呆了，没想到她居然肯放下手中的书。我一直认为，斯塔莎手中的书如今已代替了我的地位，这是她深爱着，且不能失去的东西。

“我们要不要玩换胳膊的游戏呢？”斯塔莎建议道。

“不要。”

“你是不是已经忘了这个游戏要怎样玩了？其实很简单。你把手背到后面，我把胳膊伸到你身体前面，假装这是你的胳膊。我还可以做一些有意思的手势，比如倒茶，比如打牌输掉后的样子。”

“不。我不玩。”我的语气十分决绝，不容置疑。

“好吧。那就做打牌赢了以后的手势，怎么样？”

“我不会玩这个游戏的。”我打了个寒战。我有理由拒绝这个游戏，它对我而言已经再也没有吸引力。动物园给我们带来了太多改变，最严重的改变莫过于它毁掉了我们对于亲近的概念。仅仅是发生在这里的故事就能改变我们对于依恋的渴望。我听说这样一个故事：我们到来前的那个春天，门格勒把两个罗马男孩背对背缝在了一起。一天，这两个男孩失踪了。后来，人们听见实验室里传来了凄厉的叫声，其凄惨程度远远超过了人们的想象。这痛苦的惨叫吓坏了其他实验品，门格勒不得不把这两个男孩转移到其他地方。这个故事是皮特讲给我听的。他说他亲眼看见这两个男孩被抬上一副担架。皮特远远地跟在运送男孩的卡车后面，直到卡车停下。这两个被缝在一起的罗马男孩在一间地下室的石头地板上躺了三天，两人分别凝望着两个相反的方向，共同忍受着背部的剧痛和感染。

整个事件中唯一的安慰仅仅是：两兄弟不用亲眼看到对方所受的折磨。

我不愿意谈论这个故事，于是悄悄改变了话题。终有一日，我必须和斯塔莎道别。我必须悄悄溜走，不让她过于伤心。我要让这离别显得更甜蜜，让我妹妹回忆起这件事时不再感到痛心。

我从妈妈那里学到了一种说谎时的语调。爸爸消失后，妈妈和我们说话时常常会故作轻松。每当家里只剩我一个人，每当我对未来产生怀疑，我都会在贫民窟的地下室里学习妈妈的语调。

“既然你一眼就能看出我的心思。”我用轻松的语调说，“那你猜猜，我口袋里有什么？”

斯塔莎的眼里瞬间有了生机。

“你收到了妈妈和爷爷的回信？”

“再猜。”

“一把刀？一杆枪？等等，先别告诉我答案。我想要猜一猜。”

可惜她说晚了，我已经把口袋里的东西掏了出来，并打开了手掌。

“一只钢琴键？”

“没那么简单。”我说。

斯塔莎把琴键放在手上观察。我知道她在想什么。她想要看看我还有没有别的琴键，一个琴键形单影只，没有兄弟姐妹，甚是可怜。

“这东西能干什么？”她的语气很冷淡。我悲哀地意识到，今时今日，我恐怕再也无法送给她什么有用的东西了。

我对她说，这可不是什么普通的琴键，而是我们的旧钢琴上的琴键，这是我们的过去。这琴键能让我们想起一些重要的东西。谁拿着这琴键，就形同与我在一起。

斯塔莎用手掌弹了琴键几下，像是抓着一枚用来打赌的硬币。琴键被抛向空中的时候，斯塔莎脸上的表情往往是愉悦的，充满参与感与沉思。然而当琴键落在斯塔莎手上时，她的脸色就会变得阴郁，好像这简单的重力能把她全部的希望碾碎。

“就算哪天我离开了你。”我继续道，“也不算完全抛下了你。只要你收藏着这个琴键，也就收藏了我的一部分。”

“你的意思是，这琴键能给我带来安慰吗？”

我没有回答。斯塔莎把脸埋在我的肩膀下面，我的袖子很快就湿了。她的身体轻轻地颤抖了一下，她也因此松开了手，把琴键掉在了地上。我看着它下落，脑子里想的却是，那对罗马双胞胎是不是同一刻去世的。如果能同时闭眼，大概能稍稍减轻他们的痛苦吧。

斯塔莎用嘴贴着我的耳朵，发出“嘶嘶”的声音以及绝望的呜咽声。这个声音传达的意思没那么明确，我只能感受其中夹杂的愤怒与痛苦。她想要对我说些什么，却及时打住，什么也没说出口，把它们留给我想象。那对罗马双胞胎临别之时会对彼此说什么？

他们会说“再见”吗？

还是说身体被缝合的痛让他们没必要再说出那样的话？

想到这两个男孩，我就不寒而栗，血液直往脸上冲。我体内的痛感开始升腾。我想要把斯塔莎推开，这是个不自觉的动作，却让做这个动作的人显得残忍，尽管她没有意识到自己究竟在做什么。妹妹条件反射地向我靠过来，用胳膊揽住我的脖子。我差点被勒得喘不过气，于是加大力度，又推了她一下。痛苦点亮了斯塔莎的脸。她大概以为我之所以会将她推开，是因为我讨厌她可怜的幻想和她的黏人吧？我也许有那么些类似的想法，然而事实上，那一刻的我只想让斯塔莎证明，没有了我的陪伴，她也能过得很好。我最后一次推她的时候，力量大到让自己都有些惊讶。斯塔莎被我重重地推到地上。她坐在地上茫然地眨眼睛。这时，今年的第一场雪从柔软的云中落了下来。

“起来。”我严肃地说。我真残忍，但我不得不如此。在这个地方，这是唯一的活路。蚀骨的疼痛告诉我，斯塔莎必须靠自己的力量活下去。我不知道她是不是我们之中更坚强，更幸运的那个，我只知道她必须活下去。

可是坐在雪地上的斯塔莎伸出了手。我以为她这是在扮演雪天使，可我很快发现，斯塔莎虽说依然没有放弃抵抗，但这分明是投降的姿势。

“我不起来。”她小声说。

“起来，斯塔莎。”我严肃地说。

她像个爱耍赖的小宝宝一样在地上滚来滚去。

“除非你保证永远不会离开我，否则我就不起来。”地上的积雪吸收了斯塔莎的声音，让她的声音变得低沉了些。眼看着斯塔莎被我伤害至此，我却必须佯装镇定，表现出不为所动的样子，这真让我痛心！

“我已经答应，我的一部分将会永远与你同在。这难道还不够吗？”

斯塔莎从地上抬起头，却不肯看我。她的鼻子都哭红了。我看见她把手指插进土里。她那么绝望，想要牢牢地抓住能抓到的一切，哪怕是泥土和积雪也无妨。

“你说的是哪部分？”斯塔莎呜咽着说。

我打算引用斯塔莎从前常常幻想的场景。可我究竟信不信她的描述呢？就算我以前不信，可是那一刻，我妹妹躺在我脚上的时候，我信了。

“那个部分。”我说，“那时候，我们还知道自己姓甚名谁，也清楚地知道自己的样子。我们要回到自己漂浮着的世界。还记得那个漂浮的世界吗？我们那时候还是妈妈肚子里的小宝宝，却已经知道爱护对方了。我们知道我们终会来到这个世上，只是不知道要怎样拥抱世界。我们知道自己眼前有着未知的漫漫长路，因此才决定早一点从妈妈肚子里钻出来，亲眼见一见它们。”

“这又不是我做的决定。”斯塔莎垮着脸说。她郁闷地盯着那个琴键，像是把它当成了什么可恨的东西。

“这还不够。”她终于站了起来。为了对抗体内的疼痛，我弓着身子，艰难地从地上捡起了琴键。琴键上多了一道轻微的刮痕。我将那刮痕亮给斯塔莎看，警告她说：“你最好保管好它。”

斯 塔 莎

第七章

让我开心

我不断地对自己说，我此时感觉到的痛不是珍珠身上的痛。可我知道我错了。这就是她的痛。它在我体内敏捷地穿梭游走，突袭我的每一根神经。没错，我确定这就是珍珠身上的痛。然而还没等我搞明白这疼痛，我本人就被揍了一下。布鲁纳把手放在我耳边，对我说：“斯塔莎，你作弊了！”

她气得发抖，脸上的表情严肃而冷酷。我们正在营地旁边玩纸牌。我原以为这是个让人开心的游戏。然而此刻，布鲁纳把她的脸贴在我的脸前面，让我避无可避，只能承受她的怒气。她重重的呼吸有冬天和饥饿的味道，还有锡杯子装的咖啡的气味。“你别想耍赖，”她在飞雪间咆哮着，“你这个骗子！你刚才根本就是故意的！”

我的脸“刷”的一下红了，身体也颤抖了起来。那段日子里，布鲁纳似乎比平时更让人害怕。她不愿意继续做个白化病人，用煤炭给她的白发染色，因此获得了一头黑发。然而这样的举动非但没有减轻医生叔叔拿她做实验品的心思，反而在她煞白的脸上留下一道道脏兮兮的煤灰。这让她看起来就像一只浣熊，而且是只发了疯的浣熊。

我虽说爱着她，却也害怕她。

布鲁纳说得没错。我的确作弊了。我能在动物园里活下来，就是特权的体现。我什么也不用做，用不着偷偷摸摸，也不用渴望或祈求。我不费吹灰之力就能获得永生。那个小小的针眼把不朽封印在了我的体内，这是我无法抵抗的。

永生原本不会让我感到困扰，可我没想到珍珠竟然没能得到和我一样的机会。医生叔叔为何不肯给珍珠这样的机会呢？这不在我的计划之内，我们本该一同成为不死之身。整个儿童时代与少女时期，我们无论干什么都是一起的。医生叔叔是不是猜到了我的计划？他是否也有着自己的计划？他不肯为珍珠打针，是否就是为了分离我们两姐妹？

布鲁纳是我的朋友，也是我的保护者。酷爱暴力的她发现了我的秘密，看出了我其实在骗人，我用卑劣的伎俩让自己过上了滋润的生活。一时间，我也想不出要如何辩驳。

你可能会说这不是我的错，我并非故意要说谎。你也许会认为医生叔叔才是罪魁祸首，是他改变了我。话虽如此，但别的孩子也许不会接受这样的欺骗。他们的身体会把那一剂针剂当作病、毒药和祸害，我的身体却接纳了它。我原以为我和珍珠都能活下去，可以无忧无虑地生活在一起，慢慢地体会比所有人活更长是种什么样的滋味。然而事实上只有我接受了注射，除非我能打破医生叔叔的诅咒，否则就只能孤独地面对永恒。

虽说并非出于本意，可我依然背叛了我的姐姐。不仅如此，我还成了奥斯维辛集中营最卑贱的人。任何人都有资格对我嗤之以鼻。

“都是医生叔叔的主意！”我大声喊道，“我就知道我不该允许他这样做的！”

布鲁纳的眼神中瞬间充满了好奇。她用一只手捡起散落在雪地上的纸牌。

“我看不出门格勒和这件事有什么关系。我只知道你刚才偷看我的牌了！承认吧！你要是不肯承认，就吃我一张老 K 吧！”

她手里攥着一张老 K，想要把我的嘴撬开。她把我的嘴唇拉下来，将纸牌深深地插进我的嘴里。我这才意识到她愤怒的原因并非我之前以为的那样，其实与我和医生的小实验无关。这顿时给了我力量。我吐出了嘴里的纸牌，横下心要对布鲁纳坦白一切。

“布鲁纳，你说得没错。我就是个骗子。”

“对啊。亏你还知道。”

“我当然知道，而且永远不会忘记这一点。你才是赢牌的人。”

布鲁纳望着散落在雪地上的皱皱巴巴的纸牌，难得地流露出悔意。

“对不起，我不该把老 K 塞进你嘴里。”

“怎么了？难道你打算把鬼牌塞进来？”我笑着说。这笑声真奇怪，透露着深深的绝望，像疯了一样。“可是我配不上你的鬼牌！你大概得想象一张像我一样的牌：烂人、骗子、细菌、疾病——”

布鲁纳歪着头打量着我。不知她这是放松了警惕，还是被我的卑微逗乐了。这种发自内心的自我厌恶在动物园里并不常见。别的孩子每天想的都是如何活下去，因此不可能厌恶自己。然而我不用考虑生存的问题。

“那我就发明一张细菌牌吧。”布鲁纳说，“可是其他的词也太过分了吧？你又小题大做了！”

我想象得出自己此刻耷拉着脑袋，垂头丧气的样子。可我感觉不到自己的身体。我想，这可怕的麻木感可能是不死不灭带来的副作用吧。自从医生把我的耳朵弄坏以后，他对我的兴趣就降低了不少。他给我照了几张相片，又给珍珠照了几张，然而这不过是他的例行记录。有时候，我真希望麻木感能占据我的全部，这样我就不用想着怎样拯救珍珠，不用想着和她交换身份，让我成为受折磨的那个。

虽说我没有向布鲁纳倾诉内心的忧伤，但我的表情一定说明了一切。布鲁纳突然怜悯起了我。她抱住我，用自己的脸贴着我的脸，好像把我也当成了需要她拯救的天鹅。

“你可别让我为你感到难过。我刚刚还在生你的气呢！”

我向她道歉。

“别再道歉了！再这样下去，你会把自己送进火葬场的！”

我告诉布鲁纳，她说得对。

“别再和我说我说得对！万一我根本不是对的呢？”她退到树桩旁边，不安地跺着脚。我看着她的眼睛，那对眼睛深深地凹陷在眼窝里。我看着她的手，她手上的骨头都凸出来了。“我现在什么也不知道了。我不知道每天该说什么，也不知道要期待些什么。偷窃再也无法给我带来成就感，我只偷得到一些面包屑。打人也不再是什么有趣的事，因为那些人早就被人狠狠地揍过。”

我不知道自己应该说些什么，于是只说了一句：

“我很想念病人。”

布鲁纳松开了怀抱，怒气冲冲地回去捡纸牌。

“我不会说我想他。我允许你这样说，而且不会朝你脸上吐口水。这是不是意味着我也想念他呢？”

我告诉她，她说得没错。布鲁纳把纸牌装进口袋里，四下张望，确保无人偷看。公牛拖着笨重的身子从附近走过以后，布鲁纳压低嗓门对我说：“别告诉任何人我想他。这里的人不需要看到我的那一面。他们只需要看到我的新毛衣，知道我是怎么得来的就好。你知道我是怎样得到这件毛衣的吗，斯塔莎？”

“你偷来的。”

“当然了！可我也不知道这算不算偷窃，因为我是为你偷的。别告诉任何人。连珍珠也别说。”

“我和珍珠之间没有秘密。”这当然是在嘴硬。我心里很清楚，珍珠正背着我耕耘一个最可怕的秘密。

“这里的所有人都有秘密。”布鲁纳嘲弄道。她把那条毛衣裹在我的后背，示意我与她一同散步。我拒绝这个邀请后，布鲁纳一溜小跑，又去取笑小矮人了。

我从未见其他囚犯穿这么好的毛衣。这毛衣太大了，松松垮垮地挂在我身上。晚上睡觉的时候，我和珍珠可以一起钻进这件大毛衣里面，从此可以舒舒服服地睡觉。得到这么好的礼物，我却开心不起来。

布鲁纳愿意将如此珍贵的礼物送给我，证明她的确爱着我，可那时候的我哪里会因为这种事高兴呢？我左耳的迟钝和里面空空的声音让我只想尖叫。

我坐在雪地里，看着雪花一片一片地落下来，任它们把我的痕迹抹去。囚禁我的人一定会对雪花的这种能力感到妒忌。这些天里，我常常会想到那些囚禁我的人。早些时候，我尚且可以不去想他们。但是如今，珍珠的疼痛在我的体内膨胀、求饶。我身体的每一个角落都因此而发烫，变得虚弱不堪。这疼痛像是在嘲笑我的无能，笑我居然没办法救自己的姐姐。这让我不能不去想那些人对我们两姐妹做了什么，他们让我们背叛彼此。我发誓除了医生叔叔，我绝不会背叛任何人。为了表示决心，我低头吻了吻珍珠送我的钢琴键。

医生叔叔兑现了之前的一个承诺。我们像真实的活着的人一样，享受了一次娱乐。一天晚上，我们百无聊赖，再也不想玩给尸体挠痒痒的游戏，也不愿意用铁丝网织那没用的小毯子。这是十月底的一个夜晚，女子管弦乐团解散前夕。这天晚上，我们终于可以在房间里听她们演奏，而不用远远地欣赏其他营区飘来的模糊的乐声。我知道自己不配得到这样的享乐，可我又觉得，如果我能全身心地沉浸到音乐中，将来也许能向妈妈和爷爷描述这一段经历。

“索菲亚，你乖乖地站着别动。”珍珠对站在她前面的那个不停地扭动的小女孩说。我姐姐盛了满满一杯子的雪，用融雪蘸湿手指，替孩子们擦掉脸上的污垢。小孩子们在我们的床前排成一队，等着珍珠帮她们擦脸。

珍珠对这场音乐会感到极其不信任。

“这是个诡计，”她说，“也许伪装得不错，但这绝不是什么好东西。她们要是还能出席活动，”珍珠用下巴示意了一下排在索菲亚后面的孩子，“意味着她们的状况还不错，也许能得到更好的机会。”

过去的几个小时里，我姐姐专注地为愿意打扮自己的小姑娘们做清洁。她为孩子们擦洗脸蛋和下巴，用大头针挑掉她们指甲里的污垢。看着珍珠这样热心地打扮其他人，我想起了妈妈。妈妈那时候虽说顾不上自己的形象，却总爱打扮我和珍珠。

妈妈要是看见我们现在的样子，不知会做何感想。我和珍珠的脸上已有了许多不同。

珍珠的脸色开始发青，她的两只眼睛底下挂着深深的黑眼圈。我甚至偶尔能在她的舌头上发现厚厚的舌苔。珍珠有着一副好口舌。我只能对自己说，她的舌头之所以会披上这样丑陋的外衣，其实是为了保护自己，不让自己说出什么丑恶的话。我要是能像她这样谨言慎行，也许是件好事呢。然而无论我怎样劝说自己，都无法将舌苔看作什么好东西。

我多希望自己看起来也像珍珠一样虚弱！

珍珠自然不喜欢我的想法。

“你看上去健康，这是件好事。”打发走索菲亚之后，珍珠开始为另一个小姑娘清洁脸蛋。小小的阿莉似乎不信任珍珠，好像认为珍珠已经虚弱到连这样的小事都做不了。

我问珍珠是否向我隐瞒了什么，并警告她千万别对我撒谎。我的身体告诉我，珍珠所承受的痛苦一定比她表现出来的大得多。

“你又在假扮医生吗？”珍珠笑着说。

我告诉珍珠，等我杀掉医生以后，就不会再想着成为医生了。

“可你没有杀掉他呀。”

我们于是又陷入了循环，开始了这几个礼拜每天晚上都会谈论的话题，争论起为什么原本活得好好的人会突然死掉。有人因为牺牲而死掉，有人因为欺骗而死掉，还有人仅仅因为逃跑，就再也没有了消息，没错，他们极有可能也死了。

我受够了这样的话，又严肃地问了一遍：“你到底在瞒着我些什么？”

“就算我想瞒着你，也瞒不住呀。”珍珠用手盖住我的眼睛，我的眼睑上传来了她指尖的温度。

“告诉我，你现在在想什么？”

我一心想着音乐会的事儿，一时无法集中精神。然而过了一会儿，我看见无边无际的疼痛，看见麻木的背景中闪过一些小火花。小火花错综复杂，组合成了一道迷宫，让我摸不清方向。我转过一个弯，又转过一个弯，终于找到了痛苦的根源。可我看不清这根源究竟是什么。我不知道珍珠此刻在想些什么。

“我不知道。”

一滴泪在珍珠的眼眶中打滚。她仰起头，不让泪水落下来。我终于懂了。

“你在担心我的耳朵，对不对？你觉得我真的要聋了，对不对？”

她点点头，轻轻咬着下唇，想要专心为阿莉梳好头发。就在珍珠拽着梳子想要梳开那一头打结的乱发时，一个可怕的痕迹闯进了我的眼里。我不知道自己以前为何没有发现，可是这一次，我绝不会这样放过它。

“把你的胳膊给我。”我用不容置疑的语气说。

“我忙着呢。”珍珠不高兴地说。那个孩子瞅准时机站起来，朝门口奔了去。我们看着她一溜小跑，她的影子越来越小，最终消失在我们的视线中。

“希望她别后悔。”珍珠叹了口气，“不过至少她还能跑得动。”

“请把你的胳膊给我。”

珍珠伸出胳膊。她的胳膊摸起来湿漉漉的，上面到处都是淤青。虽说我才是那个经常进出实验室的，但珍珠胳膊上的针眼比我多得多。我的针眼已经让我快要崩溃，但珍珠的胳膊上足足有几十个！粉红血痂像蚂蚁一样密密麻麻地排布在她的胳膊上。就在我想要仔细观察时，珍珠把手抽了回去，对我淡淡地一笑，像是要把这个话题避过去。

珍珠挥手让我退开。她低下头，耷拉着肩膀，整个人变得软绵绵的。她身上的骨头像是突然碎了，让她瞬间垮了下去。然而当队伍后面的小女孩走到前面时，珍珠又恢复如常。“你一直以来都挺忙的。”珍珠的语调轻快得让我忘掉了她皮肤上的问题。我常常在那些随时都会消失的孩子脸上看见这样的表情。她一心想着保护其他人的安全，却忘了粉饰自己糟糕的身体状况。珍珠既然没心思为自己考虑，那我必须替她考虑。在牲口车上，我从一个女人身上学了一招，这个聪明的女人知道红扑扑的脸蛋有多么重要。

我用餐刀的刀尖在自己的手腕上扎了一下，流了两滴血。我只需要一滴血，不过有两滴也无妨。连血液也知道成双成对，更何况人呢？我用这红色的颜料在珍珠的脸颊上抹了抹，替她伪造红润健康的好气色。

我对珍珠说，她今天晚上必须拿出最好的状态。也许会有娱乐公司的人出席演奏会，他们会发现她，给她自由，带她去美国拍电影。我没想过去美国，可珍珠要是去了，我就跟她一起去。到时候，珍珠、我、妈妈、爷爷会一起住进一座群鸟环绕的大房子里。我们会有一座花园，还会养一条狗。那里的天气温和宜人，不会对我们造成任何伤害。爷爷可以把太平洋当作游泳池，妈妈也有更多的风景可以绘画。大海、植物与异国风情，这就是他们需要的。

然而我还没有说完，公牛便出现在了门口。我们整整齐齐地排成一队，踏着初冬的雪花走进一个飘着音乐的，尚有一丝生气的地方。

进屋以后，我们纷纷涌到后墙边。乐手们已将乐器调试好。这是一群剪着短发的女人，每个人看起来都比自己的实际年龄大。她们穿着少女气十足的制服，可是扇形领口的蓝色衬衫和蓝色短裙更是衬出了她们的未老先衰。

这些音乐家的喉部的肌肉很结实，每个人手里都拿着一件乐器，而她们的身体似乎和这些乐器融在了一起。这些音乐家灵活地移动着双手，仿佛这个世界一切都好。然而这些女人的表情告诉我，她们其实很清楚自己身在一个怎样的世界，也不会让你忘掉这一点。乐手们耷拉着眼睛，撇着嘴。她们是整间房里最黯淡的风景，甚至比刚刚失去族长的小矮人更悲伤，比泡芙营地里穿着彩裙的女人更忧郁。泡芙营地的女人挤在为党卫军准备的大餐前，把头埋进餐桌里。餐桌上堆满了上好的奶酪、鳁鱼、糕点和肉。被端上桌的烤猪，嘴里塞着打蜡的苹果，一脸委屈的表情，可它依然不像音乐家们那样悲伤。

这些女人一大早就开始了演奏。虽说近期进动物园的人已不多了，但是囚犯们工作的时候，她们还得为这些人演奏。欢快的音乐能让人产生一种错觉，觉得自己手头的工作其实没那么辛苦，这个地方也不像他们想象的那样暗无天日。她们的音乐里没有毒气、坟墓、让人脑子记忆模糊的面包和骨头。我不知道这音乐究竟是讲什么的。

如果有机会的话，我想和来自荷兰的钢琴家阿尼卡讨论一下这个问题。阿尼卡生着一副睿智的面孔和一双悲悯的眼睛。许多人都有这样的眼睛，但阿尼卡的眼神里似乎燃烧着一团火。前些天，眼神里透着冷光的阿尼卡闯到了电篱笆附近。

她被其他人拉了回来。人们对她说，她儿子的生死与她本人的生死其实没多大联系。她需要为她的儿子忍耐下去。将来的某一天，她也许能把纳粹对她儿子犯下的恶行告诉其他人。“那我为什么不能告诉魔鬼呢？”阿尼卡问。这个疑问在我听来挺合理的，可是细想后，我又意识到，这个世界上如果真有魔鬼，他应该是无所不知的，又何需他人分享呢？我不害怕阿尼卡创造出的天主教的图腾，也欣赏她敢于面对恶魔的勇气。她大概是因为已经痛得失去了生的希望，所以才会把自杀当作她唯一的朋友吧。

按照所谓的官方人士对我父亲下落的判断，我很早以前就应该和自杀见过面，从此知道它的颜色、叫喊声和气息。的确，从记事起，我内心深处一直埋着自杀的念头，这大概是我和珍珠之间唯一的区别吧。无奈的是，医生叔叔把我实现这一本能的最后一点可能性都夺走了。可是今天，看见阿尼卡眼睛的那一刻，我才真正明白，这种让人窒息的友谊会一直蜷缩并潜伏在我们体内，悄悄对我们说：***“听着，你还有另一条路可以走。让我来拯救你吧。”***

许多年以后，人们方才认识到这些音乐家的自杀率有多高。获得自由后，她们鲜少有人能抵制得住自杀的诱惑。可我发誓，早在音乐会的那天，我就看出自杀的冲动会一直跟随着这些女人，不会让她们轻易脱身。长笛手奏出尖锐的笛声，双簧管演奏者负责低音，鼓手噼里啪啦地敲个不停。这首曲子蕴藏着不为人知的含义，叙述着美与丑双重意味。

珍珠和皮特在离我不远的墙边说悄悄话。他们肩并着肩，腿挨着腿，甚至悄悄地牵起了手。珍珠穿着布鲁纳为我偷的毛衣。她裙子上的小草莓已经褪了色，化作一团模糊的形状，成为一株株失去生命力的植物。皮特把头发向后拨，想要让自己看起来像个绅士。我听说他每天都会做一千个伏地挺身。可是尽管如此，他在我眼里依然只是个瘦巴巴的臭小子。皮特让我有些担心。他对珍珠有好感，这肯定不是什么好事。他只不过是个信使，而战争结束以后，珍珠就会离开这个地方。甚至不需要等战争结束。今天晚上，珍珠的才能也许就会被人发现。她将会获得自己应得的生活，拥抱明星一样的人生。就算做不到那样，她至少也能成为一个有未来的人。

皮特发现我正在盯着他看。我的眼神大概比自己想象的凌厉一些。皮特松开了珍珠的手，对我微笑，想要给我一点家人的感觉。

“乐队的人数增加了，她们的演奏也比从前好多了。”皮特对着我的方向大声说。我没有理他，他的脸有些红了，喃喃地向珍珠道别。珍珠想让他多陪自己一会儿，可皮特不肯留下。

“以后还会有表演的。”他说。

当时的我要是能意识到他们之间发生了什么，一定会恳求皮特留下。几年后，我常常会想，皮特是否可以改变一些我无力改变的东西呢？他是否能缓解我姐姐的痛？哪怕轻微地缓解也好啊！

然而那时的我愚蠢又占有欲强，执着地想要知道何为真爱。我没有阻止皮特，而是看着他从孩子们、乐手们以及大腿上坐着女人的卫兵们身边逃开。

“你要上哪里去？”陶布瞥见了皮特，高声喊道，“泡芙营地今天晚上都空了！”他朝皮特奔跑的方向扔了个水瓶。大伙儿都听见水瓶砸在地上摔碎的声音。这时医生叔叔走进了屋，他穿着华丽的白色西服，一旁的艾尔玛护士也身披貂皮，穿着体面的丝绸衣服。他们两人观察着音乐会的情况，用锐利的目光扫视眼前的一切。

“多棒的派对啊！”医生叔叔感叹道。他瞪了一眼屋子里的卫兵。他们在孩子面前举止粗鄙，行为失宜，这让医生叔叔很不高兴。然而医生不愿意破坏今日的好心情，他把一个刚学会走路的小宝宝举到肩膀上，疼爱地捏了捏他的小鼻子。

这是个意大利男孩，虽说没有双胞胎兄弟或姐妹，但是由于样貌可爱，他依然深得门格勒的喜爱。人们甚至笑称，这个三岁的孩子是门格勒医生的私生子。男孩趴在约瑟夫·门格勒的肩头，似乎真把他当成了自己的父亲。我看着他在医生叔叔的肩头弹上弹下，想要喊出医生的名字。医生想要保护的对象除我之外还有谁？我可不想让一个小童毁掉我的任务。我暗自发誓，要带着十二分的热情重新投入自己的任务。

可是我的发誓被角落里的一阵响动和喊声打断了。

阿尼卡指着她眼前的钢琴。这架黑色的大钢琴像一只竖起了一只翅膀的甲虫。陶布蹦到钢琴旁边，用靴子重重地蹬着地板。阿尼卡让陶布查看钢琴的残缺处。陶布好奇地看了阿尼卡一眼，然后弯腰查看丢失的琴键。

因为心虚，珍珠的脸颊涨得通红。我真没想到她的脸还能红到这种程度。我这才意识到，这架钢琴根本不是我们的。珍珠怎么能错得这样离谱呢？我们的钢琴腿上有木炭痕和猫挠过的印记。而这架钢琴的腿上连一个刮痕也没有。不过我什么也没说。珍珠此刻已经很自责了，我又何必让她更不舒服？她把脸埋在我的肩膀底下，以防被人发现异样。

“你要为这件乐器负责，”陶布对阿尼卡喊道，“你就这样弹好了。只不过是几个小小的琴键，不会有人注意到它们不见了的。你明白吗？”

阿尼卡点点头，重重地坐在钢琴凳上。她的手指悬在琴键上方，看得出有些犹豫。然后她开始了。阿尼卡的琴技高超，没人听得出这架钢琴原来少了几个琴键。乐队演奏了狐步曲，行军曲，以及各种获准演奏的曲子。我朝女生们所在的位置看了一眼，看见布鲁纳正轻轻地跺着脚，小矮人们也摇摆了起来。双胞胎之父将一个瘸了腿的小女孩举起来，让她看得更清楚。

我们似乎忘记了痛苦，忘掉了饥饿、伤痛与流离失所之苦。我们身上的污秽现在看来根本算不了什么，我们的身体也和其他人没什么两样。除此之外，我们永远无法彻底根除对死亡的渴求。所有人都沉浸在狂喜中，除了医生叔叔。

他把小男孩放在大腿上，然而他的动作里充满了愤怒。我看见男孩的眼睛骨碌碌地转个不停。也许是第一次，男孩对医生叔叔有了恐惧。

“来，”医生说，“弹我最喜欢的曲子。”

乐队指挥满脸通红，眼神却一片茫然。

“别告诉我，你不知道我最喜欢的曲子是哪一首。”

“肖邦的《葬礼进行曲》？”指挥紧张地扯着自己的衣服，用颤抖的声音问道。

“《葬礼进行曲》？”医生大笑了起来，“你就是这样看待我的？觉得我最爱《葬礼进行曲》？”

乐队指挥结结巴巴地想要解释，却一句话也说不出来。

“我开玩笑的，马塞尔。”医生笑着说，“让我开心吧。”

指挥呆呆地站着，嘴巴张得老大。一旁的小提琴手用琴弓捅了马塞尔一下，让她恢复了神智。

“他指的是那首歌。”小提琴手说。

“噢，当然。”指挥慌张地说。乐队演奏起这首曲子。由于阿尼卡的钢琴有问题，她们的演奏常常会出现瑕疵。这残缺的钢琴让我难过。我想对这架钢琴说，我了解它的残缺。这也是我最恐惧的东西，我最怕人们将我最重要的部分夺走。

也许是因为小酌了些伏特加，也许是因为心情不错，医生今日不像从前那样敏感，似乎未意识到音乐的瑕疵，只是愉快地沉浸在乐曲声中。他把男孩放在地板上，握住艾尔玛护士的手，与她共舞。大家恐惧而难堪地注视着他们。这两个人都不太会跳舞。艾尔玛护士想要把医生带回节奏中，但医生的动作实在太笨拙。两个肢体不甚协调的人就这样伴着不准确的音乐舞动。他们可真是绝配，都是无论如何也跟不上节奏的笨人。演奏双簧管的女人忍不住笑了一下，她的乐器发出一声极不和谐的噪音。这个声音将医生叔叔吓了一跳，失手让艾尔玛护士摔在了地上。医生想要假装自己是在开玩笑，可所有人都看得出他的肢体有多么不协调。

为了掩饰刚才的失败，医生叔叔大步流星地走到我们跟前，命令我们跟着音乐一起合唱。于是，一群衣衫褴褛的孩子纷纷唱起了这首他们根本不熟悉的歌。我想知道究竟有几个孩子晓得“让我开心”的歌词，大概不少吧。我自己唱着唱着，都编出了几句词儿。

唱歌的时候，我们忘记了腹中的饥饿与身体的污浊，忘记了我们不过是被人随意拆散，并最终抛在脑后的可怜虫。那一刻，我甚至忘记了自己是个*混血儿*。一曲终了，我们居然完美地唱出了其他人唱不上去的高音。这是所有人凝聚在一起的结果，无论是老人还是新来的，大家一同努力，唱出完美动人的音乐。我看得出医生叔叔也注意到了我们的力量。这可爱的歌曲是否能让医生叔叔重新考虑他打算在我们身上实施的计划？医生叔叔像是举着一根看不见的指挥棒，指导我们唱出这首歌曲。我发誓，我亲眼看见他瞧我们的眼神中闪过了一丝犹豫。

工作永远不可能让我们获得自由，虽说它理应有这样的好处。那么美丽呢？“没错，”我暗自想着，“美丽也许能让我们走过那一扇门。”

这时，阿尼卡的手指一个哆嗦，音乐戛然而止。一时间，嘘声四起。陶布那张大脸涨得通红，他把手中的瓶子扔向了无措的音乐家们。瓶子正好落在了阿尼卡脚下。

阿尼卡站起身，她薄薄的鞋子旁边就是碎掉的玻璃碴。我注意到，和其他女人一样，阿尼卡脚上的鞋根本不配套。她一只脚穿着高跟鞋，另一只脚穿的却是平底鞋。虽说脚下不平，她依然稳稳地站了起来，伸出双手，像是在向人投降。她张开嘴，想要说话，却支支吾吾地，一个字也说不出来。她好像是我曾经落在雨里的一个旧娃娃，像一个没有生命的玩具。

陶布让阿尼卡别再碰钢琴。阿尼卡的手像是在黑暗中不住地颤抖的小老鼠。陶布解下皮带。他把皮带握在手上的时候，它像草地上的蛇一样，发出“嘶嘶”的声响。

房间内安静得吓人。我看着陶布手里的皮带，也看见阿尼卡疯狂颤抖的手。而我从未见过如此安静的房间。

在这紧张的时刻，我想起了口袋里的钢琴键。我想把琴键拿出来，手指却不听使唤。情急之下，我大声尖叫了起来。

阿尼卡深吸了一口气。陶布皱起了眉头。我旁边的珍珠一副坐立不安的样子。而医生叔叔，又把刚才的小男孩放回了膝盖上，并在房间另一头喊道：“怎么了，斯塔莎？你在哭什么？”

他说完便向我走了过来。我说不出话，只能慌乱地摆弄口袋里的琴键。

“到底是怎么回事？”医生又问了一遍。他用手摸了摸我的额头，见我没有发烧，又开始检查我的眼睛。检查了好一会儿，他退后一步，叹了口气说："有些事情，你最好别插手。尤其是那些你不懂的事情。"

于是我保证自己接下来会保持安静。医生似乎不相信我的话，可他还是拍了拍我的头，然后走到钢琴旁。可怜的阿尼卡依然在发抖。

"饶过这个女人吧。"他对警卫说。

"您太善良了，医生。"陶布一脸惊讶地说。

医生叔叔和陶布站得那么近，他脸上的胡子都快要扎到陶布了。他们之间的距离近得让人心里发慌。医生从口袋里掏出一副手绢，用手绢的一角擦了擦陶布愤怒的嘴唇。陶布的大红脸瞬间变得像手绢一样白。

"你把孩子们吓坏了。"医生一字一顿地说。他显然生气了。几番犹豫后，陶布笨手笨脚地把皮带系了回去。但他的表情告诉我们，他一定不会轻易忘掉这一份屈辱。医生将手帕叠好，可是就在他准备把手帕放回口袋里的时候，那一声厌恶的冷哼明显透露出他是多么不愿与陶布进行进一步的接触。他用指尖捏着这条被陶布污染的手帕，像捕捉猎物一样，在陶布眼前画了一个圈。他露出一个似笑非笑的轻蔑的表情。我们对这个表情熟悉至极。给某个孩子做完检查，在他身上发现缺陷后，医生总会露出同样的表情。这小小的恐吓好不容易结束以后，医生凑到陶布的眼前，对他发出了一声长长的嘘声，声音大得整个屋子里的人都能听见。

"我反正也不喜欢那首歌。"他说。

直到这一刻，我才注意到自己手中的钢琴键已经变得黏糊糊的。想了一会儿，我才明白了琴键是被我手心里的汗打湿的。

医生叔叔大步流星地回到自己的座位上。他的每一个脚步声都清清楚楚地传进了我们的耳朵里。

“大伙儿来这里不是为了听音乐吗？”他语气轻松地对乐队指挥说。指挥恭顺地低下头，指引音乐家们继续演奏。这时，一位著名歌星进了屋。她的到来立即引起了一阵骚动。她是最近才被流放到这里的，守卫们还来不及适应她光芒般的存在。这位歌星走过的时候，他们甚至不自觉地为她让开了道。

“她是妈妈的最爱。”珍珠在我耳边说。

“可不是嘛！”我说，“真可惜妈妈没有接到邀请。”我知道她一定很想来这儿。自从爸爸离开后，这位歌星的音乐就成了妈妈的朋友。我知道爸爸绝不是有意离开我们的，他只是临时去照顾一个生病的孩子。那个男孩一直高烧不退，而我爸爸碰巧是个优秀的医生，以救死扶伤为己任，无法对他人所受的折磨视而不见。这是我一直想让自己相信的故事版本。因为爸爸根本没有到那个男孩的家里。男孩后来死了，而我爸爸，也死了。他离开家的时候已经快到宵禁时间，结果被盖世太保抓住了。这是我真实的猜想。

然而那些所谓的权威人士给出了另外一个故事。每当有人失踪，他们都会编出一个故事。我们没有问妈妈是怎样想的。她把自己关在贫民窟的地下室里，不肯吃东西，也不愿意换衣服。我们把她的食物放在盘子上，第二天早晨又把一口也没有动的食物端回来。那段时间，妈妈唯一会做的事就是播放这位歌星的歌曲，虽说是些悲伤的曲子，却依旧能舒缓她的心情。

我知道妈妈很孤独，比我们任何人都孤独。她没有双胞胎兄弟或姐妹。在我和珍珠面前，她变得越来越不像个母亲，越来越不像女人，最后甚至成了比我们还要幼小的小姑娘。只有当我们爸爸的爸爸，爷爷来拜访时，妈妈才会恢复正常。爷爷为我们献上温暖的拥抱，用佯装轻松的语气掩盖丧子之痛。他命令我们把音乐关掉。

我不想回忆起这些细节，记忆过去是珍珠的责任。然而这挥之不去的记忆也不是珍珠的错。我看了她一眼，知道她也在回忆同样的场景。

“那时候，她总会伴着歌声睡觉，睡着的时候，脚上的鞋子都没有脱掉。”陷入沉思的珍珠缓缓地说。

“而且她几乎连一口汤也不肯喝。”我说。

“我们那时候总会把一块镜子放在她的嘴边。”珍珠说。

“因为我们不知道她是否还有呼吸。”我帮她完成了这个句子。

我们已经好久没有这样补充对方的话了。我满意地靠在砖墙上。那时候，我甚至不介意皮特站在珍珠身旁，偷偷摸摸地想要握住她的手。我只在乎这音乐。

这是乐队指挥自创的歌曲，也是我第一次听它。听着这首歌，我开始幻想，这位歌手是否偷偷钻进了一扇其他人不知道的窗户里？她一定比我们吃得更好，睡得更香。她可以收到无需经审查的来信，信里都是振奋人心的好消息。这首歌让我变得坚强，让我产生了某种模糊的感觉，甚至构想出一幅幅关于未来的图景。有朝一日，我也许真能有未来。

我想象的场景是在一座电影院里。电影院里有门票、大银幕、满地的报纸屑和自由。那里有爷爷、妈妈和我。我们三人坐在蓝色天鹅绒包裹的椅子上，等待电影开场。我坐在爷爷和妈妈之间，贪婪地嗅着妈妈身上的紫罗兰香水味和爷爷身上的旧书味。这两种味道交融在一起，形成了一种独特的感觉。妈妈把还缠着绷带的手放在我的膝盖上，她手上的猫眼石戒指透过纱布，散发出耀眼的光芒。我们想要表现得像普通人一样，可是为了确保安全，我还是把电影票藏在了舌头底下。我用嘴巴里的“小口袋”藏过不少东西，但这样的行为让妈妈有些不爽。她认为她的女儿现在已不需要在舌头底下藏刀片了。可是爷爷站在我这边，他不断地告诉妈妈，医生在我身上做了些可怕的事情，使得我再也不是从前那个斯塔莎。躺在那架手术台上以后，我就比其他女孩更容易心血来潮。妈妈认同爷爷的话，认为医生在我和所有人身上犯下的罪行罄竹难书，可她依然认为我们应该保持乐观，没必要认为灾难时刻都会发生。

电影很快就要开始了，影院管理员示意我们安静下来。后来，我姐姐出现在了银幕上。

这是一部音乐剧，在剧中，珍珠一人分饰两角，扮演了我和她自己。我知道她一定能演得很好。可我还是认为，当她演到毒杀门格勒这一幕的时候，她的表情应该再悲伤一些。虽说我一心想着复仇，可我终究不是一头冷血的野兽呀！唯一让我感到不悦的部分在于：在这部剧里，编剧将我和珍珠设定成了孤儿。这种偏离事实的设定让我难以接受。但珍珠似乎很喜欢这样的处理手法，在她心中，我们与孤儿其实也没什么两样。当她最终取得胜利时，珍珠留下了完美的，悲伤的泪水。

要问我最爱的部分是哪个部分？那一定是最后一段。门格勒倒下以后，珍珠身披白色皮草，怀抱一只虎斑猫，在钢琴上跳踢踏舞。像她的名字一样，光彩夺目。摄像师爱极了珍珠，始终不肯把镜头从她身上挪开。

我明白，这段想象的场景足以让我振作，使我能够活着逃出动物园。我希望这样的场景能在我的脑海中一遍遍上演，永远不要停下来。可惜，我的想象随着音乐的停歇戛然而止。

我扭头寻找珍珠，想知道她是否与我看见了同样的场景。然而就在我想要拍她的肩膀时，却发现自己的大脑被一片灰色笼罩，我的心也扭作了一团。这是正常的反应吗？还是不死之身的副作用？我的意识突然变得模糊。好不容易清醒过来后，我发现自己倒在地板上，而我的眼前凑着许多张关切的脸。

皮特不在这些人之中。

我踉跄着站起来，推开了我眼前的这些人。我不知道这些人都是谁，只知道我急迫地想要找到珍珠。然而我找不到她。

她原先站着的地方只剩下一个光秃秃的空位，像一个缺了牙的小孩。我大声喊着姐姐的名字，喊我知道的每一个昵称。我为她编了几个名字，期待她能回应。为了以防万一，我甚至大声喊出了自己的名字。可是我一直没能听见珍珠的回应。我一边疯狂尖叫，一边自我安慰：一定是因为音乐声太大，所以她听不见我的喊声。

这时，我在地板上发现了一串泥脚印。这是珍珠的脚印。这个脚印只能看得出鞋跟和几个泥点，这意味着珍珠是被人突然带走的，她甚至来不及留下一个完整的鞋印。被偷走的人才会留下这样的印记。那些恶人把珍珠从这个世界带走了，可他们带不走她对我的爱。我不知道她是否看见了我所见的场景，是否知道我有多么恐惧。

第八章

她说她永远不会离开我，然而……

斯塔莎

第九章

百万之后百万

奥斯维辛永远不会将我遗忘。我恳求它将我忘记。我哭泣、求情，日渐凋零。我求它别再注意我身上的数字，别去数每一个灵魂。像我们这样的孩子，根本就数不清。我们应该把脚下的这片土地变成虚无，但这个地方不是那么容易被战胜的。有人说，只有当我们真正了解它的邪恶之后，才有可能将其打败。然而每当我们开始了解它的邪恶，邪恶就会成倍地增长。也有人说，希望能助我们赢得胜利。可我们一旦燃起希望，也必将承受希望带来的折磨。我告诉自己，奥斯维辛集中营毁灭之后，珍珠就会回来。我不知道她去了哪里，只知道她没有和我一起。

我知道自己每天大多数时间都待在一个旧酸菜桶里。这样，在漫长的不眠之夜，我也算有个去处。我身上很快就沾上了腌白菜的臭味。这难闻的味道让人对我敬而远之，也使得我有了更多的时间来找我的姐姐。我远离公牛、动物园里的伙伴以及双胞胎之父。只有我和我的虱子以及一个能让我看见这个世界的窥视孔。

“你在里面吗？”皮特敲了敲我木头“屋子”的墙壁。

我应该告诉皮特，珍珠已经失踪了三天。可我们都知道，记忆时间不是我的强项，这本该由珍珠负责。

刚开始的时候，我并不孤独。珍珠被管弦乐队的音乐掳走之后，虱子就一直陪伴着我。白色的虱子像手指一样粗，它们的背上顶着黑色的十字形图案。我不介意这些虱子的存在，因为被它们叮咬能让我保持清醒。我与这些虱子达成了协议。我为它们献上我的血肉，它们则为我提供清醒。有了虱子的帮助，我可以更专注地观察木桶外面的世界。要不是因为艾尔玛护士的干预，我和小虱子们大概可以好好相处一段时间吧。

虱子们爱上了艾尔玛护士。它们藏在我的头发里，渴望着艾尔玛护士的关注。它们渴望着艾尔玛护士的娇臀、皮手套和瀑布一样的长发。关于艾尔玛护士是否美丽这个话题，我和小虱子们争论过许多次。它们觉得她是完美的化身，我却认为她不过是个寄生虫。从某种意义而言，我们的看法其实是一致的。一只又圆又胖的虱子冒冒失失地从桶里爬了出去，想要对艾尔玛护士示爱。对于一只小小的昆虫而言，它真是迈出了了不起的一步。那小虫刚表达完对护士的爱慕之心，我就被艾尔玛护士拖出了木桶。她将我拽进实验室，然后找出了一把剃刀。可怜的小虫，护士做出这样的反应，大概不仅仅是针对它吧。不管怎样，我依然为它感到难过。艾尔玛护士三下五除二地为我剃光了头。曾属于我的头发飘在空中，缓缓坠下。所有头发都被剃干净以后，我通过反光的橱柜面看见了自己的影子。我竟然认不出自己。这让我有些害怕，连我自己都不认得自己，珍珠又怎么能认出我呢？我溜回自己臭烘烘的洞穴里睡觉。卫兵们知道我躲在木桶里，可他们没有找我的麻烦。不知是因为医生叔叔特别关照过，还是因为他们被木桶里传来的声音吓到了。黑暗中的我用餐刀不停地磨自己的指甲，时不时便会发出动物一样的低吼。我嘶吼得越频繁，指甲就生长得越快。我的指甲长得越快，卫兵对我的恐惧就会增加一分。他们想象不到，我把指甲削尖，其实不是为了拿它做武器，而是为了写字。我在泡菜桶的木板上写信，写致珍珠的信。我每天都会给她写信，有时候一天会写两封。

1944年9月7日

亲爱的珍珠：

你所在的地方能听见音乐吗？

亲爱的珍珠：

我知道你在想什么。别想了！你是不会死的。

尽管我特意没署名，可是才写了几封信，我的木板就用光了。没错，我很清楚自己不可能把木板信寄给珍珠。可我希望不知身在何处的珍珠可以感受到我的每一次抓挠，体会到我的思念与渴望。

一天，有人透过木桶上的小洞，把一些面包屑丢给我。我像抓蝴蝶一样抓住了它们，又把它们扔了出去。

“别烦我了。”我对木桶外的人说。这是我那段时间惯用的打招呼方式。

总有人来烦我。其他孩子总爱凑到我的木桶外面问我问题。珍珠失踪后，人们似乎认定我继承了她的智慧，认为我是个聪明睿智的女孩。他们的问题倒是不少，可惜全都是没有意义的疑问，净是些打发时间的闲聊。他们问我制作膏药的方法，问我怎样医治一只受伤的狗，以及梦见蜜蜂代表了什么。无论他们问什么，我的回答都只是一句“珍珠”，这会让他们自觉无味，然后离开。他们不愿意谈论我姐姐，因为他们都认为她已经死了。

我看不见口袋里的琴键，却可以感受到它。我不知要怎样看待它。我讨厌这琴键，因为它是我姐姐留下的唯一痕迹，这让我感到可悲。它不过是个不会说话的物件，真让人郁闷。可是渐渐地，我也喜欢上了它。和我一样，这琴键也用不着接受其他人扔进来的面包屑。虽说我不肯接受这面包屑，可木桶外的人却不停地把它丢进来。

“留着你的面包屑吧。”我说。

“斯塔莎！”那人的语气有些焦急，“你必须吃点东西。你明白不吃东西会有什么样的后果！”

这是皮特的声音。听布鲁纳说，珍珠消失以后，皮特也受了不小的打击。他不再昂首阔步，也不再享受可任意前往各个营区的自由，而是整日坐在教室里，盯着墙上的地图发呆。

我对他说，珍珠回来以后，我就会吃东西。

“可是她也许要过一段时间才能回来呢？那时候你可能早就饿死了。等她回来的时候，你难道不想要健康地迎接她吗？”

皮特又将一块面包屑丢进木桶里。我接住了面包屑，把它放进口袋里。我向他道谢，并对他说，我会在珍珠回来的时候把面包屑给他看。

“好吧。吃面包之前记得洗一洗。你知道不洗的话会有什么样的后果。”

“你是说，如果我不洗面包的话，珍珠就会死吗？”

“当然不是了。”

“既然如此……”我本想说，既然如此，那这个世界上还没有能让我死掉的细菌。可是我没有说出口。

“你难道想要看到自己的身体*垮掉*吗？”皮特严肃地说。

我不打算向他透露我最大的担忧：我的身体不会垮。通过一个小小的针眼，医生断绝了这一可能性。我永远不会死。躺在冷冰冰的手术台上的我，一心以为这一管针剂能让我和珍珠活下去。可是珍珠不见了。我不知她是死是活，只知道她没有接受注射。此外，我还知道她将会为我所做的一切感到羞耻。在木桶里待了这么久，我开始对一些事情产生怀疑。我意识到，我的永生是由他人的死亡衬托出来的。我的血液承载着芸芸众生，包含了他们来不及说出口的话，没机会爱上的人，没时间写完的诗。我的血液描绘出了一幅幅人们没有画完的画，生出了人们无法面对的，孩子们的欢笑。这血液让生活变得无比艰辛，甚至让我怀疑，逃离永生对于珍珠而言也许是一件好事。深刻认识到自己选择的未来后，我又怎会愿意见到珍珠和我一样？失去骨肉至亲后，我还得孤独地活下去。我将与整个世界背离，独自承担未来的重负。

“斯塔莎？你在哭吗？”皮特着急地敲着木桶。

“我没有哭。是我的木桶在响。”我说。接下来的几个礼拜里，那只木桶还会继续响下去。

1944 年 9 月 20 日

亲爱的珍珠：

战争结束了。动物园也解散了。妈妈、爷爷和我都活了下来。我们准备开一场派对为你接风，还打算特意装一个旋转木马。卫兵们负责搭建旋转木马，因为他们现在都得听我们指挥。我们为你留了一匹白马，为我准备了一条美人鱼。你回来以后，我们就可以一起坐旋转木马了。我们将会回到过去，好像你从不曾离开一样。

我只在特定的情况下离开木桶：点名、吃面包、洗澡以及被公牛命令回到床位上时。除此之外，只有在见医生叔叔时，我才会从木桶里出来。我依然用这个名字称呼他，是因为我还没有放弃自己的计划。我仍然想着有朝一日能杀掉他。回到冷冰冰的实验室里，我居然感到一丝放松，这是不是很奇怪？这种放松的情绪让我警惕起来。我很快意识到，实验室已经成了我生活的一部分，正如校园之于其他人一样。我姐姐目前身处的地方，也许只有一把空荡荡的椅子。很久以前，病人就让我知道，假装椅子上坐着人，其实是件非常简单的事儿。

我想象椅子上坐着一个人，仿佛听见了姐姐在颤抖。她的抖动让钢材质的椅子腿儿都颤抖起来。就在我想象着姐姐当前的经历时，医生叔叔大摇大摆地进了屋。他把听诊器放在我的背上，俯身听我体内的动静。他的呼吸落在我脸的一侧。他的呼吸有一股甜而刺鼻的味道，让我好奇他中午吃了什么。我陷入关于食物的沉思中，只在医生叔叔使用医疗器械时才会偶尔停止思考。接下来，他测试了我的膝跳反应。左边，右边，左边，右边。检查完毕，医生询问我近来的身体状况如何。

我没有回答他的问题，而是对他说："珍珠失踪了，不知您是否注意到了？"

"真的假的？"他心不在焉地说，"把衣服穿上吧。"

我本指望医生能告诉我到哪里去找姐姐，可他只是转身去了洗手池边上洗手、梳头，往嘴里扔了一颗薄荷糖。我遵照他的指示，把衣服穿好。我瘦了不少，衬衫如今变得松松垮垮的。当我准备把琴键藏进腰间时，它意外地掉在了地板上。医生拾起钢琴键，露出一个好奇的微笑。

"斯塔莎，我想听你的解释。"

我只说了句"对不起"。

"我知道，你这样的孩子往往会做些出格的事。但你要这琴键干什么呢？"

“我想要给自己留一件纪念品。”我说，“因为我害怕将来的某一天，我会忘掉这个地方。我既然拥有了永恒的寿命，就极有可能忘记事情。不死之人什么也记不住，不是吗？正因为如此，我才在演奏会之前拿走了钢琴上的琴键。”医生叔叔抿着嘴巴，夸张地皱了皱眉头，像是在模仿那些对孩子们失望透顶的家长。我羞愧地低下了头，这样的反应恰到好处。

“你知不知道，阿尼卡差点因为你的小偷小摸挨了揍？”

我点了点头。

“而你对此丝毫不感到羞愧？”

我想要解释，却仅仅说出了“我姐姐——”，然后我就没了声音，像是被人用绳子拴住了，而拿着绳子的人就是医生叔叔。

“好吧，好吧。”他想要装作同情的样子，做了一个扭曲的表情，“你不必害怕。”

我低头望着医生的鞋子，希望他鞋面上的反光能告诉我珍珠在哪里。然而医生的鞋子今天沾了泥巴，他的鞋尖上还滑稽地沾了一团狗毛，看起来就像是小丑们用的小绒球。这是第一个诡异的迹象。另一个迹象是，他倒了一大杯装满冰块的威士忌。酒杯本身没什么特别的，但医生将其倒空，又注满，反复几次，这就很值得人们小心了。

我坐在手术台上，不知所措地摇晃着双腿，用医生的手绢擦眼睛。这条手绢的一角绣着医生名字的首字母，我小心地不让这字母碰到我的皮肤。擦眼睛的时候，我乘机偷看了一眼四周的环境。实验室里从未像今天这样乱过。成堆的文件草草地塞在盒子里，一个个小盒子又被塞进大盒子内。医生像是在计划着什么大迁徙，要将关于我们的全部资料送走。

眼睁睁地看着属于你的一部分被你所仇恨的人带走，这样的感觉真让人不舒服。你大概明白我在说什么。虽说有些人，我们最好把他们忘掉，可我们永远也做不到。尤其是当那些人从你这里夺走了某些东西，而且永远不会把它还给你的时候，你恐怕就更忘不掉他们了。

那一刻，我意识到我和医生将被永远地绑在一起。就在我想要打听医生的逃跑计划时，我晕了过去。

我的木桶里面已经刻满了字，都是我给珍珠写的信。我知道，如果她短时间内不能回来，我的字迹将会越来越愤怒、潦草。由于我没地方签名，我感觉自己的身份就要被人抹去了。在实验室里，没人会叫我的号码。不知道这是医生的指示，还是因为最好的我已经不见了。布鲁纳曾经以她惯有的生硬而友好的语气问我，医生为什么那么关心我的生死，一心想要保住我的性命？我无法对布鲁纳说，就算医生想要杀死我，他都拿我没办法。我只能告诉她，我希望医生干脆杀了我算了。布鲁纳把我揽入怀中，并向我发誓，一旦有机会，她就要让医生付出生命的代价。

我不知道布鲁纳是否有可能得到这样的机会。这些日子里，医生现身的次数越来越少。我总能发现他躲在帘子底下偷窥。撞上我的目光后，他会开心地对我摇手指，并向我吹口哨。我必须战胜恐惧。因此我想了想自己的身体，想到了自己的血管、神经，不知道“希望”是如何钻进这样一具身躯内的。我依然怀抱着希望，不受控制的狂野的希望。希望像我的脊椎一样，坚不可摧。护士和技术人员居然没有检测到我体内奔腾的希望，没能将它绘制成图标，多么有趣啊！

除了医生的手下和皮特，只有一个人能让我记起自己是个活在真实世界里的女孩，是珍珠的妹妹。

“小不点二号，”布鲁纳透过木桶上的小洞对我说，“你知不知道，外面已经是天寒地冻了。你在桶里能不能感觉到外面的温度？整个世界都被暴风雪袭击啦！”

“我这儿可没什么暴风雪。”

“你不能继续住在桶里了。你这个愚蠢又惹人爱的小懒虫，快出来！”

“我要在这里守着她，要第一时间看到她。”

“你透过窗户也能看见她啊。”

“我不信任这里的窗户。”

“那你就站在门边守护她。”

“我更不信任这里的门。”

布鲁纳停顿了一下，然后说：“也许，你没必要继续守下去了，斯塔莎。”我从未听她用这样温柔的语气说过话。

“为什么？你收到了珍珠的消息，得知她一切安好，只是在等待一个绝对安全的时机吗？告诉我，她安全地待在一间小屋里。告诉我，她藏在了某个树桩里，或是某个人的床底。她不再是从前那个珍珠，可她依然活得好好的。我愿意听你讲这些事，只要——”

“我没有收到有关珍珠的消息。”布鲁纳说，“我的小不点一号。她是我的朋友，我的最爱——”

“你当然没有收到珍珠的消息。”我怒吼着打断了她的话，“你怎么可能收得到？对她而言，你根本不重要。”

“我知道。”布鲁纳说，“可是你每天缩在木桶里面等死的时候，苏联人的飞机回来了，而且来得越来越频繁。”

“当然了。”我说，“他们要用炸弹把我们都炸死。”

“我们国家的人永远不会做这样的事。”布鲁纳愤慨地说，“小不点二号，你真应该好好想一想，苏联人给你带来自由以后，你要怎样证明自己是个有用的人。想想你究竟是要做一棵白菜还是做一个女孩吧！傻瓜！住在木桶里的人！你知不知道我多么想你！你这个讨厌的懦夫！”

我扭过头，不听布鲁纳饱含爱意的责骂，继续写我的信。

1944年12月1日

亲爱的珍珠：

坦白说，我在之前的几封信里说的都是假话。没有什么旋转木马，战争也没有结束。既然我说了实话，你肯不肯回来？

第二天早晨，我透过木桶的小洞检查外面的积雪，看见皮特正朝

我走来。他驼着背，步伐十分缓慢，而他的手里推着一架手推车。

“斯塔莎，快出来看看这个！”

我掀开木桶的盖顶，透过木板的缝隙向外看。

皮特的手推车里面放了一张裹成茧形的灰毯子，一只脚从有些磨损的布包边缘伸了出来，那人脚上的大拇指在风中调皮地扭动着。

我赶紧从桶里爬出来，结果不小心把桶弄翻，使它滚到地上。长期以来沉浸在悲伤中，我动作都变得笨拙了。不过现在看来，这悲伤似乎完全没有必要。我学着魔术师的样子，把手放在灰毯子上方。毯子里的人没有立刻动起来。这正是珍珠会做的事，她不喜欢太浮夸的表演。

“你是怎么做到的？”我感叹道。

“这是我刚刚从医务室弄出来的。”

“这件事，你知道多久了？”

“两天。我知道你不会相信，所以才不告诉你。来，接着。”

失而复得，你大概可以想象我是多么渴望团圆。可我心里隐隐有种不安的感觉，这让我迟迟不敢揭开毯子。万一我不在的这段时间，珍珠完全变了个人，我该怎么办？如果她再也不是从前的她，那我还要不要做从前的自己呢？最终，想念战胜了迟疑，我往毯子里偷看了一眼。

毯子里的人咧着嘴对我微笑。他的嘴里一颗牙也没有。再瞧瞧他的脸，他似乎没有少年时代，直接从儿童变成了男人，将来再变成老人。他的样子年轻而衰老，可是到目前为止，他依然有着一对澄澈的眼睛。我不知道自己是怎样将他认出来的。他的皮肤不再是遍布血管的蓝色，而变成了病恹恹的白色。皮肤的颜色虽说变了，可他的笑容依然和从前一模一样。

是病人。我的病人。我明白，如果有可能的话，他甚至愿意为我变成珍珠。察觉到我的失望，病人与我击掌。这种感觉真不好受。我的心仿佛跌入了万丈深渊，跌入一个连医生都不知道的黑暗角落。我的心脱掉一层皮，在胆汁里翻滚，长出新的外壳，披上扎人的荆棘。它穿上盔甲，以我的肋骨做梯子，回到原先的位置。我做了珍珠希望我做的事。

“真是太好了，我的家人又回来了。”我微笑着说。一种新的疼痛在我的血液里翻腾。

病人好像变成了一个全新的人。不知是不是因为光线的原因，离开我们的一个多月里，病人的身体似乎恢复了不少。可以肯定的是，他虽说依然会咳嗽，但不像从前咳得那么厉害。他紧紧地抱住了我。

人们聚集在院子里，看着这个归来的男孩。大家都湿了眼眶，开玩笑地问病人这么长时间都去了哪里。是去冲浪、骑马还是晒太阳了？

病人严肃地摇了摇头。他也想和大家开玩笑，却笑不出来。

双胞胎之父在病人的背上拍了拍，俯身对他轻声说：“你下次离开的时候，就是我们重获自由之时。我会带你们回家。我保证。到时候，我还要你帮我照顾比你年纪小的孩子呢！我要让你做我的副官。”

病人对双胞胎之父敬了个礼。随后，双胞胎之父离开我们，继续去忙他的事情。走开的时候，他忍不住回头看了好几次，仿佛依然无法相信这死而复生的奇迹。

布鲁纳捏了一下病人的胳膊。能够欺负自己每日都在想念的人，布鲁纳简直乐坏了。

“鬼魂会不会被人捏得鼻青脸肿呀？”布鲁纳捏个没完。

“我不知道。”病人挺起胸膛说，“我只知道你想要鼻青脸肿都做不到呢。不过话说回来，我其实挺想念你的白头发。你应该保持原来的形象。煤灰会让你的美丽蒙尘。”

显然，病人在医务室里学到了如何讽刺和献殷勤。他的话让布鲁纳又惊又喜。

“那我就做回原来的样子好了，小跳蚤。”布鲁纳用手肘友好地撞了撞他。

所有人都笑了。他们一拥而上，有数不清的问题要问。第一个活着回来的人是什么样的感觉？你有没有吃东西？你有没有见到其他人？更具体地说，有没有碰巧见到一个名叫珍珠・赞默里斯基的人？

最后一个问题是我问的。

“能成为第一个活着回来的人，我感到很荣幸。”病人说，“医务室里没有糕点，不过我那时候病得厉害，幸运地产生了错觉，居然闻到了牛胸肉的味道。珍珠？我没有看见她。不过医务室里的人看起来都差不多，尽管——”

我没有听完，假装自己要写信，打算借机开溜。

病人追上了我。他的腿脚比进医务室之前灵活多了。他用力抓住我的手，这坚实的力量让我甚至怀疑眼前的人究竟是不是真正的他。他也许是医生叔叔送回来的间谍呢？而事实上，他的确向我提到了一个新名字。

“你以后不可以叫我‘病人’了，”他说，“叫我菲利克斯吧。”

“噢？这是你的名字？”

“不，这是我兄弟的名字。可是从今天起，我就叫这个名字了。”

换名字的事听上去挺有道理的，但其他事情依然说不通。我问菲利克斯他为什么还活着。

“这个问题真残酷。”

“你根本用不着活着呀！你都失去自己的双胞胎兄弟了。”我说。

“你不也失去了自己的双胞胎姐妹吗？虽说你看起来和死了也没什么两样，可你依然活着呀。”

我不想和他继续争论下去。

“既然你对医学那么感兴趣，我打赌你一定想知道我是怎样得救的。”菲利克斯换了个话题。

为了测试我是否感兴趣，菲利克斯向我展示了他得以活下来的独特方法。我继续向前走，而他一步跳到我前面，脱掉腰间那条松松垮垮的裤子，然后背对着我。他臀部上方出现了一个类似断尾的东西。这不断蠕动的怪东西必然是医生的杰作。

“这鬼把戏看起来还不错。”

“你可以摸摸看。”菲利克斯想要抓我的手。

“我不想摸。”

“你要是摸摸它，就能获得好运的。”

在动物园里，好运是一种靠不住的东西。我继续往后退。菲利克斯只好耸耸肩，把裤子穿回去，将那个小树根藏起来。

“这个东西将一直与我同在，就像我兄弟一样。救护车再也不会来找我了。要知道，我如今可是很宝贵的。”

“你能不能再和我说说医务室里的情况呢，病人？噢，不，是菲利克斯。我想知道医务室里是怎样的。”

菲利克斯很愿意和我聊这些。他告诉我，医务室里有一排又一排的病床，淡淡的汤，还有一只他从未见过，却每天早上都被它吵醒的乌鸦。我安静地听他说着，一个问题也没问。一幅地图正在我的脑海中缓缓地展开。

“我知道你在想什么，斯塔莎。”病人摇了摇头，“她不在那里。”

“这个世界上，只有珍珠知道我在想什么。”

可是菲利克斯说得没错。离开他的时候，我的脑子里生出了一个新的幻想。我幻想某些人给珍珠安了一个新名字，并将她藏了起来。这些人也许用某些药物或特殊手段让珍珠忘记了自己。他们知道，如果不让珍珠忘了我，被迫与我分离的珍珠一定会垮掉。等珍珠最终安全以后，那些人会给她解药的。

我们最终一定能找到彼此。菲利克斯向我证明了，失而复得其实是可能的。

1944年12月8日

亲爱的珍珠：

今天是我们的生日。可我有些不确定我们今年究竟是多少岁。我们不能过十三岁生日，不能在这个地方过生日。也许是我记错了吧。

我知道你一直在替我们计时，因为我不擅长计时，我是负责有趣和未来的那个，对不对？幸亏我们的任务不是在动物园里寻找美。因为这个地方只有丑恶，毫无美丽。

还有一件事。苏联人为我们送了一份大礼。今天从空中飞过的苏联飞机多了许多。你看见了吗？

我们生日过后的第二天早晨，我总觉得营房内飘着一缕烟。我低头检查了一下自己的袖子和鞋子。着火的不是我。我又掀起自己的衬衫，戳了戳我的肚脐眼，因为我一心觉得医生叔叔放进我体内的东西着火了。

“害虫！”烟怒吼着。

我对这样的评价表示赞同。

“跟我出去！”烟继续说。真奇怪，它的声音听起来很像艾尔玛护士的。可我依然按照它说的做了。我挺直腰板，用力咳嗽，想要把它咳出来。这股烟飘落在我的眼前。艾尔玛护士凑到我眼前，她的双唇间叼着一根烟。

“你现在到实验室去！”她命令道。

“我喜欢你抽烟的样子。”我说。

“你说什么？大点声音！”

“艾尔玛护士，我能为您做些什么呢？”

“来给我做模特！”

我或站或坐，已经拍了许多幅相片。我每一次都裸着身体，让冷冰冰的相机捕捉图像，可是我每次都是和珍珠一起照相的。没了珍珠的陪伴，我甚至不知道自己要怎样忍受照相师。然而这一次，被艾尔玛护士推进实验室的一间房间后，我没看见照相机，也不见其他设备。

屋子里只有一副画架和一个女人。她的脸被画布挡住了，我只能勉强看见她的耳朵尖以及头发花白，且露出了部分头皮的头部。她穿着囚服，戴了一条灰色的围巾，脚上穿了一双不一样高的鞋子。这个女人的脚踝虽然很瘦，却让我想起了过去的一些美好的东西：漂亮的手镯、窗口的紫罗兰盆栽、壁炉里的火焰以及妈妈在安息日才会铺的桌布。

艾尔玛护士示意那个女人开始作画，然后坐在房间后面的椅子上，翻阅她常看的，关于女演员的杂志。我好像在杂志封面上看见了珍珠的脸。她还对我眨了眨眼睛，像是在说："我好想你，斯塔莎。一切都不一样了，可我在这里过得更好。"就在我想要问珍珠，她更喜欢加利福尼亚还是她目前所在的地方时，封面上的女孩张开嘴，唱起了歌。我意识到她根本不是珍珠，而是一个普普通通的电影明星。因为珍珠的歌声远比她动听。***"你知道珍珠在哪里吗？"***我深深地埋着头，向那个封面女郎问道。没人听见我的问题，甚至连艾尔玛护士也没有，大概是因为我问得太小声了。封面女郎没有听我的问题，依然自顾自地唱着。艾尔玛护士发现我正盯着她的杂志看，误以为我很喜欢那本杂志。于是她动作夸张地将杂志折起了一半。

我听见画布后面的画家暂停了一会儿，可她很快又挥动起了画笔。

画家落笔的速度很慢，像是不知道要怎样处理我的脸部。我知道自己的状态憔悴不堪，想要向这位画家道歉。我想要向她展示一些可带来救赎的方面。

爸爸常说，美可以为这个世界带来救赎。他对我说这话的时候，我还想象不到世界为何需要救赎，甚至不确定何为救赎。不过我知道，关于美能够给世界带来救赎这个问题，珍珠与爸爸的看法是一致的。我真想知道珍珠是不是去了爸爸那里，这也是我第一次意识到这种可能性。幸运的是，艾尔玛护士将我从这段思考中拉了出来。她起身走到我跟前，用手中的杂志砸了一下我的脑袋。

“别摆出那副样子，斯塔莎。”

“哪副样子？”

“你好像随时要哭的样子。这让人家怎么画？”

“那我应该笑吗？”

艾尔玛护士又举起了杂志，想要再打我一下。可她转念间又有了一个更好的想法。我看见她抬起了头，心里一惊，生怕医生叔叔又悄无声息地走进了屋。

“你微笑的时候，会更像真实的自己吗？”护士傻笑着说。

我想告诉她，微笑的时候，我将会像过去的自己。我没有将这话说出口。艾尔玛护士在我的脸上拍了一下。不知道她有没有给我的脸上留下什么痕迹。可是如果真有痕迹的话，画家也必须在画上体现这一点。

“你当然不能微笑！”艾尔玛护士喊道，“微笑也会改变面部轮廓。医生要的是准确的图像。你直视前方，睁开眼，闭上嘴就好。这么简单的事，哪怕是个婴儿都能做到！”

护士回到座位上继续看起了杂志。我为封面女郎感到难过。成为杂志上的图片不是她的错，可她不得不忍受艾尔玛护士的目光。

我遵照指示，直视前方。我看着画家身后的窗户，希望能有一只鸟儿停在窗框上唱歌，给辛勤工作的画家带去一点安慰。自珍珠失踪后，我发现奥斯维辛的小动物越来越不常见了。窗台上没有鸟儿，于是我在脑海中想象出一只鸟。我想象这只鸟叼着一束橄榄枝。可我控制不了它，它总会把橄榄枝吐在地上。看来，连想象也抛弃了我。

艾尔玛护士打断了我的想象。她拿着杂志站了起来，对我吼了一句，让我乖乖听话，然后重重地关上了房门。

她出门以后，画家手上的画笔也停了下来。我瞧见那个画家从画布后面探出一只眼睛。她的眼睛下面挂着大大的黑眼圈，眼神疲倦而苦楚，却透着奇怪的温度。

“我喜欢看你笑。”画家的声音与她的眼神一样友善。她的声音让我觉得有些熟悉，可我对自己说，我听见的是所有囚犯都有的饥饿与痛苦。话虽如此，但这个画家的声音与其他囚犯的不一样，即便是她的咳嗽声都比其他人的更有魅力。

“可是艾尔玛——”

“那个艾尔玛懂什么艺术？她就是只猴子，是骗子和傻瓜。来，笑一笑给我看。”

我试了试，却挤不出一个笑容。

“嘴巴咧大一些，让我看到你的牙齿。要不要听我讲一个笑话？我要怎样才能让你笑呢？”

我告诉画家，我也想笑，可是已经很长时间都笑不出来了。笑话只会让我感到伤心。

“那我就给你讲个故事吧。”画家说，“关于两个女孩的故事。

你愿意听吗？”

我点了点头。

“我其实不太会讲故事。”画家对我说，“可我会尽力的。从前，罗兹市住着两个小女孩。她们是一对双胞胎，从外貌到各方面，两人几乎没什么区别。助产士把她们带到这个世界以后，两个女孩的父母再也不能将她们分开。两个女孩出生的第一天，她们的父亲将两人姓名的首字母分别写在她们脚上。可是第二天，他给女儿们洗澡的时候，不小心把她们脚上的字母洗掉了。这位父亲慌了神。没有了脚上的字母，他哪里知道谁是谁呢？他对自己说，这根本没什么大不了的，毕竟孩子们才刚刚得到自己的名字，对它又有多少依恋呢？于是他重新在两个孩子的脚上写下字母，而且没有告诉妻子。不过那天夜里，他还是坦白了自己的错误。他的妻子听了只是哈哈一笑。她在两个孩子面前吹了一声口哨。‘哪个孩子对口哨声有反应，就给她取个 S 打头的名字。’她说。可是两个孩子都没有回应她们母亲的口哨声。于是孩子的父亲和她们的母亲一起吹起了口哨，后来是爷爷与巴布。大家一起吹口哨。见口哨不管用，他们又在摇篮前面敲盆敲碗，并取来爷爷的单簧管，即兴吹奏了一段。这么大的动静把所有的邻居都吵醒了，但那两个孩子依然没有反应。从那一刻开始，她们就已经陷入了自己的小世界里，静静地看着那些想让她们分开的大人们。”

“这个故事一点意思也没有。”我说。至少，我觉得这是我的回答。我也有可能说了其他话，可我那时候被画家的声音和故事深深吸引了，也不知道自己说了什么。“噢，妈妈！您几年前就该告诉我的。我一直以为自己是斯塔莎，可现在看来，我也有可能是珍珠啊！”

画家笑了。我太熟悉这个笑声。这个声音让画家变成了妈妈，我的妈妈。虽说从牲口车下来的那一刻起，我们就没了妈妈，可我知道这就是她！

“你还说自己不会笑呢。”妈妈当时也许是这样说的。她起身抱住我，嘴巴贴在我的头顶，声音也因此变得含混不清。可妈妈很快意识到这个动作多么危险，于是又退了回去。

我们沉浸在久别重逢的喜悦中。可惜喜悦是短暂的，妈妈轻声问：“你姐姐去哪儿了？”

我告诉妈妈我不知道，然后对她说了“来让我开心”的事儿。我对妈妈说了珍珠的脚印和那一片罂粟花海。

妈妈的画笔掉在了地上。笔尖上的颜料在地板上擦出了一道象牙白的颜色。

“这不是真的。”妈妈说，“我只会画成对的肖像，只会画两个人的肖像！”她不自觉地抬高了音量。绝望中，她起身走向我，然后抱住了我。妈妈的眼泪瞬间流干了，她哭泣着对我说：“妈妈很开心再见到你，斯塔莎。我简直再开心不过了。”

我把脸埋在妈妈的胸口。我有太多想要问的问题。很多双胞胎都在铁篱笆附近看见过自己的母亲，可我为什么从来没有见过她？尽管兜了个奇怪的大圈子，但医生叔叔似乎遵守了承诺，给妈妈送去了画笔。可她有没有得到足够的面包呢？爷爷又是否获准到游泳池内游泳？

我每问一个问题，妈妈就会吻一下我的额头。可她最终还是崩溃了，求我不要再看着她。“哪怕只是一会儿。”她说，“别看着我。

等我们去了另一个地方，一个不会发生这种事情的世界，你再看我吧。”

我真希望我那时候听了妈妈的话。

因为当我看着妈妈，就能在她脸上看到爷爷的影子。爷爷没有在自己的营房内休息，没有掷色子、谈论政治或者用他观星的本事换食物。他甚至没有死在游泳池里。我眼前的世界似乎没有了支点，没有了中心，甚至没有一点明显的特征。那些人在爷爷身上做的事，也在许多人身上重复过，而且依然在重复。

妈妈看出了我的恐惧，只能一遍遍地喊我的名字，一直喊到她喊不下去。她又喊起了珍珠的名字，似乎不知疲倦，好像这是一种本能反应。

“小点声，别让那些人听见！”我轻声提醒。

妈妈的最后一句呼喊化作了一声咳嗽。我们听见门口传来了脚步声。妈妈赶紧松开我，匆忙间，甚至连鞋子都掉了。幸亏她的动作足够快。妈妈退回去的那一刻，艾尔玛护士那张讨厌的脸就探进了屋里。看见妈妈手里没拿画笔，又和我靠得那么近，艾尔玛护士有些不悦。

“我需要近距离观察一下。”妈妈一边后退，一边向艾尔玛护士解释，“我的眼神不如从前了，总是画不好她的嘴巴。”

“真不错——眼神不好的画家！”艾尔玛讽刺地说，“你现在能画好了吗？”

妈妈的声音低了下去。

“我发誓。”她说，“我会让一切都好起来的。”

艾尔玛护士要是足够细心，就一定能留意到妈妈音调的变化以及她回去画画之前看我的眼神。艾尔玛护士来回踱步，想要找到什么可以拿来批判我的东西时，妈妈偷偷对我点了点头，甚至向我露出了一个微笑。艾尔玛护士的脚步突然停了下来。

“地板上怎么会有颜料？你真浪费，真是笨手笨脚的。”她用脚上的漆皮鞋夸张地指了指地板上的白色斑点。

“打扫干净。”艾尔玛向我母亲命令道，“这是你弄脏的。”

母亲接过艾尔玛扔来的破抹布，顺从地弯下腰，想要擦干净地上的颜料。可是妈妈突然咳嗽起来。我接过她手中的抹布，用力擦拭地板上的颜料，把这抹布擦得更破旧了。

画家（我此刻必须把母亲当作一个普通的画家）被艾尔玛狠狠地踢了几脚。她连连道歉，发誓自己会更加小心，并表示自己不用进泡芙营地，也不用进加拿大营地的工厂，只需作画就好，这是她的幸运，她会珍惜这难得的好工作。

艾尔玛护士检查了一下妈妈的画布。

“画到这样的程度已经可以了。”

“可我还没画完呢。”妈妈说。

艾尔玛护士的脸可不是这样说的。

“妈妈，”我小声对她说，“您下次见到珍珠的时候，可千万别被吓坏了。您一定会再见到她的。到时候，我又会回到从前了——”

“你可以走了，斯塔莎。”艾尔玛护士给我披上衣服，把我领出门。我被自己的伤感和母亲的眼泪刺激到了，偷偷将曾被我母亲碰过的抹布塞进了衬衫口袋。

那天夜里睡觉的时候，我把那块抹布紧紧地贴在我的脸上。人们可能会觉得这很奇怪，可是母亲将她的信念告诉了我。她相信我和她是整个家族最后的幸存者。她没有将这话说出来，可是我能从她画画的样子看出她的心思。她将我的脸画得极不真实，与我几乎一点也不像。这是一种让我欣赏的欺骗手段。可她的画里显然还透露着一股悲凉，像在诉说一个母亲的惋惜与哀悼。

1944 年 12 月 18 日

亲爱的珍珠：

妈妈还活着。你呢？

这是真的。妈妈依然在这世上陪着我。她画了我们的肖像。有那么一两秒钟，我们做回了真实的自我。我和妈妈坐在各自的椅子上，像我们从前在家时一样。我们凝视着对方，想要藏起心中的痛。

信写完以后，我继续研究我的解剖书。只有不断学习这本书，我才能在复仇的路上继续走下去。可我还没有翻到之前看的那页，一张既年轻又衰老的脸就凑到了我的书上。

“他割掉了你的舌头吗？”菲利克斯问。

我告诉菲利克斯，我之所以话不多，是因为我见到了自己的母亲。我没见到我爷爷，却听到了关于他的消息。

菲利克斯沉默了一会儿，这可怕的沉默让我有些激动。

“你说我是不是个傻瓜？”我无比真诚地问，“居然以为自己比他聪明，可以改变他，能让他变回自己本身的样子。”

见菲利克斯无意回答这个问题，我从木桶里爬出来，逼他回答我的问题。

“你喜欢在人们身上看到善，是因为这个世界的恶太多，让你不得不相信美好的东西。”菲利克斯说。

“你也像我一样吗？”

“不。我在人的身上看不到美好的一面，只能在刀上看到。尽管刀不分好坏，只要能切割就行。”

“你听上去简直和布鲁纳一个样儿。”

“我心中的恶意随着时间的推移一点点增加。”

“我也是。”

菲利克斯激动了起来。

“这样的话，我们会找到许多乐趣的。”菲利克斯说。

“我不知道这有什么乐趣可言。”我说，“可我摆脱不了心里的恶念。”

菲利克斯将布鲁纳的宝贝报纸递给我。这本是禁运物品，却落入了一个卫兵手中。

“我可以教你如何仇恨，”菲利克斯说，“第一步：读读这份报纸。报纸上说，苏联人就要来救我们了。每天盘旋在动物园上空的就是他们的飞机，报纸还警告人们，奥斯维辛的头儿随时都可能逃遁，而他们会在逃离之前毁掉这个地方，然后一并毁掉我们。这意味着留给我们和门格勒的时间不多了。”

“我看不懂俄语。”

“没关系，我可以教你。这是一门很棒的语言，能让你更仇恨纳粹。也许比波兰语还要棒。我们可以用波兰语做其他事情。这也会让我们的父亲感到高兴的，不是吗？”

“我不需要你的指导。所有的一切都让我感到讨厌。而我最讨厌的就是门格勒。”

我发誓再也不喊他叔叔。哪怕是要装得天真无邪的时候，我也不会这样喊。

“你应该趁他还信任你的时候好好宣泄一下你的愤怒。”菲利克斯说。

“这是我一直以来的打算。我只不过是在等待时机。”

“还等什么呢？现在就动手啊！你能离他那么近，真叫我嫉妒。你知道除了我之外，还有谁嫉妒你吗？所有的苏联军人和美国大兵。我们应该好好地利用你的优势。”

他说完便递给我两把餐刀。

“你现在有三把武器了。”菲利克斯得意洋洋地说，“我想这应该足够了。也许我应该提醒你：第一刀扎他的大腿，第二刀划他的脖子，第三刀直插心脏。插他的心脏时，记得用力扭一下你的餐刀，然后把他的心挖出来当球踢。等你把那颗心踢得吱吱叫以后，就能确定他真的死了。”

我沉浸在想象中，甚至依稀听见了门格勒的心脏吱吱叫的声音。我匆匆地将这个计划写在解剖书上，然后满意地欣赏起手中的三把武器。

“可是菲利克斯，你怎么会有两把餐刀呢？”

“其中一把是我兄弟的。武器给了你，我兄弟也会感到荣幸的。这可不是件简单的事儿，你把武器拿好了。我在医务室的时候，布鲁纳一直想要我的武器。她知道这两把餐刀对我而言意味着什么，也明白为什么。可惜布鲁纳没有接近门格勒的机会。布鲁纳可不是胆小迟疑的人，她一定能圆满地完成这项任务。”菲利克斯的语气中尽是欣赏，仿佛提到布鲁纳的名字，就能让他与这位白天使更贴近一样。

“我也能像布鲁纳一样可怕。”虽说我也不信自己的话，可我真心希望自己可以做到。

我们密谋了一项计划：我要争取与门格勒独处，而且最好是在一个相对封闭的区域。菲利克斯说这很重要，因为医生愚蠢得要命——

“他才不蠢。”

“那又怎么样！他的确不蠢，但邪恶难道不是愚蠢的一种表现形式吗？”

“谁告诉你的？”

“我自己想的。在医务室里，我想了很多，比你想象的还要多。我想善良美好的事，想某些人，也想那些丑陋邪恶的事物。丑恶是最容易想到的，因为我们早已被它淹没。我很清楚何为邪恶。一旦我踏进那间实验室，邪恶就会深深地扎进我的心里。人们往往觉得邪恶的人比善良的人强大，这其实是天大的谬误。可是就算门格勒在某些方面不如你，可是综合来看，他依然比你强大，甚至强大得多。因此最有把握的方法，就是将他逼到一个角落，或是逼到地上。你必须掌握主动，否则的话，就会被反制，最终丢掉自己的性命。明白吗？”

直到那一刻我才明白自己在动物园里这么长时间的学习其实都弄

错了方向。我把时间浪费在门格勒身上，学习如何治病救人，怎样止血，怎样让停止跳动的心重新动起来。更重要的是，我一直在学习如何让一件东西与另一件东西相匹配，如何在不对称的东西里寻找对称性。我做这一切的目的就是让门格勒对我另眼相看，由此取得与他的亲近感。但事实上，菲利克斯才是真正的专家，是我应该学习的导师。我们勇敢地直面降临在我们身上的暴力，学习文学作品中的反叛情节，在脑海中构想出一幅幅图景。通过以上种种，我们学会了如何肢解人的身体。菲利克斯知道什么地方是最快的出血点，也知道敲击什么地方可以把人击晕。菲利克斯让我别心急，静下心来稳妥地执行计划。

他坚信我们一定能等来复仇的机会。

可惜我们现在很难再见到门格勒了。苏联飞机飞来的次数越来越频繁，门格勒钻进了办公室里不出来。哪怕是从前最爱做的事，他现在也不愿意做了。米莉医生告诉我，门格勒现在已不再开展新的工作，而是埋头于从前的文件中，并疯狂地给他的导师写信。实验室的门口停着几辆车，医护人员进进出出，把装满文件的大箱子放在汽车后座上。

今天是妈妈为我绘制肖像的第三十六天，我躺在实验室旁等待门格勒。我在脑海中一遍遍重演与菲利克斯构想出的门格勒之死，反复演练每一个动作与步骤。我用实验室的台阶磨刀。“***将我们磨得更锋利一些吧，***”我的武器唱道，“***我们要直插他的体内，终结这无尽的***

痛苦！”而我对它们说，它们必须做到这一点。

我与三把餐刀一同等待着，在医生可能出现的任何地方等待。我们寻找着他的脚印和声音。然而不同于其他人，医生的脚印要谨慎得多。看着他鞋底的图案，我似乎感觉一只靴子落在了我的脖子上。

今天是一九四五年一月十五日，我等待的第三十七天。我坐在医院的台阶上，将三把餐刀藏在袜子里，把珍珠的琴键藏在鞋子里。我已经等了六个小时，也许等了八个小时，也许等了两个小时。我留意到，时间流逝的快慢似乎与从前不一样了。不知我将来是否有可能找回我的时间感，珍珠的离开是不是永远改变了时钟行走的方式？我不知道时间应该向前走还是停在原地，然而当我看见医生的车停在医院门前的那一刻，我知道，时间一定要继续走下去。

医生从车内走下来，与平常一样行色匆匆。他的头发乱糟糟的，裤子上沾着些尘土，脸上写满了疲倦。他快步跑到台阶上，取走一个箱子，看见我的时候，差点没摔一跤。

“我的小永生者，你怎么在这里？”

“您还特意给我取了个名字？”

“当然了。”医生愠怒地说，“我永远不会忘记你的。就算这里的一切都不再是从前的样子，我也不会忘掉你。”

“不是从前的样子啦。”车上的司机附和了一句。他是个长着鲇鱼脸，留着小胡子的男人。他的嘴里塞满了三明治，嘴巴一上一下，缓慢地咀嚼着。我看见司机摇下车窗，厌恶地将嘴里的食物吐在地上，并抱怨三明治里的肉不新鲜。看到食物的那一刻，我的胃不自觉地叫了起来。

“伯勒克知道我在说什么。”门格勒朝司机所在的方向点了点头，“他很早以前就在这儿工作了，正是他帮忙建造了这个地方。和她说说你的事迹吧，伯勒克。”

“那是一九三九年。”嘴里塞满东西的伯勒克说，“那时候这个地方还是一片沼泽地。看看这里如今变得多好！”

他抬起胳膊，在挡风玻璃前面划了一下，然后又吐了一口唾沫，这一次表情更加得意。

“道路、花园、音乐室、游泳池、音乐室。”他用诗歌朗诵似的语气感叹道。

“你说了两次*音乐室*。”门格勒说。

“那又如何？您认为布痕瓦尔德集中营和达豪集中营会有音乐室吗？这是一个值得人们重复的词。谁说奥斯维辛不是个文明的地方？”伯勒克警惕地看着我，好像是我做出了那样的指控。

门格勒慌慌张张地将盒子放进后备厢，把一些看起来尤为重要的资料放在车后座上。我看到后座上躺着一只行李箱。门格勒发现我在偷看，于是用自己的大衣将行李箱裹起来。除了这一个不正常的举动，他看起来就像是一个为家人准备野营用具的父亲。

“只是一场短暂的旅行。我很快就会回来的。我有些事情要办。你愿不愿意和我一起呢？也许我们可以一起去找找珍珠？”

“珍珠已经死了。”我说。这是我第一次亲口说出这样的话。这句话从我嘴里跑出来的时候，天地间是否风云突变？有没有地动山摇，凭空生出一座大山？*“珍珠死了，去世了，不存在了。”*我也不知道自己说出了这句话，只知道刚才那个句子让我再也说不出别的话。我呆呆地站在原地，舌头在嘴里徒劳地搅动，却发不出声音。我看不见世间万物，也听不到任何声音，只是直勾勾地盯着约瑟夫·门格勒。

“哦，是吗？多有趣啊——”门格勒意味深长地看着我，“可我从没有签过她的死亡证明。”

“可您签了太多死亡证明，怎么记得住有没有签过珍珠的死亡证明呢？”我问。门格勒表现得很坚定，似乎绝没有弄错这样的信息。

“我的确签了不少死亡证明。”门格勒叹了口气，“可是找一找又有什么关系呢？斯塔莎，你可不知道这里的人多会躲藏。他们能让自己变得无比微小，比你想象的小得多。我发现许多孩子能把自己折成两半，然后藏进小旅行包里。他们是愚蠢的孩子，可珍珠是聪明的。她那么狡猾，甚至可以藏进一只茶壶里！”

门格勒的赞美使得珍珠在我的脑海中复活了。我承认自己愚蠢而绝望，可是那一刻，这一句赞美蒙蔽了我的眼睛，使我忘记了门格勒的本性。

“您说得很对。”我说。

“那我们就一起去找她吧。”门格勒打开副驾驶的门，示意我上车。我于是上了车。车上飘着浓烈的烟味、灰尘的味道和皮革的臭味。伯勒克没好气地将三明治扔到窗外，看着三胞胎为了争这被人丢掉的食物打得不可开交。门格勒坐在我身后，点燃了一支烟。汽车发动了，隆隆地朝动物园的禁地驶去。

我们陷入了长久的安静中。这种感觉有些危险。医生突然将手放在我的脖子上。我下意识地缩了缩脖子，也知道医生一定注意到了我的畏缩。他对我的喜爱突然淡了下来。

“斯塔莎是我的学生。”他对司机说，“她以前有一头好看的黄头发。可是你明白，她的头上生了虱子。更不幸的是，她生了一对棕黄色的眼睛。”

“她看起来很健康。” 伯勒克说。他的语气挺和善，但我透过后视镜看到了他的眼神，他的眼神和语气显然并不一致。从这个眼神中，我看出他完全见不得我好。

我咽了口唾沫，用手拨弄口袋里的琴键。我也不知道自己为何如此紧张。虽说我已是不死之身，可是离“死神”这样近，我依然控制不住自己的情绪。他的大腿靠着我的大腿，还示意我把脑袋靠在他的肩膀上。我要不要按照他的意思去做？当然！为了终结他的性命，我必须按照他说的做。

“你今天早上一个人在干什么呢？”医生问。

“在学习。”我撒了个谎。

“跟着双胞胎之父学习吗？”他的语气颇为鄙夷。

“我是自学的。”

“很好。他是个好人，却不是好老师。他会传授给学生许多不准确的知识。你在学什么呢？”

“米莉医生给了我一本关于手术的书。我最近在学习与切口相关的知识，今天早上学的是剖腹产。”

“有趣的主题。”门格勒的语气懒洋洋的，显然对我的话丝毫不感兴趣，“你曾见到我做剖腹产手术，对不对？那可真是件脏活儿。”门格勒的语气有一点闪烁，他心里清楚那根本不是什么剖腹产手术，而是一次活体解剖。门格勒将那个女人的身体剖开。那可怜的女人眼睁睁地看着门格勒从她体内取出婴儿，再把孩子扔进满满一桶水里溺死。可是那位母亲承受的痛苦没有那么快结束，门格勒尽了最大的可能延长她的痛苦。我不想记住这些画面，甚至不愿意让珍珠替我记忆。

可是既然门格勒要把那场杀戮当作剖腹产手术，那它就是剖腹产手术。这就是奥斯维辛的规矩。

“通常情况下，我会将这些人直接送进毒气室。”这话似乎是说给伯勒克听的，“可是在他们有机会喘息之前再照顾他们一次？这未免过于人道了。记住了，斯塔莎，你应该为自己的兴趣而骄傲。”

他意味深长地停顿了一下，从小旅行包里掏出酒瓶饮了一大口，然后在我的膝盖上捏了一下。

“可是艺术似乎才是你真正的使命。你喜欢跳舞，不是吗？”

“您说的是珍珠。”我提醒道，“我是个科学家。”

门格勒举起双手，这才意识到自己手里还拿着一瓶酒。酒撒到了我的脸上。

“当然了！”医生说，“可这其实没关系。舞者，科学家，无论做什么，其实都是为了让自己忙起来，沉浸在自己的兴趣中，保持对这个世界的好奇。我早就没有了好奇心。一旦你没了好奇心，”他举起一根粗粗的手指头在我眼前晃了晃，“就会被生活抛弃。”

“关于这一点，我一直努力保持着对这个世界的好奇。”

“可你的声音告诉我，事实并非如此。我想，失去了你姐姐以后，你的生活是否变得无比艰难？我在双胞胎身上见过太多类似的情况。说实话，我对这特殊的现象非常好奇，不知一直以来密不可分的双胞胎在失去另一半之后要如何生活。真有意思。”

“我一点也不想她。”

“你用不着在我面前故作勇敢。”

“我没故作勇敢。我知道她只是藏了起来，确定安全以后，她就会出来的。”

“有趣的猜想。事实就是这样。我相信你的侦察力。我们不妨想得更远一些。你认为她会藏在哪里呢？告诉我，我会让伯勒克带着你我去找她。”

于是我们驾车穿梭在男生宿舍和女生宿舍，绕着动物园围墙的大门行驶。我把脸贴在玻璃窗上，门格勒的视线则一直落在汽车前方。我们所经过的每一个地方，似乎都是珍珠藏身的地方，我看见的每一个人好像都是她。汽车不断行驶着，我的旅途也越来越迷糊。我对自己说：车轮滚动的时候，珍珠会把自己完全地伪装起来，她可能是车窗外的任何一个路人。凭借丰富的舞台经验和细腻的内心，珍珠能把自己完美地伪装起来。

“她在那儿。”我指着远方的一个人说。

“那是个小男孩，而且是个罪犯。”

“她就是珍珠。”我指着另一个人说，“我自打出生以来就一直和她待在一起，对她再熟悉不过了。”

“我认识那个女人。”门格勒说，“她是一位优秀的卫兵，却不是珍珠。”

我希望门格勒能透露一些关键信息。希望他能供认自己的罪行，至少承认他对我撒了谎。爷爷没有得到额外的食物，也没能在游泳池内游泳，甚至没能活下来。妈妈依然饿着肚子。她还得为门格勒的实验对象们绘制肖像。我们继续在动物园内绕圈。我知道这辆车里毫无理智可言。门格勒绝不是什么心智健全的人，我也不是。每当我指向一个路人，我都真心相信他或她就是我的姐姐。

“是她。”我指着一个抽着烟的狱卒，一个手握铁锹的男孩和一个拿着勺子的厨师说。

“是谁？”门格勒总会问。

“是珍珠啊！”我对着车窗外的人大喊，“珍珠在假装她不是自己。”

门格勒总会命令被我选中的人走到车窗前。通过他们的口音、吼声和伤疤，我会发现他们其实不是我寻找的心爱的人，而是一个狱卒，一个男孩，一个厨师。

门格勒似乎不愿见到我失望的样子，可我可以肯定，他很欣赏我观察这些人时的状态。我学着门格勒的样子，仔细观察眼前的人。我会做出与门格勒相似的手势和动作，还会询问他们的病史。

我放走那位厨师后，门格勒大笑着说：“我真应该雇你为我工作。”

就在我想要让司机把我送回动物园的时候，我却意外看见了一个女人。她的身上沾满了煤灰，虽说身上脏兮兮的，我却能从她的脸上看到青春与天真。她用胳膊揽着一个篮子，举止优雅得体。门格勒发现我盯着那个女人看，于是命令她走到窗前。门格勒的召唤把那个可怜的女人吓坏了，她手里的篮子都掉在了地上。

“观察她，斯塔莎。”

我打开车门，走到那个女人跟前。我学着门格勒观察我们的样子，用一根手指抬起那个女人的下巴。她的脖子底下没有沾上煤灰，白白净净的。

“这就是她。”我说。

珍珠极有可能把自己打扮得不起眼，这在我眼里是一个非常聪明的办法。

“你觉得她眼眶里的是眼睛吗？”门格勒嘲讽地说，“那就是两个小罐头，两粒葡萄干，根本不是人类的眼睛。”

门格勒示意这个女人转过身给我看。她的动作很缓慢，却依然顺从地转了过去。

“她就是珍珠。”我坚持道。

“那她能说话吗？”门格勒问，“她能不能回答你的问题？能否说出你们共同的童年记忆？”

那个女人眨了眨眼。在煤灰的映衬下，她的眼睛像洁白的雪花。我在她的虹膜里看见了乳白色的云朵。

“青光眼。”门格勒大声宣布，“这是个希腊女人，已经五十多岁了。她可能生过至少三个孩子，当过一次寡妇。可以肯定的是，她的人生一定一直非常可悲。她好像发着烧，眼睛也快全盲了。这个女人的时间已经所剩无几。看看，她手上的痂几乎把她的整双手都包住了。这是感染。”

我看见这个女人的手指上布满了斑点状的伤痕。

“你是个没用的人，对吗？”门格勒用轻快的语气对那个女人说。他的脸上露出一种近似关怀的虚伪表情。“你是只动物，对不对？一只臭烘烘的低等动物，对不对？”

那个女人没有说话，把脑袋深深地埋了下去，对门格勒点点头。

我看见她的头皮上爬满了伤痕。

“你会被感染的，斯塔莎。回到车里来。”

门格勒的话在我听来丝毫没有道理。于是我对眼前这个神秘的女人说，虽说她离开了我，而且只给我留了一只钢琴键做纪念，可我不怪她。我只希望她快乐。我分别用波兰语、犹太语和德语对她说出这些话，随后我又用我们俩的秘密语言向她诉说我们过去的美好时光，把柔情送进她空荡荡的脑子里。我同她说起了我们的小猫咪、妈妈的花朵长裙，以及爷爷桌上的书。这些话似乎没什么作用。我变得越来越讨人厌，对她说起了动物园的冷酷，说动物园狭小的床让我的脊椎都长坏了。我天真地认为这些悲哀的话能将她唤醒，能迫使她丢掉这劣质的伪装，让她回归更好的自我。

可惜我想错了。

我眼前这位古怪版的珍珠眼里尽是恐惧，她把已经不年轻的大拇指放进嘴里，像一个惊恐的婴儿一样，吮起了大拇指。

我命令“珍珠”停下来，并对她说吸手指是无法缓解我们的痛苦的。可是“珍珠”不肯听我的话，不肯将手指放下来。

于是我弯下腰在地上找石头。直到今天，我都庆幸自己当时没有找到石头。因为我确定，如果有可能的话，我一定会用石头砸她。我不许她让自己手指上的伤口恶化。门格勒注意到我的双手在颤抖，于是把我拉回车里。那个惊恐的女人一逮着机会就逃跑了，躲在一辆卡车后面瑟瑟发抖。

门格勒叹了口气，表现出同情的样子。他从口袋里掏出一罐糖果。我留意到那罐子里装的不是平日里装的奶油硬糖，而是更高级的糖果。

门格勒抓住我的手，轻轻地抚摸了一下。

“她不是你的珍珠。好消息是，你可以继续寻找真正的珍珠。更好的消息是：你既有了永恒的时间，就可以从容地寻找。找到珍珠之前，你的生命永远不会终结。”

我对门格勒说，我很清楚这一点。门格勒命令伯勒克把车开回去。

汽车隆隆地开动时，我看了“珍珠”最后一眼。那一刻，我也看到了我不应该看的东西。之所以不该看，是因为这过于黑暗，太让人感到绝望。

我看见了她。由于饥饿、愤怒和孤独，她的模样变得让人几乎认不出来。她躲藏在那些让她信赖并视作家人的人身后。死去的同伴们张开了双臂，遮住了她眼前的寂静。

我和珍珠的母亲与许多人一起躺在卡车上。她变成了一具冰冷的尸体。这个女人的心里曾经开着一片罂粟花海，美丽的花朵为她构建了一个飘摇的世界。很早以前我就知道自己不可能再回到那个飘摇的世界，可我从未想过，创造出这个世界的女人居然会落得这样的下场。我不确定她是否是我的母亲，死亡似乎把她变成了一个不可触及的东西——一颗星星、一朵花、一道海浪，总之是像我这样的生者没有资格关心的东西。

“别哭。”母亲似在流泪的眼睛对我说。她的眼睛睁得大大的，像是在瞪着我。

我知道我不应该与母亲的眼睛争辩。然而在我的内心深处，在母亲看不见的地方，我发誓一定要复仇。藏在袜子里的冰冷餐刀亲吻着我的肌肤，让我不自觉地颤抖起来。

“你感觉不舒服吗？”门格勒问，“怎么突然这么安静？别担心，将来的某一天，你一定可以和你的家人团聚的。到时候我们可以一起吃晚饭。珍珠会为我们跳舞。这该多棒啊！”

我谢过了他。道谢的那一刻，我在心里向母亲保证，一定会为她复仇。

门格勒颠三倒四地说着无聊的话。我没有回应。这时候不说话才是安全的举动，我要是张开了口，一定会对他说：“因为你不能杀我母亲两次，所以要把我困在这个地方，让我承受几百次的折磨。

“因为你让爷爷化成了灰，所以你让我变得渺小而无助，成了一个经不起任何打击的扭曲的小东西。

“因为你没权利决定我的出生，所以抢走了自出生以来就一直陪伴着我的人。你夺走了我最爱的人，我的另一半。而现在，我成了一个寡淡无聊的人，一个不得不承受永生，且失去了自我的人。我没有渴望，没有感觉，也无法修复内心的痛。”

他给我的那滴血流进了我的脑子里，形成了一只愤怒的拳头。我对自己说：没错，门格勒也许给了我永生，让我活得比所有人更久，可这并不意味着我不能了断他，杀死他，把他送去地狱。我袜子里的餐刀点了点头，像是在赞同我的想法。门格勒把身体凑到车窗的另一边，与路旁的一位护士交谈。他的脖子这会儿扭向了另一边，一定注意不到我的动作。袜子里的餐刀告诉我：这是个绝妙的好时机。可是我还来不及动手，门格勒就转了回来。他严肃地对我说：“未来。我们必须对未来抱有期待。你明白吗？”

我点点头。我感觉口袋里的琴键仿佛在发光，于是用指尖藏起它的光芒。

“我要给你看些东西。”汽车开到动物园门前时，门格勒突然说。他拾起了车厢内的一只盒子。我曾在实验室里见过许多类似的盒子，但是这只盒子显然是门格勒尤其重视的。因为所有盒子上印的都是“战争材料，紧急”这样的字样，这只盒子上印的却是他的名字“约瑟夫·门格勒医生”。这一行字清楚地说明了盒子的分量，我几乎能想象到门格勒写下这行字时的样子。他紧紧地抱着这个盒子，就像抱着泰迪娃娃和风筝的小男孩。他小心翼翼地将盖子揭下来，似乎不敢相信盒子里装着多么了不起的东西。

“全都在这儿了，”门格勒说，“所有的基因材料。你肯定无法相信我们通过这小小的样本得到了什么。我们创造了一个不一样的人类，一个完美的人。”

盒子里的样本碰撞到一起，发出音乐般的声响。我用手指划过纸箱的边缘。

“一个完美的人。”我重复道，“就像珍珠一样。”

门格勒把盒子拿开，将盖子盖上，也关上了我对于离开之人的记忆。他握住我的脖子，让我的脑袋向后仰，然后像变魔术一样从口袋里掏出一根滴管，将一滴液体滴进了我的左眼。

噢，我的眼睛被这该死的液体刺得生疼。我泪如雨下，瞬间什么也看不见了！

“你这样做是为了什么？”我用手盖住左眼，生怕门格勒继续伤害它。

“为了让你记住我。”他说。

我流着泪对他说，我不想记住他，也不会记住他。我拒绝让他存在于我的记忆里，因为他有太多让人忘不掉的地方，只会给我带来更多讨厌的回忆。我一边说，一边寻找袜子里的餐刀。我眼前的世界变得一阵黑，一阵白。

“你过誉了，斯塔莎。”门格勒说。我看不见他，可我知道他一定对我眨了眨眼。“现在，告诉我，你看见了什么。”

“我什么也看不见，什么也看不见！”

“噢，别担心。我保证你的视力明天就能恢复。”

他打开门，把我推下车。我像一团被人丢掉的垃圾一样滚下了车。

后来没多久，在一个没人知道的夜里，门格勒离开了他的动物园。我不知他离开的具体时间，不知他是带着怎样的心情离开这里的，也不知他临走之前有没有回头看一眼这个地方。

我只知道等我下一次见到他的时候，一切都会不一样的。我们下次相遇的时候，只会有两种结果：一、整个世界都变成了奥斯维辛，二、世界再也不是一个整体，变得四分五裂、支离破碎。那是一月的某一天，我完全不知道门格勒会离开，也不知道未来将发生什么。我狼狈地逃回了动物园。我像一个被虐打的小动物，半盲着，一只手掩住不停流泪的眼睛，另一只手不断摸索着木桶里的小洞。我不去想妈妈以及爷爷的死，并发誓自己再也不会想念他们，除非我能够为他们，以及珍珠报仇。

我的左眼里依然只有一片黑暗。接下来的几天乃至数周内，我的眼里都是化不开的黑暗。我试着用积极的心态看待这件事。如果我闭上右眼，就是个盲人。如果我成了盲人，那么世界上每一个人都有可能是珍珠。可惜他们开口说话的时候，我的幻想就会破灭。

我的眼睛废掉后，米莉医生把我从木桶里拖出来，将我送进了医务室。她想要通过恐惧让我生出求生的意志，于是把我关进了医务室后面的一间屋子里，和另外三个孩子一起。

“你知道进医务室不是什么好事。”米莉医生说，“他们会把医务室里的人送到卡车上去。”

我点了点头。

“你知道那些卡车最终会开往——”

我没让她说完。我告诉她，我明白卡车会把人们送往毒气室。米莉医生不明白我为何丝毫不畏惧，可她很清楚我愿意登上任何车辆，只要它能把我送到珍珠身旁。正因为如此，她才无比担心，只要一有空就会出现在我附近。

夜里睡不着的时候，我就会在医务室的床位间游荡，寻找我的姐姐。这里挤满了人，且日夜回荡着痛苦的哀号，恐怖程度更胜于动物园，居然能将好几个人叠在一张床上。

医务室的床铺上躺着一个个病人。不，这哪里是什么床铺，简直就是蜜蜂栖息的小小蜂巢。病人身上盖着白色的床单，像是一朵长了脑袋的云。大多数脑袋要么背向我，要么埋在床垫底下，但这些脑袋的主人都伸着枯柴一般的小手，向过路的人乞讨水和食物。

“我什么也没有。”我哭着说。

云朵不相信我，却没有流露出生气的样子。他们病得太厉害，已没有力气生气。他们患了痢疾，发了高烧，体内带着致命的细菌。他们失去了健康，也失去了家人，他们的心脏一天天地滑到胸膛的另一边。这些人形云朵要靠什么活下来呢？他们每天只是偶尔翻个身，然后又睡过去，要么咳嗽，要么做梦，再无其他活动。

我拖着沉重的步伐走回自己的床铺。一束光线从窗外落进房间内。

这道光线代表了妈妈和爷爷的指责。我不知他们身处何地，却晓得他们这是在让我不要软弱。我没能履行承诺，这让他们万分失望。而他们几乎每隔一小会儿就会提醒我一次，一声声指责像炮弹一样落在我的心里。虽说这样的提醒过于极端，可我不怪他们。

“我希望您可以理解。”我对着窗外说，“没有了珍珠，我就再也不是自己了。”

噪声越来越大。我的左眼依然只看得见朦朦胧胧的一片，可我的右眼看见远方的建筑上空升起一阵浓烟。

我希望这股烟能将我带进虚空之境。

这样的想法一定会让妈妈和爷爷不高兴。窗框发出了“咔嚓咔嚓”的声音，这是他们的另一次指责。我看见一道火光和一阵浓烟，也知道这意味着什么。可是直到一只手碰到我的脸颊，我才知道自己在啜泣。

米莉医生把自己的手绢递给我。

“对不起。”我对她说。

她的脸色沉静得可怕。可是没一会儿，这沉静的表情就崩塌了。米莉医生一边笑一边流泪。“你有什么好对不起的？”她问。

“因为这一切。”我指了指窗外的浓烟。

“这又不是你干的。”

我想要对米莉医生说，这就是我做的。正当我打算坦白的时候，米莉医生却先开了口。

“我知道这一切是多么难以置信，”她将一只颤抖的手放在我的肩头，“但动物园恐怕要完了。几个星期以来，苏联人一直在向我们所在的地方挺进。虽说这看起来不可能，但这些——”她指了指被浓烟冲得不断摇晃的窗框，“它们是否给我们带来了一点希望呢？”

米莉医生想要在我面前表现得尽量轻松，但是我从她的语气中听不出多大的希望，反而听出我们又多了许多未知的麻烦。

三个“云朵人”从床上爬起来，凑到窗边观察。米莉医生让他们躺回去休息。我看得出他们有些焦虑。头顶上盘旋的飞机是敌是友尚不可知。“云朵人”讨论了起来。“这一切苦难很快就要结束了。”一个人说。“不，永远也结束不了。”另一个人说。我不知道要相信谁，于是想从米莉医生的脸上寻找答案。她的眼神很亮，似乎对未来怀抱着积极的态度，可她的嘴角却紧绷着。

我们用手捂着耳朵，睁大了眼睛等了三天。大伙儿时刻穿着鞋，随时准备起身奔跑。此起彼伏的炸弹声奏出了一曲华美的乐章，谁也不知道炸弹会落在哪里。雪地里到处都是灰烬与浓烟，整个营地变成了灰蒙蒙的一片。

我知道，如果我终能获得自由，我将开始另一场漫长的等待。我躺在床上给珍珠写信。我把信刻在一旁的墙上，却只刻了一个称呼——***“亲爱的珍珠”***。我相信将来的某一天，珍珠或许也能得到自由。她能摆脱死亡，离开门格勒。那时候，她将看见我的信，并明白无论那些人把我们当作什么，我们依然是有血有肉的人。

“奥斯维辛结束了。”面色冷峻的卫兵对我们说。这里曾容纳了世间所有的邪恶，如今也将被邪恶摧毁。我们早已习惯了燃烧的羽毛的气味，习惯了血红色的天空和无孔不入的灰尘。而今日的烈火将让奥斯维辛化作灰烬。党卫军们将白色的毒气室点燃，将小山一样高的文件扔进火里。他们把自己建造的东西摧毁殆尽，却毁不掉他们给我们造成的伤害。这个小王国遭到的袭击把我们置入更加危险的境地。囚犯们走路的时候一个个都低着头，与卫兵进行眼神接触只会激起这些人的暴行。这些曾经高人一等的卫兵如今陷入了深深的绝望。所有人都在流传卫兵们接下来可能会做什么，所有的传言都不一样。据说他们可能会把我们安置到别的营地里。为了掩盖罪行，他们会将整座奥斯维辛集中营付之一炬，而这也意味着纳粹就要投降了。

我不相信纳粹会投降。要投降的人怎么敢做那么多坏事呢？他们把幼小的孩童扔到天上，拿他们做更有挑战性的移动靶子。他们用大卡车撞倒奔逃的男人们，还把女人们逼到角落里，再割断她们的脖子。我在医务室的窗口见证了这混乱的场景，也不知最终能够穿破天空的究竟是子弹还是人们的哭号。

一九四五年一月二十日，党卫军们开始溃逃。我们看着他们坐进曾经用来运载我们所爱之人的卡车，落荒而逃。慌不择路的党卫军越过铁篱笆，把铁丝都弄弯了。没能逃走的人在集中营内四处乱窜，毫不犹豫地使用任何他们能够用得上的力量。“你们都乖乖地待在屋子里，谁也别出去。”米莉医生几番警告我们，“等一等。再等一等。苏联人还没到，可他们就快来了。耐心一些，等苏联人到了，我们才可以安全地出去。不过我们也许用不着等那么久，请大家耐心一些。”

作为不死之身的我，自然无须害怕米莉医生所担忧的事。冰冷的墙是困不住我的。我看见怀抱着各种物资的布鲁纳正在窗外向我挥手。她把用煤灰染黑的头发向后梳，露出一副渴望与我道别的表情。我冲到布鲁纳所在的台阶上，发现菲利克斯也藏在角落里。布鲁纳将一件皮大衣拍到我背上。

“这是豺皮衣。”布鲁纳边说边抚摸我背上的大衣。我从未在生物分类游戏中扮演过豺狼，不过这件衣服很合身。豺狼其实是一种非常聪明的动物，虽说人们常常对它冠以恶名，它却选择了忍耐。

菲利克斯披着一件熊皮衣。这是绝对的奢侈品，光彩照人且充满危险气息。我们穿着布鲁纳给我们的衣服，手中的麻袋里装满了她送给我们的物品。我们跑过交响乐队曾进行过表演的地方，看着她们的乐器被熊熊烈火吞没。被焚烧的乐器发出愤怒的吼声。我们听见鼓皮爆开的声音，双簧管的哀鸣。钢琴发出惊雷般的隆隆声，但珍珠的琴键，被我好好地保管了起来。

“是不是很棒？”布鲁纳带领我们跑到了党卫军的飞机附近。

“简直棒极了。”我们回答。我和菲利克斯发誓要守护在布鲁纳身边，帮助她毁灭这个地方。可是布鲁纳似乎不喜欢我们的计划，她将我们一把推开。

“你们必须回到营房里去，别管我了！”她说，“我发过誓，要照顾好这个地方。”

后来，我们才知道布鲁纳曾对米莉医生立下过誓言。她们为医务室最虚弱的伤员制定了一份撤离计划。目前这种状况下，党卫军随时有可能弃伤员于不顾。布鲁纳有更重要的事情要做，因此顾不上我们。当然，她永远不可能将事实告诉我们，只是用其特有的损人的方法将我们推开。

“走开，你们这些小宝宝，都躲进你们的儿童床里去吧。”她说，“小蠕虫们，你们还是有机会的，这个机会就是扮死人。”

“那我们就扮死人。”我一边说一边拉扯豺皮衣的翻领。穿上这件衣服以后，我的感官似乎敏锐了不少。可惜布鲁纳没有看到我的决心。

“可是我怀疑你连扮死人都扮不好。你太有生气了，斯塔莎。所以你最好还是回营地等着，等着我去接你。你要是不赶紧回去，救自己一命，”布鲁纳停顿了一会儿，“那我就要对你做一些可怕的事情。”

“比如呢？”菲利克斯挑衅地说，“你最坏的一面在别人看来却是最好的，可我不一样，所有人都认为我的情况坏得不能再坏了。你知道吗，其他女孩都——”

布鲁纳给了菲利克斯一记清脆的耳光。能与布鲁纳进行这样近距离的接触，菲利克斯好像激动得要晕倒了。可是布鲁纳很快终结了他的幻想。

“我会杀死你，菲利克斯。你这头蠢熊！也许不是现在，不是今晚。

我希望自己用不着亲手杀死你，可你要是被纳粹盯上了，我保证会抢在他们前面把你杀死。我不会让自己所爱的人死在他们手里。你们的命是属于我的。”

我们听得出这话里的逻辑，也看见她腰间别着的手枪。看来布鲁纳与反叛者们已经为这场动乱做好了准备。而他们不知道的是，在他们密谋的几个星期内，纳粹总部也上演了无数次会议，纳粹们早已就物资的处置做好了规划。我们的自由也许会招来更严重的灾难。

菲利克斯佯装轻松地说：“那我们就回营地去了。可这只是暂时的。到时候，我们会一起离开这个地方的，对不对？”

布鲁纳望了一眼摇曳的天空，像是期盼着烈火能替她传达深藏其心底的，犹豫着不敢说出口的话。

“永远不要等我。”布鲁纳对我们说。

菲利克斯怎么听得进这种话？他的未来要是没有布鲁纳，要未来又有何用？

“我们现在可以不等你。可是为了防止走散，我们是不是要先确定一个见面地点？”菲利克斯说，“好朋友们都会这样做的。布鲁纳，你是我的朋友，对不对？只有朋友才会想着在他人下手之前，亲自终结我的性命。”

布鲁纳拼命想要维持冷冰冰的表情，可她切切实实被感动了。“朋友”这个词似乎从未如此真诚地与她的名字连在一起。

“当然了。”她回答，“但我们可以将来再决定。谁知道在前方等待着我们的是什么呢？我们可能要躲藏几个月，甚至几年。”

菲利克斯可没那么容易死心。

“我和斯塔莎会等你的。”他说，“只要告诉我们在哪里等就好了。”

如此坚定的决心打动了布鲁纳，她那只粉红色的眼睛里闪出了光芒，另一只眼里也有了神采。我一直以为布鲁纳的眼泪和她的眼睛一样，都是红色的。可今日，我见到了布鲁纳的泪水，她的泪竟比任何人的泪更加澄澈。布鲁纳似乎不介意我见到她流泪，甚至用我的毛衣袖子擦了擦眼睛。

“我一直想要参观真正的博物馆。”她一边擦泪一边说，“想要做一天的淑女，近距离地欣赏艺术。”

“那我们就去真正的博物馆见面。”菲利克斯迫不及待地说，“在一座雕塑前碰头。重聚之后，我们可以一起喝茶，或者喝咖啡。我会为你买票。”

不知究竟是哪一点触动了布鲁纳，她接受了这项邀请。也许是因为她看见了这件事实现的可能性，也许只是为了让菲利克斯开心，还有可能是她像任何有眼睛和耳朵的人一样，明白在炮火中长时间交谈可能会遭遇危险。可我认为，布鲁纳是真心在乎菲利克斯的。

“这是我们的承诺。”布鲁纳对我们说。她握住我的手，对我露出一个微笑。我能感觉到她手中的泪。

无论别人嘴里的布鲁纳是怎样的，我和菲利克斯很清楚，她是个一诺千金的人。偷窃也许不是她最大的天赋，承诺才是。哪怕面对再大的危险，布鲁纳都会尽最大的努力履行承诺。我们的布鲁纳本意是好的，可她不会轻易向我们展现她的善良与情意。她必须做一个双面人，将善意伪装成缺点。在你不经意的时候，布鲁纳的小诡计将从内部摧毁你，一点点地将你偷走，直到你变成一片虚空，最终拥有真正的善。布鲁纳会通过这种方式拯救你，她是我们的天使。

布鲁纳松开我的手以后，我才意识到我们的约定是多么愚蠢。这个世界上有多少座博物馆呀？这里的博物馆指的是波兰、欧洲还是全世界的博物馆？这个计划真是蠢透了。

意识到这个问题后，我望着布鲁纳的脸。她的脸上依然挂着善良与友爱，可我还来不及细问我们的计划，陶布就突然冲到了她身后，紧紧地攥住了她的脖子。他毫不手软地拧断了布鲁纳的脖子。我们曾多次见他这样对待其他人，可这一次死亡之手降临到了我们自己身上。布鲁纳的脖子被拧得咔咔作响，她的脸涨得通红。折断了布鲁纳的脖子以后，陶布朝着我和菲利克斯所在的方向掰自己的指关节。

我们当时跪在地上，看着布鲁纳像一条围巾一样颤动。她新染的头发随风飘扬，像反抗者的旗帜。陶布用手指搓掉布鲁纳头发上的煤灰，露出了她拼了命地想要隐藏的白发。

“她当真以为她能摆脱自己的命运吗？”陶布轻蔑地问。

害怕菲利克斯会回答这个问题，我用一只手捂住他的嘴。然而菲利克斯栽倒在了雪地里，根本不可能说话。我们一同看着布鲁纳。她的羊毛衫翻了个个儿，露出一对苍白的腿。

菲利克斯想要把布鲁纳的衣服整理好，但陶布不许他这么干。他用一只脚踩在尸体上，向全世界证明她已被彻底征服。他弯腰拔出布鲁纳腰间的手枪，放在手中掂了掂，然后把枪口对准了我们。

“你们两个！这有什么好看的？站好了！”

菲利克斯用肩膀拖了我一把，可他的肩膀不够坚实，瘦巴巴的骨头几乎要把我划伤。可我依然借着他站了起来。我起身时，陶布注意到了我们身上的皮草。

“大衣。你们是从哪儿弄来的？”

菲利克斯大张着嘴，却说不出话。我把他的脑袋挪到一边，让他别再看着布鲁纳，并对陶布说，大衣是医生送给我们的礼物。

“和我说说，”陶布大笑道，“你们一直都这么会撒谎吗，还是奥斯维辛把你们训练成这样的？”

“我不知道答案，但这似乎是个公平的问题。”我说。

“你怎么会如此执着于‘公平’？”陶布的语气中突然有了几分欢快，“算了，留着你的破衣服吧，谁知道你们去的地方会有多冷呢！”说完他就把布鲁纳的手枪顶在了我们背上。

死去的布鲁纳一心希望我和菲利克斯能够逃跑，可我们就这样失去了逃跑的机会。

雪花纷飞，烈焰滚滚。陶布驱赶着所有人向前行——妇女、儿童、伤员。大伙儿失去了秩序，有的重重地踩在雪地上，有的艰难地在雪地上爬行。人们绝望地抓着身边的人，把其他人绊倒，又将他们扶起。

无从选择的我们加入了迁徙的人群，带着我们的身体、围巾和绷带，成为不断扩大的队伍中的一员。在人群中，我们失去了自我。我们迷失得如此彻底，以至于深埋在眼睑下的布鲁纳临死的场景也暂时淡去了。接下来的几年时间里，那可怕的一幕常常会在我的眼前重现，让我从噩梦中惊醒。然而那一刻，我什么也顾不了，只知道向前走。

我相信菲利克斯一定也忘不掉布鲁纳临死的那一幕。虽说他一路都支撑着我，可他的身体抖得厉害，和我说话的时候，也好像被困在某个奇异的梦境里。

“我们一共来了多少人？”我问。

“来得还不够。”这是他唯一的回答。

后来，历史书会告诉我们，七千人随着奥斯维辛集中营一同走向了毁灭，而剩下的人则像牲口一样被驱赶着进行死亡迁徙。参与这场迁徙的人共有两千人之多。迁徙者中，迟疑不前者将被射杀，腿脚不便者将被射杀，我们的人数锐减。士兵们为了找乐子，会进行射击比赛，打赌看倒下的人会不会落到另一个人身上，再撞到第三个人。漫漫长路，越来越艰难，骨头碎掉的声音，子弹的呼啸声。我们的同伴一个个倒下，党卫军从他们的尸体上踩过去，发现谁还有动静，就会开枪将其击毙。

我算得上腿脚不便，也经常迟疑不前，早就应该迎来一发子弹，但我被归入了死亡之旅的第三类人中。

同行的两千余人中，一小部分了不起的人完成了任务。他们背着各自的家当，脚上的步子从来没有慢下来。菲利克斯就是第三类人。他跟随着队伍向前走，偶尔甚至能吹一声口哨。这口哨是为我而吹的，菲利克斯知道我喜欢看他的呼吸生成的微型云朵。我可以很好地观察这云朵，因为我不是步行者中的一员，不会跌倒也不会一瘸一拐地。走出集中营的大门后，我才刚刚迈了三步就倒在了雪地里。菲利克斯从他的包裹中掏出一张羊毛毯子。红色的毯子铺在雪地上，就像一只大舌头。他示意我爬到毯子上，像拉雪橇一样拖着我前进。就这样，我们很快落到了队伍的最后面。

那段时间，人们常常会提到“能量”这个词。说起自己如何失去，又怎样召集能量，还会讨论能量的交换与流失。我知道菲利克斯把能量储藏了起来，因为他救了我。他救的人如果不是我，我有没有可能见到他的能量呢？希望能吧。可是当你被一分为二，撕成碎片的时候，当有人以为你好的理由让你厌恶自己，让你挣扎在深渊中，你往往难以察觉到他人的善意，除非你能经常性地感受到它。

菲利克斯被我拖慢之后，他的能量在我眼里越来越清晰。每走四步就会跌到，每走六步身体就会疼。口哨云出现的次数越来越少。夜幕降临了，无边的夜沉重得让人透不过气。

但是菲利克斯依然拖着我向前进。

躺在毯子里的我见证了太多人的死亡。一个女人弯腰喝雪水，结果死掉了。一个男人停下脚步提问，结果也死掉了。他们死得很痛快，都是一枪爆头。

一片死寂中，我和菲利克斯悄悄讨论了我们的目的地。党卫军们这是要把我们赶去哪里？赶进海里？还是赶到悬崖边？纳粹们虽说创造了那么多新发明，却依然没能保住奥斯维辛。他们显然要对我们赶尽杀绝，而最简单的方法就是：让我们在看不到尽头的迁徙中消耗而死。不知道警卫用枪指着我的脑袋的时候，我要怎样向他解释我是杀不死的。

菲利克斯猛烈地咳嗽了起来，必须大口大口地呼吸。我命令他将我丢下。虽说菲利克斯已无法正常行走，可他依然不肯放弃我。我不是他唯一的负担，他的背上还背着我们的行李。菲利克斯把行李中的围巾扔出来，围巾里包裹着偷来的面粉。面粉砸到了我身上，将我涂成了白色。他还扔掉了我们收集了几个星期的面包，面包屑被凛冽的寒风吹走。接下来，菲利克斯想要把土豆扔在冰面上，可惜他的身体太虚弱，土豆掉在了他的脚下，把他绊了一跤。

这恐怕就是我们的结局了。菲利克斯像一副骷髅架一样重重地摔在地上。他把手脚放进我的毯子里，嘴唇则吻在冰面上。人们从我们身旁走过去，他们的衣服数次从我的脸上划过。大家尽量不踩在我们身上，腿脚不便的人从我们身旁经过时也格外小心。一阵警告的枪声响了起来，人们不得不加快脚步，缩短间隙。我和菲利克斯躺在地上，一动也不动。

我轻声对菲利克斯说，我不要他死在这里。“如果你非要死的话，”我哀求道，“别死在我眼前，别在我还有感觉的时候死掉。”

他咳嗽了几声，喷掉嘴巴周围的雪。我想我应该替布鲁纳亲吻菲利克斯。可是我还来不及亲吻，一只靴子就落在了菲利克斯的脖子上。这只鞋的鞋底裂开了，里面的袜子咧着大嘴对我笑。我的心跳都停止了。菲利克斯的一双眼睛扑腾扑腾地眨个不停，大概和我一样紧张吧？陶布叹了口气，将靴子从菲利克斯的脖子上挪下来。他弯腰捡起了雪地上的土豆，狠狠地咬了一大口，咒骂了一句：“烂的！”然后把土豆皮吐在我头上。它肯定没有烂得太厉害，因为陶布又咬了一口，这一次正好吐在了菲利克斯的额头上。他吃了一口，吐掉，又吃了一口，再吐掉。沾着体温的土豆落在我们的背上、脸颊上以及周围的雪地上。这土豆好像永远也吃不完。

远方有人喊了陶布一声，看来他要到别的地方去散播自己的邪恶了。他弯下腰对我们冷哼了一声。我很确信，陶布知道我们还活着。他又吐了一口唾沫，然后才转身走开。

请容我说明：陶布之所以饶过我们，不是因为良心发现，也不是刻意违抗上级的命令。他放过我们的原因与他做任何事的理由一样，仅仅因为他可以这样做。

陶布走开以后，我才意识到周围的枪声不像刚才那样密集了。我们这一路上一直与枪声为伴，可是在我装死的时候，雨点似的枪声化成了星星点点的砰砰声。至多只有两三下枪响。我和菲利克斯趴在地上装负鼠时，它们渐渐飘去了远方。

“现在活过来安全吗？”菲利克斯小声问。

我让他别抬头，万一被人看见怎么办？

“没有人会回头的。”菲利克斯苦笑道，“整个世界都不会回头。他们如果真这样做了，可能会说这几年的一切都没有发生过吧。”

我只听自己想听的，忽略其他的。我想听的是，那些人永远不会回头。我听着菲利克斯的话，沉浸在闭眼后的紫黑色的世界里。我要是突然用力闭上眼，就能在那片紫黑色中看到一些舞台脚光一样的小火花。我想把珍珠送到舞台上，想看她尝试新的舞蹈，跳我从未听说过的舞步。可是无论我怎么努力，都只能看见无尽的黑暗和零星的光亮。

“斯塔莎？你怎么那么安静？你不会真的死了吧？”

“当然没有。”我不能把门格勒在我身上做的实验告诉菲利克斯。

“可我觉得自己好像快死了。我们会不会已经死了？我那个做拉比的父亲不相信天堂，可他也不相信有一天人们会对我们进行屠杀。万一这就是天堂呢？”

我告诉菲利克斯这不是天堂。这贫瘠的不毛之地，雷鸣滚滚的冰封雪原怎么可能是天堂呢？

“也有这种可能啊！”菲利克斯不服气地说，“这里也有可能是为我们这种人准备的天堂地狱。”

“这不是天堂地狱。世界上根本没有那种地方。”

“可你怎么能确定呢？”

我有两种让他服气的方法。第一，他的兄弟不在这里。我不知道这个世上有没有天堂，可如果真有的话，我们一定会在天堂里团聚，因为天堂一定是讲究平衡与对称的。而且那里肯定没有讨人厌的足球。然而看到菲利克斯孤苦凄惨的样子以及他被冻僵的手，我怎么敢提到他逝去的兄弟呢？菲利克斯的身体和心灵早已不堪重负，可他依然拖着我穿过了这片雪原。白色的雾霭与荒蛮大陆的未知感让我们变得无比渺小。我们什么也不是，只不过是从医生的大衣上掉落的两粒纽扣，是两份骨骼与组织样本。渺小如斯，菲利克斯却异常坚强，我可不敢提到他死去的兄弟，不敢动摇他的决心。

于是我选择了第二种方法。我把结满了冰霜的毯子平铺在地面上。“你再拉一拉我试试。我的体重就是活人的体重。”

菲利克斯擦了擦眼睛，拉住我的手。他想要抬头看太阳，我发誓我听见他的心在胸膛内雀跃的声音，那颗心像是感应到了它未来将要追求的荣耀与辉煌。

我们本可以在那里躺到海枯石烂。可是因为菲利克斯，我们没有那样做。我们不知道自己最后是怎样活过来的，也不知前方等待着我们的是什么，而我和菲利克斯又该如何分工。我们必须找到一个可以遮蔽风雪的地方，还得寻找食物、地图、鞋子和希望，这是我们赖以生存的东西。

*“珍珠。”*我在心中呼喊，*“我不该让你负责过去的。我根本承受不了这样的未来。”*

PART 2

第二部

珍 珠

第十章

时间与记忆的守护者

我有一张没有表情的脸，也不知道自己的名字。可我知道其他人的名字。我知道奥斯维辛。我住在一个小盒子里，经常听见盒子外的人喊出这个名字。据我所知，一共有三个盒子。其中一个还在建，第二个是一间小屋，第三个就是囚禁我的铁笼子。一个白色衣领的男人把我关进了这里。他坐在桌子后面对我进行检查，检查完毕后又把我重重地扔回笼子里。他抽掉我身上的毯子。赤身裸体之后，笼子上的铁丝就能插进我的肉里。他来了又走，用一道光穿透这黑暗的世界，然后记录我的反应。当然，他做的不仅仅是这些，可我不想记住其他的。我偶尔能听见他的名字，可我也不愿记忆这个。

我有太多不愿回忆的东西。而我最念念不忘的东西与其他人也许有些不同，这是只属于我一个人的回忆。

这段经历于这个世界而言也许不是真实的，但对我而言却再真实不过。这是一段短暂、难得、颠覆性的经历。奥斯维辛终结之时，在这里丧命的人短暂地活了过来，亲眼见证这个人间地狱的毁灭。

这一刻，逝去的人们不再是简单的灵魂。他们不是幽灵，也非鬼怪，只是一群深受折磨且无处伸张正义的人。我能听见他们的低语，感受到他们的快乐。把他们送上黄泉的地方终于不存在了，见证了这一幕的他们该多么快乐啊！

伴随着百万人的哀号与哭喊，奥斯维辛集中营轰然倒塌。一片嘈杂中，我认出了两个声音。

一位老者想要说祝酒词，却想不出该说些什么。他只说了个简单的开头，声音就沙哑了。一个女人想要安慰老者。她对他说，女孩们一定还好好地活着。我听出这是我的母亲。营地燃起了熊熊大火，警卫四处逃窜，突然获得自由的囚犯们呆若木鸡，不知要如何拥抱自由。母亲和爷爷哪里也没去，只是深情地注视着我。

妈妈建议我们玩个游戏。我知道什么是游戏，铁笼之外的人生中，我常常会玩游戏。我告诉这个应该是我母亲的女人，我不晓得自己还能玩什么游戏。虽说我还可以勉强动一动身体，可我知道自己现在已经瘸了。虽说我还能思考，可我的脑子也糊涂了。但是妈妈坚持玩游戏。

爷爷也同样坚持。

*“扮演蚂蚁吧，”*他建议，*“蚂蚁可以背起比自身重五十倍的物体。你需要那样的力量。”*

*“扮演黑猩猩吧，”*妈妈说，*“我知道这不是什么尊贵的动物，*

可黑猩猩有智慧。你一定要做一个聪明的女孩。”

就在这时，一只鸽子落在大约十英尺远的窗台上背诵祷告词。它脚上的银色带子告诉我，它是一个实验品，一位信使，是某人的私有财产。

“我想扮演鸽子。”我说。

*“不错，鸽子有着惊人的记忆力。”*爷爷喃喃着说，*“鸽子可以导航、救援、送信。好啊，一切都会好起来的。”*

*“不错的选择，”*妈妈说，*“一切都会好起来的。”*

可惜我连胳膊都抬不起来，无法模仿挥动的翅膀。哪怕是动动手指，都会给我带来贯穿全身的可怕痛感。我问妈妈和爷爷，如果生存的游戏不肯接纳我，我又怎么能把生存当成一场游戏？可是他们没有回答。见证了奥斯维辛集中营的毁灭，他们的心愿也算完成了，于是又回到那片虚空，回到我盼望他们能够去往的安静之地。

我这才明白自己依然还活着，因为我完全感受不到安宁。

逝者的声音消失以后，我继续玩了很久。*“扮演老鼠吧，”*我对自己说，*“扮演狐狸、小鹿、大象。”*我像做祷告一样虔诚地背诵生物列表：种、属、科、目、类、门，最后再加一句祷告词——“愿一切都会好起来。”

斯 塔 莎

第十一章

大熊与豺狼

我从毯子底下探出头，白茫茫的世界在我的眼前和身后延伸。我身体两侧的雪原像鸽子洁白的翅膀。死亡迁徙者们已经走远了，远处的卫兵仍在折磨其他犯人。我和菲利克斯被扔在后方。除了彼此，只有绝望与我们相伴。这块被遗忘的荒原选择了我们，可我们一点也不想被它选中。我们在这永恒的大地上缓慢地挪动，早已做好了面对宿命结局的准备。我们拥抱着冬天的大地，不断暗示自己，冬天的泥土下躺着顽强的心跳和即将到来的花季。我知道我必须想办法让菲利克斯活着。我要看着他迎来春天。没有了他，我将永远地失去方向。

我完全没有了方向感。菲利克斯告诉我，我们大概是在奥斯维辛外的一座森林里。我们所处的位置对我而言丝毫没有意义，生物分类对我而言倒是有些作用。

我们像动物一样沿着河走。离开死亡迁徙者后，我们获得了新生。我们的天性转换成了更适合流浪动物的天性。菲利克斯是大熊，一位极具保护力的骑兵，可怕、富有魅力、不可驯服。我成了一只豺狼，一种忧郁、智慧、偷偷摸摸、习惯了毁灭与抛弃的动物。我们饥肠辘辘，没有方向。一个多小时以后，我们和那群死亡迁徙者就没什么两样了。这里的一小时只是个大概的表述，我们已没什么时间概念。

我知道自己是个不小的负担。虽说菲利克斯的手已经伤痕累累，他依然有一搭没一搭地与我聊着天，一边把我向前拖，一边向我讲述他最爱的城市。我从未问过这座城市的名字。我不在乎这些。我只知道那座城已经陨落了。城里的机器早已废弃，书本都被焚烧殆尽，城内的犹太大教堂已变成武器工厂，城里的人也化作了灰烬。可是菲利克斯坚信太阳依然在那座城的上空闪耀。我们艰难爬行之时，菲利克斯反复向我提到那座城。他向我讲述城内平凡的善举与美丽的故事。我知道他想要劝我在那座城市开启一段新的生活，他做我的兄弟，我做他的姐妹。我们与我们逝去的双胞胎兄弟和姐妹一同生活。听了菲利克斯的故事，我把自己想象成了另一个人，一个舌头不像石头般僵硬的人。我也许不能马上成为那个人，却终会成为她。一想到她，我的身体都温暖了一些。

“有一天，”菲利克斯挥舞着一只被冻得发紫的拳头说，“我们会离开那座城市。尽管它宏伟而美丽，可我们依然有自己的任务。我们要追踪所有的纳粹，让他们付出代价。每一场扣人心弦的追踪后，我们都会回到城里，因为那是我们的英雄之乡。”

“你的故事一点说服力也没有。”我说。要知道，我们如今还困在森林深处，与寂静的大河为伴。

“谁说我是在说服你？”菲利克斯说。他扔掉我身子底下的毯子，用夸张的动作擦了擦手。他从布鲁纳为我们准备的行囊中抽出两瓶水和一个土豆，把土豆种在我身旁的泥土中。菲利克斯踉跄着跑去了远方，他的熊皮衣在斑驳的树影间闪过。我将手指缩成一个圈，透过里面的小圆点观察远方的菲利克斯。自从上了那辆牲口车以后，我就不肯说“再见”。这是我第一次真正意义上的道别，可我依然不肯说再见。我望着高悬在天空中的太阳。它像一位忏悔者一样，一动也不动。

太阳像个犯了错的骗子，将双手插在口袋里。一个有内疚感的太阳，多半是很容易被操控的。我想，只要我足够长时间地盯着太阳，也许就能恢复视力。

门格勒用滴管灼伤我的眼睛后，我的视力就越来越糟糕。我看见的所有东西都包裹着一层厚厚的影子：鞋子、杯子、帽子和我们的麻袋。我不明白这影子到底是什么意思，为何偏要死死地抱住我所需要的一切物品。它们究竟会不会离开？

“不，斯塔莎！我永远也不会离开！”菲利克斯跑回来，听见我又像平常一样自言自语，于是伸出双臂抱住了我。在我眼里，他的手好像包上了一层永远也甩不掉的黑色轮廓。“从你身边走开就是在浪费时间。”他说，“更何况我还要费那么大力气跑回来。现在轮到你拖我了，可你又拖不动。你觉得在这样的情况下，我们应该怎么办？”

我对他发誓，将来的某一刻，我一定会让他笑出声的。

“我相信你会的，”他说，“可你让我笑的原因会是我希望的原因吗？”

我伸出手，想让菲利克斯把我抬起来。可惜他已经一点力气也没有了。他弯下腰，挣扎着想把我扶起来。他的双手已经十分粗糙，扶住我的时候，手不由得颤抖了几下。他对我露出了一个微笑，这强挤出来的笑容融化了他睫毛上的寒霜。

“这是为了珍珠。”说完，菲利克斯急切地做了个手势，让我自己向前走。

我想象着珍珠跳舞的模样，想象着“哒哒”的舞步和我鼓掌的声音。我的掌声配合着她的舞步，形成了新的节奏。***“这就是我走路的方式。”我对自己说，“迈一步，再迈一步。我就这样走在太阳底下，穿行在浩瀚的雪原上。走路是我纪念珍珠的方式，那个姑娘的每一个脚步都是音乐。如果门格勒能信守承诺，也让她得以永生，她将化作永恒的音乐。”***最后的这个念头让我停止了行走。但拒绝行走是不可以的，我只能调整状态，继续前行。

“我要和菲利克斯继续走下去，他是我爱的人中唯一活下来的。”我对自己说。菲利克斯本该弃我而去，却始终没有丢下我。我们相伴前行，终于在森林深处找到了一处可以歇脚的地方。这是一面木头墙，我们靠在墙边，用豺狼和大熊的爪子挖了一道浅浅的沟。我和菲利克斯躺在土沟里，用带叶子的树枝做被子。我们决定一人睡觉，一人放哨，以防有人往我们脆弱易燃的巢穴上扔火柴。

裹着熊皮袄的菲利克斯依偎在我身旁，像亲兄弟一样亲昵。在梦中，菲利克斯吐出了几句誓言。让我意外的是，他说的并非复仇的誓言，而是发誓他将再也不会孤独，再也不会离开我，也不允许任何人或事物将我们分开。我发现睡梦中的他突然慌张了起来，悲伤地磨着他露着牙龈的牙齿，于是我把他摇醒。

“轮到你了。”他一边揉眼睛，一边搜寻黑暗中的闯入者。

我也想睡觉，我恳求自己的脑子，让它送给我一个关于珍珠的梦。最好的梦里，人们不知何为战争。第二等的梦里，奥斯维辛集中营从来都不曾存在，那里只是一片荒无人烟的沼泽地。我期待的是第三等的梦。在这个梦里，门格勒同时给我和珍珠赋予了永生的能力。他拔下针管的那一刻，我和珍珠凝望着彼此。永生虽是一种沉重的负担，可我们能够像平时一样，共同承担这一切。

珍珠可以拿走最好的，最光明的，最有趣的。

我可以负责内疚、职责与负担。珍珠要是不能走路了，我可以做她的腿。我现在既然能够走了，就一刻也不想停下来。这是一次了不起的胜利。我的两只膝盖都疼得不行，而我知道这疼痛并非冻伤所致。这是种奇怪的感觉，并非完全让人不快。疼痛能让我明白自己还有感觉，也让我知道，未来的我一定可以走得更远，甚至可以跳跃。

我的爸爸是个好医生，他曾经告诉我，人们在失去四肢或手指脚趾后，很长一段时间仍然会感觉自己的断肢依然存在。他们会感觉到突然的疼痛和瘙痒，以为自己从未掉过一块肉。

可他从来没有警告过我这些。

第二天早晨，我们听见维斯杜拉河融冰的声音。破裂的冰块碰撞

在一起，像洗牌的声音。早晨的天是一片迷人的蓝色，茁壮的树木争先恐后地把它们的枝丫插向天空。风将树叶吹得簌簌响，天空成了珍珠转头时脑袋上绑的蓝色发带。我们抖掉落满了积雪的毯子，惊异地发现自己居然还活着。

裂开的维斯杜拉河是一条广阔的大河。我们跪在冰面前，巨大的冰裂缝静静地注视着我们。白色的河面像奶油一样。我感觉维斯杜拉河是欢迎我的。在我眼里，这是这个世界上最一尘不染的地方。虽说参天的巨树遮挡了日光，模糊了我们的视线，可我们依然在一个小沟渠内发现了一只动弹不得的兔子。

“瘸了。”菲利克斯指了指兔子受伤的腿。菲利克斯把餐刀插进兔子体内的时候，我扭开了脖子，可是当他把兔子挂在树枝上，剥掉兔毛的时候，我强迫自己看着他。他把兔子的眼睛塞进嘴里，然后徒手拧断了兔子的骨头。

“吃！”

“我们为什么不生火呢？哪怕只生一小会儿也好啊！”

“你知道为什么。这森林里一定藏着想要抓我们的人。哪怕不是纳粹也不代表他们不愿意追捕犹太人。”

菲利克斯仿佛变成了一位父亲。他对我有些不耐烦，语气总是很严肃。我要是执意拒绝的话，他肯定会把血淋淋的兔子塞进我嘴里。所以这时候，我还是赞同他的话为好。

我看着他努力咀嚼兔子肉，可是因为缺牙齿，咀嚼生肉对他而言很困难。于是我先替他咀嚼，再将嚼好的食物吐在我手上。菲利克斯尴尬而感激地看了我一眼，他接受了我手上的食物，将它们塞进嘴里，像吞药一样咽下肚子。他还劝我为了自己的身体多少吃一些。我依然不愿意吃，可我厌倦了争辩，只好试一试。

“我必须让你维持体力。”菲利克斯点了点头，对我说，“你要是饿成了一堆白骨，我们又怎么能复仇呢？”

他说得对。复仇，这是我最渴望的东西。可是此刻我开始思考，像我们这样的实验品要怎样才能复仇？我之前也做出过复仇的尝试。门格勒是个让人摸不透的滑头。我在他身上看到了一个男孩。弱小的我们究竟有没有可能要他的命？我们甚至不知道他此刻藏身何处。

我的同伴把餐刀插进树干里，划出一道划痕。他似乎在沉思，一下一下地将刀插进树里。插了几下以后，他好像突然想到了什么，扭过头好奇地看着我。

“我有些话要告诉你。”他谨慎地说，“我刚才提到的那座城市，其实不是我的家乡。我撒谎了，可这是为了劝你和我一同去那里。那座城市叫作华沙。我从一开始就想把你带去那里。”

我不知道他为何要把我带去那座废墟之城。奥斯维辛虽是个与世隔绝的地方，可我依然知道菲利克斯所说的那座城市经历了有史以来最可怕的浩劫。

“你知道吗，华沙是这个世界上被损毁得最严重的城市。”我说。

菲利克斯蹲在雪地上，用餐刀插地上的雪。一下，两下，这坚定的动作巩固了他的决心。

“可是我们想要他死的那个男人就待在那座城里。”菲利克斯说，“这是我从他自己口中听来的。他逃跑前的那段时间，简直什么话都说。我那时候坐在医务室的长凳上等待，偷偷听见他在电话里讨论自己的未来计划。他要逃到华沙去，在那里与某些人会合。我猜电话那头的人是奥特马尔·许尔。他们在我们身上搜集了许多宝贵的资料，大概是用来做研究的吧。他们可能还收集了我们的骨头，还有你常常说的显微镜载片。”

菲利克斯为何不直说，偏要到现在才告诉我？我蹲到他身边，和他一起戳雪。不知你是否曾在戳雪的时候获得顿悟。无论有没有，这都是个值得尝试的方法。

“姑且算我相信你。”我说，“你还知道什么？”

“喔，”菲利克斯的语气像是参加茶话会一样轻松，“我还知道华沙动物园的一些事儿。”

“那里听起来的确是他愿意去的地方。”我说。我想起了动物园内的牢房，分开的，合并在一起的，里面关着让门格勒欣喜若狂的各种变异人。

“的确如此，不是吗？”菲利克斯的语气里有一种奇怪的喜悦，他仿佛突然长出了一双能让一切变得有道理的手。

说实话，这个疯狂的故事其实漏洞百出，可我不愿意怀疑。能够相信某些东西的感觉真好，哪怕只一次都行。有了信念，我就不那么像一个实验品，而更像一个女孩。

于是，我们在维斯杜拉河岸边，在像大教堂穹顶一样的枝叶和皑皑白雪间做出了决定：我们要去华沙刺杀门格勒。我们要夺回他的显微镜载片，骨骼样本，数字编码和其他样品。我们要夺走他的一切，只给他留下那一撮象征着罪恶的小胡子。

他想把我们变成怪兽，可是到头来，他必须自尝苦果。我们发誓要保护无辜的人，并让门格勒为自己的恶行付出代价。我以珍珠的名义起誓，势必杀死门格勒。我想起他的眼睛，想到他见到我的那一刻眼里的恐惧。我想象着他穿着恶魔般的白大褂，高举双手向我求饶的样子。他可能会大喊，可能会告饶。我们允许他求饶，因为我们太乐意看见这一幕。可是当这一幕渐渐没那么有意思的时候，我们会迅速地结果他。我们居然还活着，而且终于能伸张正义，到时候，门格勒该摆出一副怎样的表情啊！这副表情就是我们最棒的战利品。

华沙动物园的动物们将会见证大熊与豺狼的胜利，并因此感到狂喜。他们的笑声与呼喊响彻云霄，我们胜利的消息甚至能传进逝去的珍珠耳中。

珍 珠

第十二章

我的重生

有一些事是我知道的：紧闭的大门，凄厉的喊叫，地板上的刮痕。除我之外，还有一个被囚禁者。他每日每夜都在背诗。他的声音像音乐一样动人，给我一种熟悉的感觉。我不知他是何时开始停止背诵的，只知道他渐渐没了声音。时间久了，我都不知道自己究竟有没有听见过背诗声。也许那只是我想象出来的声音吧。也许那根本不是什么诗歌狂人，只是从天花板传来的音乐版的滴水声。我唯一可以确定的是：我曾尝试与滴水聊天。我求它帮助我，可它没有帮我，而且从此停了下来，再也没有声音。

吱吱叫的老鼠向我逼近，而我躺在地板上继续背诵着：种、属、科、目、类、门。昏暗中，我看见小耗子的胡子、鼻子和一对小脚。我知道这不是我身体的部分。我是个人，可我学着动物的模样嗅着空气中的味道，而且越来越依赖自己的嗅觉。我能闻到铁锈和垃圾的味道，还能闻到自己膝盖上干涸的血液、腹部的缝针和死水的气味。我将自己闻到的气味告诉小老鼠，可它们根本不为所动。我想要闻到更多的气味，可是除了之前提到的那些，我唯一能闻到的就是迫近的死亡。

死亡的气味可不美好。在濒死之境待久了，死亡便成了一种值得尊敬的东西。它远远地望着你，每日同你的鼻孔谈判。渐渐地，你们会熟络起来。而长久的相处会让你越来越察觉不到它的存在。

这样说也许有些不礼貌，但我真心讨厌那个味道。我想要训练自己的嗅觉，强迫自己去嗅别的气味。我还能做这件事，这也是我打发时间的好办法。可惜小老鼠们不愿做我的老师，而窗台上的鸽子，很久以前就飞走了。

看来我只能自学了。我想要保持嗅觉，这样的话，有一天我若有幸逃出这座牢笼，世界也许还愿意接纳我。我努力回忆。妈妈闻起来有紫罗兰的味道，爷爷闻起来像旧靴子。至于我爸爸——我不记得爸爸的味道，可我并不在乎，因为我找到了另一条值得穿越的记忆之路。痛苦缠上了我。我意识到自己的脚又红又肿，脚踝也碎了。我的脚像是两只过大的紫色靴子。爸爸能让一切恢复正常，要是听见我的呼唤，他一定会来给我治病的吧。

我记起我的爸爸是一位医生。

这惊人的发现让一切都不再重要。我痛苦地意识到，就算我能从这铁笼子里逃脱，也不能继续走路。

我后来得知，那是一九四五年一月二十七日。那一天，门外传来了一阵脚步声。那些人的语言像极了我脑袋里的声音，却不是我用的语言。我说的是波兰语，而那些人说的是邻国的语言。*“他们在说俄语。”*我在心里说。苏联人的聊天声越来越响，同时传进我耳朵里的还有靴子落在地面上的声音。两个小红点冲我不停地点头。红点变成了星星，最后成了军人帽子上的红星。

一个人将一道光射在角落里，然后顺着墙角移到天花板。

我模模糊糊地看见靴子与红星不停地挪动着，光束也越来越多。我听见物品掉落在地上的声音，金属线撞到混凝土的声音，金属仪器与托盘的撞击声。士兵们把拳头砸在盒子上，七嘴八舌地讨论着，像是突然见到什么稀罕物的捕猎者。他们恐惧的语气让我庆幸自己一时看不清楚。我以为他们一定是在讨论我，因为值得人们讨论的一定是让人吃惊的东西。我张开嘴，却只能发出含糊的声响。

“你听见什么声音了吗？”一个声音低哑的士兵问。

“老鼠。”另一个士兵回答。

他们的手电筒照到我对面的墙上。检查完墙边的情况后，光线落在了我的笼子上。

“真遗憾。”那个声音说。他的语气有些吃惊，声音有些哽咽。其他人也纷纷表示了遗憾——这个孩子看起来还很年幼。她幼小的身体居然遭受了如此多的折磨，实在是不幸。

听到这些话，我喊出了声。我想要和他们口中这个孩子说话，想对他说：***“我竟不知道你在这里！希望你别怪我粗鲁。我并非故意不和你说话，而是把你的声音当成了天花板的滴水声！”***

可我当然没能说出这些话，只能发出含糊的气音。

一束光颤抖着落在我身上。

“死了吗？”握手电筒的人问。

“否则呢？”一个士兵回答。

“我发誓我听见了一些声音，好像有人想说话。”

“这地方的声音太多了。我的耳朵一直响个不停。”

他建议大家前往下一层，让其他人来捡我的尸体。就在我确定那些人就要走，而且再也不会想到我的时候，他们听见了我的呜咽。那个声音低哑的士兵发现了我身上的挂锁，拨弄了一下，然后抄起了一把斧子。我知道他是在救我，于是在刀锋临近时蜷缩起了身子。另一个士兵一直试图安抚我，用俄语对我说***“没事的，没事的”***。我小时候，爷爷就是这样哄我睡觉的。我想要回应他，说我没问题。那个人把我变成了一无是处的东西，我甚至不知道自己是否想要逃回黑暗里。因为当我一言不发地看着天花板的滴水时，我再也不是生活的对手。

可惜那位声音沙哑的士兵不会听我解释。他一定要砍碎锁链，给我自由。他的斧头落了下来，把我从深渊中拉了出来。我自由了。

出生是否就是这样的感觉？

我不禁好奇。

我大口呼吸着空气，在光亮中眯起眼睛。此时的我简直是个婴儿。我的手无助地在身体两侧晃动。我带着明显的婴儿气质，可什么样的婴儿脸上会有伤疤呢？什么样的婴儿能丢掉自己的器官，在肚子上留下一道长长的线？新生儿不会走路，是因为他们才刚刚来到这个世上。而我不能走路可不是因为这个。

声音沙哑的士兵将我扶了起来。

“我还从未见过这样的事。”他说。

“不要哭！”他的同伴下了一道命令，然后看着我。

我张开嘴，想要抗议。在笼子里，我也许过得不好。我形如枯槁，腿也残废了，可我知道自己失去的远不只是这些。我失去了一个人，一个小女孩。尽管如此，我却从没有哭过。这时，一滴眼泪落在了我的脸颊上。我这才意识到那个士兵没在和我说话，而是和那个抱着我的士兵说。他颤抖的时候，我伸出舌头，感受他的震惊与喜悦。

“快看看！”他边哭边说，“这孩子在喝我的眼泪呢！”

斯 塔 莎

第十三章

稻草庙

远行的第三天，我们终于把森林甩在了身后。我们像两只被冻僵的野兽，佝偻着身子步行到一座名为朱利安卡的村子附近。碧空如洗，缥缈的云朵高挂在天空。白云什么也不怕，不惧饥饿、严寒与死亡天使。我对着白云高声喊道："知道吗，你们其实也没那么了不起，因为我现在也不害怕他了。你们难道没有听见菲利克斯的计划吗？"

白云没有回答，但远方传来了一阵爆炸声。虽说有些模糊，但绝对是爆炸的声音。

菲利克斯慌张地瞥了一眼，用一只手捂住我的嘴，像折纸箱一样把我折了起来。他和我一起趴在冷冰冰的地面上，谨慎地抬头观望，想知道我愚蠢的喊声是不是被人听见了。幸运的是没人发现我们。

“你疯了。”菲利克斯只说了这一句。我知道他的心情其实和我没什么两样，也觉得要发疯。我们的状况已十分糟糕。难得停下来休息的时候，我们会记起自己多么饥饿。我们的脚趾从破鞋子里露出来，冻得快麻木了。又饥又寒的我们时刻要发疯，但刚才的隆隆声绝不是我们想象出来的。第二天，我们才得知这个声音其实并非枪声，而是几英里外的犹太人暴动的声音。然而那天夜里，我们还不知道这声音于我们而言意味着怎样的友好。

走出那片空虚后，我们看见了一根金色的圆柱，于是一同奔向了那道金色的光芒。这是一座稻草庙。它像雪地里的铜铃一样，带着坚定的决心拔地而起。我们一点点靠近它，才发现除了我们，还有人被它吸引。稻草堆的最底部被人取走，形成一个洞穴。废弃的干草被丢在一旁，像是散落在雪地上的金线。稻草堆的后面露出一双双向外窥探的眼睛。这些人的眼睛闪着光，在我看来也很友好，可是从前我对人们眼神中的善意有过误判。

这是不是一个陷阱，一个诡计？

夜空中又响起一阵巨响。

还来不及说话，菲利克斯就掰开稻草，敏捷地向里面挤。他把我也拉进了扎得人浑身发痒的稻草堆里，蜷缩在这里。我们的动作完全一致，肋骨贴着肋骨，分不清哪里是他的头哪里是我的脚。考虑到我如今的视力与听力，这样的动作或许不该那么糟，可实际上，它却让我感觉失掉了自我。

除了难受，我还觉得非常拥挤。稻草堆里藏的人太多，几个逃亡者被我们吓得瑟瑟发抖，我们并非是蜷缩在这里唯一的一对。虽说稻草堆里的光线很暗，可我能依稀辨认出五个人影。他们都坐在稻草堆的边缘，他们的个子很小，应该是几个孩子，最多不超过七岁。然而这些人的咒骂声分明是成年人的声音。他们用捷克语攻击我和菲利克斯。“我们不会说这种语言。”我们说。后来几个人开始用波兰语咒骂我们。“你们说的是脏话。”说完这个，我们又为自己的冒昧进入而道歉。

“你们不能待在这里。”我们的耳边响起了一个成年男人的嘘声。他的波兰语说得还不错。

“为什么不能？”

“因为已经没有位置了！我们千辛万苦逃出来，不是为了被陌生人挤碎。你们必须离开！”

“可我们留在这里能让你们暖和一些。”我说。这些人一定渴望着温度。干草垛里的空间实在太低，每当我挪动脑袋的时候，干草都会把我的头皮挠得痒痒的。我不关心这里的人是否欢迎我们，只要这座金灿灿的城堡不会主动把我们推开就行。

“没错，你们的确能给我们带来温度。”那个男人勉强承认道，“可我们已经足够暖和。再说你们把我母亲挤着了，干草堆里的空间没有你想象的宽敞。这宝贵的空间属于那些辛辛苦苦地用双手将这里刨出来的人！你知不知道这么冷的天气完成这样的工作有多难？只有最绝望的人才能创造这样的奇迹！”

我尊重此人传递的信息，可我不在乎这些。躲在干草堆里的感觉实在太棒，像是蜷缩在温暖的夏季。这让我回忆起了从前。干草的气味好闻极了，里面的住客也不算难闻。我可以永远住在这里，而我的态度也表现得相当明显。

有个人叹了一大口气。叹气的人好像是族长。那个波兰语流利的男人又开口说："孩子，你必须离开！对不起，我们没有多余的空间了！"

早已疲惫不堪的我忍不住哭了起来，也顾不得自己的眼泪会落在谁身上。

"斯塔莎！"菲利克斯小声说，"你振作一些！"

听了这话，干草堆里的人都安静了下来。

"斯塔莎？"那个男人说，"珍珠的妹妹？"

不得不承认，此人的声音虽说听起来很熟悉，可我刚开始的确没认出他。

"你见过珍珠？"我激动地喊道。我的绝望几乎要把这小小的干草堆掀翻，"难道说你知道她究竟发生了什么？"

"不，我没见过她。"那个男人说。

撒谎。这是个彻头彻尾的谎言。

"你是谁？"菲利克斯严肃地问。他像极了生物分类中的大熊。此时的菲利克斯有着极强的防御性，他的喉咙里发出类似动物的嗥叫。看到菲利克斯的表现，爷爷和布鲁纳一定会为他骄傲，可是刚才说话的男人完全没有被他吓倒。

"你以前管我叫'沙丁鱼'。"他说。

他的声音平稳而勇敢，一点也不像那油腻而干瘪的罐头鱼类。我无法为这个绅士的小矮人想到一个更合适的形容词。想到他曾受到的无情谩骂与侮辱，我羞愧地低下了头。

"对不起。"菲利克斯说，"我们真心觉得对不起，再多的话也不足以表达我们的歉意，但我们希望你们原谅我们！”

米尔克和他的家人一起搭建了这座稻草庙，我们应该感谢他们。我们还欠他们一句道歉，因为在布鲁纳的引导下，动物园里的孩子把所有的小矮人都戏称为没用的“沙丁鱼”。现在看来，这个称呼大概更应该安在我们身上。

与动物园的幸存者重聚后，我们感觉整个世界仿佛都钻进了这小小的干草堆里，这里成了世界上最重要的地方。***这堆干草里也许没有快乐，却能让人感到一种类似于快乐的希望，哪怕这希望只是短暂的，却依然让人热泪盈眶***。我们一同赶走了死神，又怎么会拒绝在干草堆里享受可贵的亲密呢？

“这个女孩是我的朋友。”米尔克对其他人说，“我或许不愿意考虑她的同伴，但这个女孩是我的宝石。再说，她失去的已经够多了。”

他声音里透露出的某种情绪让我迫切地想要知道他究竟认为我失去了什么。米尔克悲凄的语气让我明白，他很清楚为何哀伤。

“你和她几乎不熟。”一个人说，我听出这是他母亲的声音，“是不是奥斯维辛来的所有人都是你的朋友，哪怕他们和我们生活在一起的这么长时间以来从来都没有关心过我们？我们难道要这样过日子吗？把每一个流浪者都捡回来，再假装我们是朋友？”

稻草堆里的其他人好像都很认同她的话。这些人点头的动作让稻草堆动了起来。

“她是门格勒的宠物。”米尔克坚定地说，“她明白我们的感受。”

虽说米尔克这是在为我辩护，可我依然能听出他这句话里的毛病。

“我才不是门格勒的宠物。”我说，“珍珠不是，我也不是。”

“我不知道你究竟算什么。”米尔克叹了口气，“可他让你感到恐惧的同时，又会为你提供一定的支持。是不是这样？”

“没错。”我说。话虽如此，可我依然觉得不爽。我应该向米尔克提起门格勒给他的收音机，应该向他提到他母亲的蕾丝桌布，并提醒他们，我们所有人都挤在小盒子一样的床上，与蟑螂为伴的时候，小矮人们住的却是皇宫一样的房间。可我最终没有这样做，我知道珍珠不想看到我爆发。更何况此时此刻，我有更重要的问题要问。

“你有没有见过珍珠？”我问，“我知道你一定见过。”

米尔克像是没听见我的问题，十分巧妙地岔开了话题。

“你知道吗？我的祖父可以背诵《变形记》的全文。这对我而言根本是不可能完成的任务。可是在我被囚禁期间，我也想拥有祖父的本事。我编了一个关于世界起源的故事，你觉得这个故事怎么样？”

“我觉得你在撒谎，”我轻声说，“你谎称自己从未见过珍珠，而我不喜欢这个谎话。你不想让我知道她的痛苦，可是我必须承担她逝去以后所经历的痛苦！”

我听见稻草堆里的人小声嘟囔着，纷纷对我的话表示赞同。但米尔克的态度很坚定，像是比我还了解我姐姐。我真好奇米尔克到底和珍珠共处了多长时间，为何会有如此强烈的决心。

“珍珠一定想看见你开始一段新的生活。”米尔克悲伤地说，“她想要你看见世界重新开始。”

我对他说我倒希望自己的世界能够结束。

我的朋友背诵起了一段文章：

海洋、天空与大地形成之前，
自然界是无形的，
混沌的世界原始而粗犷。
除了岩石和气体外别无他物。
岩石与气体融合的过程中，
不协调的原子进行了激烈的战争。

米尔克背诵这所谓的新开始时，我用视力正常的眼睛观察干草堆上的天空。天空从未被占领过，却像我们一样挂着愁容。它是否见证了我姐姐的死？天上的星星清楚人间的苦难，也明白新开始的意义。星星是废墟、尘埃与火焰锻造出来的。它们的智慧足以支撑它们的存在。

虽说经历了种种，目睹了种种，星星依然坚持自己的美丽。

“你看见我看见的东西了吗？”菲利克斯小声问。他也在稻草堆上掏出了一个小孔。

“我看见了星星。”这是我唯一能回答的。

“而我，再也看不见火葬场了。”这是菲利克斯的回答。

黎明的星光在小孔外的天空闪烁。我们与收留我们的家人们背靠着背，像一窝小猫一样依偎着睡着了。我揉了揉自己的眼睛，这才确定这一切都是真实的。稻草堆里的确没有可供我们栖身的空间了。稻

草堆被掏空的地方大概只有三立方尺，我坐直的时候，脑袋就会碰到结了霜的稻草。尽管如此，我依然对菲利克斯说我想要留在这个地方。我的语气很真诚，菲利克斯却笑了。我应该告诉菲利克斯，之所以有这样的想法，是因为我一直以来都生活在一个可怕的世界里。这里没有珍珠，只有无穷无尽的麻烦。我躲在爷爷的大衣下面，腌咸菜的木桶中，更别提那地狱般的动物园了。可我终究没这样说。我知道菲利克斯一定会嘲笑我的，我不想让其他人听见他对我的嘲笑。

米尔克的姐姐鲍琳娜带着她的一对儿女坐在我们对面，两个一脸困意的孩子还不及面包屑大。鲍琳娜正在帮她的女儿编辫子，手指敏捷，动作娴熟。留意到我的目光后，鲍琳娜对我露出一个微笑。我想要为自己的不礼貌道歉，向她解释她的动作唤醒了我心里对于触摸和家人的渴望，可是就在我要开口的时候，米尔克和他母亲回到了稻草屋内。他们每人手里拿了一杯子雪，把杯子递给同伴，然后互相传递。大家贪婪地舔光杯子里的液体后，米尔克从口袋里掏出一个肉卷。

“这是苏联人给的。”米尔克对菲利克斯说。他用餐刀将肉挑开，然后把它切成小块。“苏联人进入营地后，我们为他们进行了表演。我们唱了几首歌，因此获准乘坐他们的坦克，并最终被坦克带到这里。这似乎是个藏身的好地方。母亲太累了，不过休息一周后，她的身体已经好了很多。如果能搭上火车的话，我们打算去布拉格。到时候，我们会重返剧场。你们俩有兴趣和我们一起去布拉格吗？”

我没有回答，因为我的嘴里早就被食物塞得满满的。我想要拒绝米尔克的邀请，但小矮人族长不给我机会，不由分说地把一块肉塞进我嘴里。她好像把我当成了一个容易乱喷食物的婴儿，一直用手捂着我的嘴，直到我将食物咽下去。随后她又用围巾的一角将我的脸擦干净，然后捏了捏我的脸蛋，让我回过神来。

“母亲一直想有一只巨人宠物。”鲍琳娜说。小矮人们都笑了起来，像是终于找回了笑的理由。可惜这笑声结束得太快了。他们不再喝杯子里的融雪，又给了菲利克斯两根香肠。

大伙儿的肚子都填饱后，米尔克和菲利克斯开始讨论离开此地的问题。我们的朋友有许多计划。他表示自己想要在布拉格开始新生活，在剧院里临时安一个家。瞧瞧他那满怀希望的样子，我本不该打断他的畅想，可是有些话是自我醒来以后就一直想要说的。它们不自觉地从我嘴里蹦了出来。

“你和我说你从未见过珍珠，我相信你。可我同样相信，因为你是米尔克，所以你是个极好的演员。你知道怎样修饰事实，而你现在就没有对我说实话。”

米尔克低下了头，我只看得见他瀑布般的鬈发。

“我相信你从未见过珍珠，因为你见到的只是她的尸体，那不是真正的她。”

米尔克点了点头，然后把脸埋进围巾里。我没指望他对我坦白，可他居然主动对我说了。

“我大概听见过她的声音。”他嘟囔着，“可那也有可能是我的幻听。”

“你在哪里听见的？”

“实验室里，一间你从未去过的实验室。”他示意鲍琳娜捂住小女孩的耳朵。鲍琳娜飞快地捂住了女儿的耳朵，可是从她脸上的表情，我看得出她本人也害怕听到接下来的话。米尔克捂住了小男孩的耳朵，那孩子的一双眼睛好奇地转个不停。保护好两个孩子以后，我的朋友才继续说了下去。

“我被关在一只笼子里。”米尔克说，“你想听我这样说吗，我被关进了笼子？”

我告诉米尔克，我不想听见这样的故事，这让米尔克的情绪好了一些。

“我的确被关进了笼子，可我不打算再用‘笼子’这个词，我要用‘干草堆’。现在你看到我是怎样粉饰事实的了。你同意我用其他词语替换吗？”

我点了点头。

“我那时候待在干草堆里，已经在那里待了三四天。干草堆的空间太小，我几乎转不过身子。我没有东西吃，但那些人给了我一些水。动物园那时已是强弩之末，此后不久，纳粹就发动了死亡迁徙。干草堆简直要把我逼疯了。那间黑漆漆的小屋里一共有五座干草堆。屋子里只有两处光源——门缝，还有一扇离地面极高，只能看得见天空的小窗户。几只鸽子落在窗台上，老鼠在地板上跑来跑去。这些动物发出的声音比干草堆里的人还响。他们大概要么死了，要么在接受注射以后变得神志不清，无法说话了吧。总之我就属于第二种情况。偶尔会有几束光落在我身上，一只大手会解开我的枷锁，拍拍我的脑袋，弄出一些动静。你知道那是谁的手。我每天都会接受注射。那些药剂让我发起了高烧，变得病恹恹的。就这样，我居然能活着，这让他十分惊讶。我也希望自己干脆死掉好了，只要能躲开他就行。随着时间的流逝，他给我注射的时候，手抖得越来越厉害，不再精准冷静。他甚至没注意到我的枷锁已经又旧又松。当然，他也有可能注意到了，只是低估了我逃跑的能力吧。无论出于何种原因，总之他失去了最好的状态。纳粹就要完了，他的残暴程度更是与日俱增，像是要抓住最后的机会折磨我们。一天，又一具小小的尸体被扔进我的干草堆。我摸了摸他的脸，确定他已经死了。这是个孩子，四岁左右，和我的个头一般大。我别无选择，只能坐在尸体旁边。门格勒好像知道犹太人是不可触碰死尸的，他告诉我，如果我能为他背诗，他就会把尸体扔出去。我背了一天一夜，背到没了声音，背到没了希望。我背诵期间，一个哭声打断了我。门格勒踢了一下那个人的干草堆，让那人不敢再发声。自那以后，我就再也没有听见那个声音。”

“是小孩的声音吗？”

“是一个很细小的声音。”

“是女孩的声音吗？”

“是很甜美的声音。”

我无须继续想象。我已然能听见她的声音。

“后来，党卫军的畜生们进屋大肆破坏，我的干草堆也被打翻了。他们当时已准备好撤离与疏散。飞机已就位，他们在小屋里搜掠。那些人离开以后，我站在那孩子的尸体上，不断地道歉，慌张地拨弄我的枷锁。党卫军的劫掠过后，我的枷锁更松了，生锈的锁柄居然断开了！我在黑暗中轻声呼唤，用手触摸其他干草堆的栅栏。那些干草堆里一点反应也没有，就算有人曾住在那里，她当时也已经不在了。”

“可你认为你听到的声音是她的？”

“我一直以为那是你的声音。”

“那她一定是珍珠。”

“我当时很冷，而且比平常饿得更厉害。门格勒经常会戳我，要是没被他戳得浑身青紫，他就会用手电筒照我的眼睛。我的记忆也不太清晰了。”

“如果我能重复那个人的话，”我说，“能否帮助你记忆？”

“也许吧。”米尔克回答。我看得出他根本不想记忆起这些。我必须鼓励他，因此需要拿出最好的态度。

“我知道你会记起来的，”我说，“你比我们所有人都厉害，米尔克。你是最聪明，最强大的，所以才能活下来。”

我最亲密的伙伴显然不喜欢这话，他用孤苦伶仃的眼神郁郁地看着我和米尔克。

“你这样拍他的马屁，会影响他的记忆的。”菲利克斯说。

米尔克坐直身子，脑袋顶着“天花板”，两只攥得紧紧的拳头开始颤抖，像是随时准备与人打架。

“我一直清楚地记得这段经历。可我决意将它彻底忘记。等到了布拉格以后，我就要将这一切抛到脑后。一旦我离开这里，你会惊讶地发现我忘得多快。”

他站了起来，忘了捂外甥的耳朵。他的拳头攥得更紧了。族长轻声责备了他几句。她拉了拉米尔克的裤脚，让他恢复了镇定。

“所以你现在更有必要将一切告诉我。”我说，“告诉我那个声音说了什么，待我重复后，你确认后再遗忘也不迟啊！”

“我能不能写下来？”米尔克问。

“当然。”写下来的文字也许更好，我可以把它们随身带着。我从布鲁纳的旧书包里掏出最后一张纸片和一小截铅笔。拿着这珍贵的物品，米尔克却有些犹豫了。写字的时候，他故意背过了身。所有人都安静下来，仿佛成了坐在剧院的天鹅绒座椅上等待开场的观众。当米尔克好不容易把纸片递还给我的时候，我念道：

告诉我妹妹我

我一直以为这样的句子会让我无法承受，然而那一刻，这六个字好像变成了我的朋友。

告诉我妹妹我

我看着米尔克——我这才感到痛心。他的脸也许是我姐姐见到的最后一张脸，好在他还算英俊。米尔克文质彬彬，像是电影里的男主人公。他在笼子里的坚强表现肯定给珍珠带去了希望吧？他身上有一种让我永远不会忘记的勇敢。可惜从今以后，他在我眼里再也不是米尔克，而是珍珠看见的最后一个人。

我无法再看他一眼，于是对菲利克斯说，我们必须离开这里。菲利克斯没有回答。他背起我们的包裹，将一瓶珍贵的饮用水塞到小矮人族长手中。除此之外，他还用餐刀把我们的土豆切成两半，把其中的一半一并给了族长。

“你要走了吗？”鲍琳娜有些激动地喊道，“可外面不安全！”她让米尔克拦住我们，邀请我们留下。

“我们要去找一个男人。”我对她说，“从这一刻开始，我们更应该去找他。”

我不肯听小矮人们的恳求和警告。豺狼是不需要那些东西的。可我不仅是豺狼，同时也是人。我把米尔克的纸片塞进口袋里，放在珍珠的钢琴键旁边。我与每一位小矮人都道了别。一滴眼泪敲开了我眼睛的大门，这眼泪告诉世人，我姐姐的确死了，而米尔克是她临终前见到的最后一个人。米尔克拉了拉我的袖子，示意我弯腰听他说悄悄话。他踮起脚尖，急迫地想要说些什么。

“珍珠现在自由了。”他轻声说。后来，悲伤爬进了他的嗓子：“斯塔莎，你且当她已经自由了吧！”

听完这个故事以后，我和菲利克斯离开了我们可敬的英雄和他的金色庙宇，踏上了小矮人们口中的危险之路。

珍 珠

第十四章

苏联人拍了一部电影

你知道吗？我可以在自己的身体内漫步，也因此慢慢熟悉了它。我的身体很虚弱，这让我感到羞耻。待在坟墓一样的小屋时，我想象自己的身体是有力量的。可实际上，我一点力气也没有。我没有蚂蚁的力气，也没有鸽子的记忆力。我能做的只有呼吸和思考。我有这样一种想法，认为自己胳膊上的数字代表着我向世界证明个人价值的次数。可我很清楚，这是我在笼子里的思维，我必须克服这种念头。

是面包让我重新感受到了自己的手和手指。面包从喉咙里咽下去的时候，我发现自己原来还有一个肚子。苏联人把我放在医务室的床上的时候，我重新感觉到了自己的背部。我透过医务室的窗户向屋外望，偶尔看看墙，偶尔看看天花板。虽说这里的天花板没有可以陪我说话的滴水声，可我知道我就是世界上最幸福的女孩。

虽说我早就离开了黑漆漆的笼子，可是直到数天后，看见一架照相机的时候，我才想起自己原来有一双眼睛。我知道自己有眼睛，却不知道它们能干什么。因为它们到目前为止依然无法适应牢笼之外的光线。

摄影师是个嘴唇很薄，表情冷峻的男人。获得大捷的红军沉浸在喜悦中，都痛快地表达着各自的情绪，但这位摄影师却将自己的情绪隐藏得很好。也许因为他已通过相机看到太多东西，太多他不愿看见的东西。奇怪的是，我第一次看到他微笑时，其实是他见到我对他的相机感兴趣时。

他用最轻柔的动作取下镜头上的白布，然后把相机拿到光线底下看了看，又擦拭了一下。我发现自己居然伸出了一只手，好像抚摸着空气，就能让我摸到那台神奇的机器。

“天哪，知道吗？她可是什么东西都不肯碰的。”一个女人惊叹道。她是我捡回一条命以后第一个拥抱我的人，而且她一直守在我身边，连半步也不肯离开。我记得她有一对洋娃娃似的眼睛，记得她触碰我的感觉，仅此而已。人们告诉我，这个女人是一位医生，是值得信任的，我用不着害怕她。我相信这话，因为我喜欢她喊我名字时的语气。她像好多年前就认识我一样。

摄影师和那个女人决定让我看一看镜头。那个女人把我抱起来，摄影师接过我的身子，让我凑到取景器旁观察。我以为我能在相机里看见我爱的人，看到我所爱的人依然好好地活着。可惜我什么人也没看见。

失望笼罩了我。我也不知自己为何会对这小小的黑盒子抱那么大的希望。我能看见的只有囚犯。为了营造气氛，瘦小的犯人们穿上成年囚犯宽大的灰色条纹囚服。他们冷得瑟瑟发抖，满脸悲伤的神色，完全看不出获得自由的样子。

我还不太清楚自己的个性，只是模糊地记得，我是个沉默恭顺，喜欢保护他人情感的人。因此我假装出对相机里的图像很感兴趣的样子。那个女人把我抱起来，又感叹了一句我有多么轻。她把我抱到其他孩子那里，让我和他们一同拍电影。

我们聚在篱笆附近的雪地里瑟瑟发抖。所有的孩子都是演员。他们都很年幼，也没有表演经验，眼前的状况让他们有些迷糊。“我们干吗要穿这些衣服？”我们不停地问，“我们从来没有穿过这种衣服！”“为什么让我们不停踏步，却不让我们离开？”拍电影的人对我们的意见充耳不闻，他们只想看到我们排着整齐的队列踏步，向世人展示如今的我们是多么自由。

我们成了一个个模糊的白点，走路的样子像是刚从漫长的睡眠中醒过来似的。镜头最爱的两张脸属于两个大约十岁的罗马尼亚女孩。她们被推到队伍的最前面。从镜头前走过的时候，这一对双胞胎女孩依偎着彼此，两人的动作颇有些不一样。其中一个女孩冷静而庄重，另一个女孩高昂着头，偶尔甚至会吐舌头。我不知她是故意如此，是为了反抗摄影师，还是因为口渴，为了放松，或仅仅是出于少女的调皮。我唯一能确认的是：未来的某一天，这对双胞胎将告诉世人，那个男人不是什么天使，不是叔叔、医生或天才。她们会让世人知道，这个世界上存在着许多像他一样的人，这些没有灵魂的人就藏在我们之间。

这些人时刻想着伤害别人，他们生来就是坏种。有一天，艾娃·摩兹斯和米利阿姆·摩兹斯会让这个世界永远铭记降临在我们身上的惨剧。

可是那天，在摄像机前，两个女孩紧靠在一起，生怕被人分开。她们像其他人一样惊慌，而这个世界上唯一能给她们带去安慰的就是自己的姐妹。孩子们脸上的表情多是困惑的。我们顺着一条路列队前进，但路的两旁立着栅栏。我们看起来自由了，事实却非如此。孩子们沿着路向前走，退回来，再假装若无其事地继续走。电影拍摄完毕后，我们也不知自己的未来在何方。苏联人向我们保证我们将出现在每一份报纸和每一家电影院的银幕上。所有人都会看到我们，并得知我们活了下来。

我们反复地走着，向前、向后。我渐渐留意到，这里的孩子都是成双成对的。他们的样貌、举止和声音都十分相似。他们紧贴在对方身边，像是没了彼此，就不会走路一样。那一刻，我才意识到自己原来是不完整的。

我知道的东西很少，可我的知识增长得很快。我们被困在死亡之地，却意外地活了下来。具体的原因我也不清楚，可其他人也不比我明白。尽管如此，他们却有好多想说的话。长期被囚禁和欺压的孩子们在医务室里一个个撒欢。他们成天扯着嗓子喊叫，从一张床蹦到另一张床上。

我嫉妒能蹦跳的人，因为我也想要像他们一样，能跑、能跳、能舞蹈。可是每当我看着自己缠满绷带的双脚，心里就没了底气。

我对他们的喊叫不感兴趣。这些吃饱喝足的孩子就爱喊叫。值得一提的是，他们的喊声还颇有纪律性，形成了一套严格的规矩。

“不要打针。”

“不要‘希特勒万岁’。”

“不要检查。”

每当他们喊完，这个小“合唱团”的成员们就会转向我。

“不要。”我木讷地喊道，“不要。”

我的呆傻让他们感到怜悯，纷纷主动为我送上可以说的词汇。***点名；靴子汤；X光；艾尔玛；门格勒***。

最后的词让我一个激灵。我知道这是把我送进笼子里的男人的名字。这个名字让我对这游戏顿失兴趣，可我不得不强迫自己继续下去。

“不要笼子。”我对医务室内的众人说。

这是我唯一能想到的词，因为我只记得那座笼子。除此之外，我能确认的只有一件事：我的名字。我的名字被人刻进了墙壁里。***“亲爱的珍珠”***，这些文字呼唤着我。我喜欢在黑暗中触摸这文字，并好奇究竟是谁对我爱得这样深。

那天下午，那个女人又在照顾我。我想问她是否是我的家人，因为她好像把自己所有的温柔与善意都给了我。她帮我洗澡，喂我吃饭，不顾其他人的需要，全心全意地照顾我。我真想对她说，其他孩子也

需要帮助，可我能感觉到她并不在乎那些人的需要。

她把我放在医务室一间房的床上。一个男人站在门外，犹豫着是否要进来。

“爸爸？”我喊道。

“她知道你是谁。”那个女人说。

我看见那个男人的影子开始摇晃，似乎想要离开。可是考虑过后，他脱掉帽子，把它按在胸前。

“告诉她，我不是她父亲。”

“说你是他父亲能把你怎样？”女人小声说。

“后果比你想象的可严重得多。”那个男人也压低嗓门回应。我知道他这话是说给我们两人听的。他显然和我一样，对人类间必要的联系感到不自在。他的反应虽让我沮丧，却让我几乎立刻生出了对他的同情。我明白这是笼子里的人都有的行为模式。他同样经历了可怕的折磨，但我们应对折磨的方式有些不一样。

他走近了一些，刚好让我看见他的脸。一看见他的脸，我就想起这个男人曾教过我记住其他孩子姓名的重要性。可我早就把他们的名字忘记了，这让我无比羞愧。幸运的是，他当时也没问我这个问题。他有更重要的话要说。

“我不是你父亲，珍珠。”他说，“我需要你明白这一点。而这位女士也不是你母亲。你的家人，你的双胞胎姐妹——”

那个女人激动得跳了起来，让他别说下去。我看见他困惑的表情。可他没有多说，点了点头就转身离开了。虽说他不喜欢那个女人的干预，却没有违背她的意思。

那段日子里，到处都是投降的人。这大概算是他的投降吧。

那我自己的呢？我希望笼子里的经历能让我永不投降，可谁知道我能不能做到？

那天夜里，那个女人将我抱上床时，向我解释了他们的身份。她告诉我，今天进病房的男人是双胞胎之父，而她叫米莉。但我从未喊过她“医生”。我明白为什么。

双胞胎之父有一份清单，上面记录了所有孩子的姓名、年龄、家乡，甚至包括他们居住的营房。

一九四五年一月三十一日，我们离开的时候，米莉拿到了那份名单。

我在她旁边偷看。我知道自己叫珍珠，墙上的文字早已将这个信息告诉了我。

我今年十三岁。这没什么好奇怪的，我和别的十三岁左右的姑娘身高体型差不多。

我的家乡倒是不清楚。清单上写着“***不详***”。

米莉将“***不详***”这两个字划掉，填上了“***米莉***”。她发现我在偷看，于是用铅笔在清单上敲了敲，并问道：“你觉得这样填行不行？”

我表示了同意，米莉则对我说，这是我对她最大的肯定。

接过米莉递过去的清单时，双胞胎之父显然对这小小的改动有些好奇，但他一个字也没说。他大概有更重要的事要做吧，哪里管得上我的家乡是否被填写成了人名呢？他在孩子们之间来回穿梭，询问他们从苏联人那里得来的背包里是否装齐了东西，有没有瓶装水、面包、沙丁鱼罐头、糖果？他检查了孩子们的鞋子是否还能走路，然后把从加拿大营地取来的皮大衣分发给他们。

皮大衣和背包让孩子们显得又圆又胖。他们的小脸从帽子里露出来，大家聚在一起，像是一队没有方向的小熊军队。双胞胎之父负责维护秩序。

“大孩子照顾小孩子，小孩照顾小宝宝，你们明白吗？都跟上，不要掉队。你们要是掉队的话，就只能自求多福了。从这一刻开始，你们就是士兵了！”

听了这一小段演讲，好几个孩子骄傲地昂起了头。我多想像他们一样被鼓舞。要是我的另一半就在我身旁，弯下腰开玩笑地对我说“嘿，你怎么坐在手推车里”，那该多好啊！

据说我们的队伍中一共有三十五个孩子，可我那特别的她却不在这里。

“我知道我也有自己的双胞胎姐妹。”我对米莉说，“但我不记得她了。我们一定有许多相似的方面，也有一些不同的地方。可我也不知道我希望我们俩相似还是不同。”

我们有的靠自己的双腿前进，有的被推着走，穿过了一扇扇大门。这一次没有摄像机在一旁记录这一伟大的时刻。没有囚服，没有摄影师。我真希望世界能看见这一幕：一群孩子在冰雪地里蹚出一条路。奥斯维辛的大门上立着一行直冲云霄的文字。不识字的小孩子对此没什么反应，稍大一些的孩子则用仇恨的目光恶狠狠地盯着那行字。我瞧见一个耳朵上有伤疤的十四岁男孩转身在地上找石头，想要把门上的字砸坏。他在浓雾中焦躁地踱步，对双胞胎之父说他必须找到一块足够大的石头。他在雪地里笨手笨脚地摸索。不知为何，我总觉得他抿着嘴唇寻找石头的样子有些眼熟。他是不是经常因为某些原因，在地上捡石头呢？我想要记起他的名字，却怎么也想不起来。他如果真找到一块合适的石头，并将大门上的铁字砸下来，我大概就能想起来吧。石头敲击金属时发出的回声大概会将他的名字告诉我吧？我们的队伍有秩序地向前走，我被米莉推着走，别的孩子都挤在双胞胎之父身旁。那个男孩大概永远找不到合适的石头了。我们的领队开始催他赶紧走。

“我们已经太迟了，已浪费了不少生命。”双胞胎之父说，“所以现在就别浪费时间往回看了。”

斯塔莎

第十五章

我们的行军步雷霆万钧

科洛镇里到处都是人们留下的标记和信号。火车站的墙面上贴满了密密麻麻的纸条。人们写下自己从何而来，要去向何地，在寻找什么人。他们写下了自己曾经是谁，却故意没有告诉人们他们如今变成了什么样子。

我以前从未到过这里。曾在此居住过的人告诉我，科洛镇是犹太人的交通枢纽。他们先聚集在这里，然后一同前往罗兹市的贫民窟。那些人后来成了我爸爸的朋友，他们常常会在我们居住的贫民窟地下室里偷偷见面。爸爸的朋友们悲伤地提到过这座小镇的历史，这里从前是很欢迎犹太手艺人的。他们眼中的科洛镇可不是我从火车车窗内看见的地方。这座小镇曾以遍布河流与风车的田园风光著称，后来却成了纳粹头子希姆莱大清洗的地方。

我几乎无法看这个地方，只敢让自己的眼神停留在人们留下的记号和姓名上。

菲利克斯将自己的名字刻在座椅上，他以为我没留意到，可我看得很清楚。他刻字的时候动作很急，神色也有些羞愧。菲利克斯知道他是在做无用功，却控制不住自己。因为这个世上根本没有寻找我们的人。我从未见任何人写下我们的名字，没人对我们说：***“如果你有幸读到了这行字，那我定要感谢上苍。这意味着你没有死，只是暂时离开了我。虽说这二者都让我痛心，可后者至少还有希望。”***我一直想给珍珠留言，可惜到处都是姓名和歪歪扭扭的文字，已经没有供我写字的地方了。那么多的姓名把镇上任何能写字的地方都填满了。

不得不承认，我曾在这些姓名中寻找过我的名字，因为我相信门格勒一定在找我。我在火车站和火车的椅背后面寻找，并对自己说，门格勒一定不会放弃我们。他的逃跑也许是件好事，这意味着我可以追踪他到天涯海角，而这更能证明我对珍珠的爱。可我想不出他为何要抛弃我，毕竟我可是他最特别的实验品。我会不会其实没有自己想象的那么重要?

我被一分为二，飘荡在世界的角落里。尤其是在火车上，我越发有这样的感觉。那些天，战争还在继续，却已是强弩之末。到处都是难民，坦克翻倒在路旁，像一只大乌龟。聪明人都远远地躲开士兵们的队列，无论是苏联士兵还是德国士兵。我们本应该再也不相信火车，但这些火车似乎是回家的唯一方法。人们自愿钻进车里，害怕除了这种方法，他们再也无法到达自己的目的地。我也和所有人一样，相信我们最终获得了安全。

火车没有将我们送回奥斯维辛，似乎决意要迷惑我们。火车唯一的好处就是能让我们不必待在雪地里，而且我们无须付钱。我和菲利克斯挤在一个座位上，列车员斜着眼看我们的时候，我们只要卷起袖子，让他看我们身上的数字就好。有了这串青色的数字，我们想坐哪列火车都行。

离开稻草庙后，我们数次歇脚和折返。我们一开始向东，后来又往西去，脑袋在脖子上无精打采地摇晃，身体在座位上不安地扭来扭去。临近黄昏，我们驶进了科洛镇，终于到了铁轨的尽头。列车员开始驱赶我们。“这里不是旅馆。”他对我们说。我和菲利克斯依偎在一起，想要装出听不懂波兰语的样子，想要在列车里再蹭一晚上。可是列车员虽说不介意我们免费乘车，却也不愿意我们无期限地赖在车里。他揪着我们的耳朵，把我们拉到门边，将我们强行推到冰天雪地里。我们瞬间滚落到地上。这一次，菲利克斯起身的动作有些迟缓。布鲁纳行囊里珍贵的物品散落在雪里。我们捡回了一个半土豆，一瓶水和一些零碎物品。

落败的我们在森林间走了一阵子，终于找到一座牲口棚。那似乎是个安全的地方。牲口棚内的猪简直是世界上最肥硕的。除此之外，这里还有一头眼神忧伤的母牛。它被奶水涨得难受，痛苦地呻吟着。菲利克斯向我展示了让我叹为观止的挤奶技巧。宽敞的牲口棚让我们满心喜悦。猪和奶牛占去了牲口棚内二分之一的空间，剩下的一大块地方都是我和菲利克斯的。有了住处后，我们用最快的速度掏出自己的大衣，梦想着我们明天可以不用再做大熊和豺狼。

我们很快坠入了梦乡，因为醒来以后能有牛奶喝。

可事实上，我们醒后并没有得到牛奶，却迎来了一阵恐慌。我们听见马儿的嘶鸣，看见了一双鞋子。透过地面与棚壁之间的缝隙，我们看见了一对泥泞的鞋跟。鞋子的主人把马儿安顿好之后，我和菲利克斯一动也不敢动。我们趴在地面上装傻。要不是因为菲利克斯打了个喷嚏，我们一定能糊弄过去的。靴子的主人循着喷嚏声走到我们旁边。她是个老妇人，穿着一身干净的衣服和一件体面的外套。她有一对小太阳似的圆脸颊，脸颊上方的眼睛是青色的，这意味着她已经看不清了。我不喜欢她的眼睛，可我只能对自己说，她一定是个好人。我们又饿又迷糊，已经做了好长时间的乞丐，时间长到看谁都像救世主。这个老妇人狐疑地看着我们，像是在思考要怎样做。她突然有了主意，张开双臂猛地给了我们一个拥抱。

“孩子们！”这个女人喊道，“你们让我找得好苦啊！我还以为自己再也见不到你们了呢！”说完就把我们揽入怀中。她是一位个子高大的女士，可是从她的拥抱中，任何人都能看出，她已经没多少力气了。松弛的脂肪从她的袖子底下露出来。“别再跑掉了！”她对我们说。

我甩开她的胳膊，紧贴在牲口棚的墙壁上。

“我们不是你的孩子。”我冷静地说，“我是斯塔莎·赞莫里斯基，是珍珠的孪生妹妹。”

“噢？抱歉。你的意思是，他叫作珍珠？”她在菲利克斯的胳膊上捏了一下。

“当然不是。他是个男孩。可你说得没错，他也是有孪生兄弟的。”

“我还以为你们是我走失的孩子呢。”她用无比惋惜的语气说，“我还以为你们终于回了家。你们能不能帮我找找我的孩子？作为回报，我愿意为你们提供食物和住处。”

菲利克斯看了我一眼，他在让我做决定。这个女人提供的条件让他动了心。我们若是没被长途旅行和恶劣的天气折磨这么久，要是吃饱了，有一双合脚的鞋子，菲利克斯一定会断然拒绝这样的邀请。他把我拉到一旁商量。

“你说，如果发生了紧急情况，我们要不要把她放倒？”菲利克斯问。

我对他说，我绝不会让我们中的任何一人受到伤害。他将信将疑地点了点头，然后转向那个女人。

“我们可以在这里住一晚上。”菲利克斯说，“一晚上就够了。您瞧，这个女孩的身体很虚弱。我们饿了。临走的时候，您能不能给我们一些面包呢？”

“我的家和面包都是你们的。”

“那咱们就成交了。”菲利克斯说，“太太，我们很愿意帮您寻找您的孩子。”他微微鞠了个躬，弯腰的动作异常优雅。老妇人拨开牲口棚附近的雪，扫出一条小路，小路后面是一座洁白而简单的小屋。我想象不出这样的小屋里会有什么危险，可我依然知道，相信陌生人无异于赌博。这个女人浑浊的双眼丝毫不能让我们感到温暖，她时不时会用不带任何感情的目光看我们。这让我开始怀疑，她真正的问题其实不在于眼睛，而在于气质。

在这样的情况下，不死之身还是挺有用的。但菲利克斯呢？我绝不能让他受到半点伤害。

这个老妇人的住处很简单。她有一张铺着破床单的床，还有一双摆在门口的雪鞋。此外，屋内还有一张花色单调的编织地毯、一只感恩花环和一个用来装滴水的桶。小屋的天花板很低，显得我们像巨人一样。那个老妇人不得不弓着身子，以防撞到脑袋。我想她应该是个好母亲。她把这间小屋打扫得一尘不染。屋内的椅子被擦得锃亮，橱柜干净而整洁。一把斧头耀武扬威地挂在桌子上方的墙上。

“您的孩子失踪多长时间了？”我问。

老妇人没有回答，我于是又问了一遍。可是看起来，她除了有些盲以外，还有些聋。她的身体状况让我对她产生了几分同情，于是没有继续追问，而是默默地看着老妇人将一条长面包切成块。我突然注意到这间房子内的陈设是如此简单。奇怪的是，这间屋子里居然没有走失的孩子们的相片。我甚至找不到孩子们居住的痕迹。架子上一本书也没有，屋子里没有钢琴，没有猫咪。住进贫民窟之前，我们家的物件还不少。有些晚上，我睡不着的时候，我和菲利克斯偶尔会回忆起自己家里的物件。我能详细地描述妈妈的一整套餐具，说出祖父望远镜的颜色。我真为走失的孩子感到遗憾，因为不管他们此刻身在何地，恐怕都想不出他们家有什么值得回忆的东西。可是我突然发现壁炉架上有一支骨叉，骨叉旁放了一排陶瓷小天使。这些东西让我宽慰了不少。我要是这家走失的孩子，一定会把这些东西牢牢地记在心里。

我向老妇人问起她孩子的样貌和名字，可是她没有回答这些简单的问题，而是在我的肋骨上戳了戳，并邀请我吃东西。

菲利克斯吃得很开心，我却一口也咽不下去。我已许久不吃面包，早就没了吃面包的能力。作为一只豺狼，还是生兔肉更适合我一些。至于代表过去和文明的面包？我每尝一口，都会觉得既然我姐姐已不在这世上，我就再也不配吃这样的东西。我不自觉地干呕了起来。

“你这家伙怎么回事？”那个女人喊道。她的语气和刚才相比大不一样。坐在椅子上的她举起了手，不知道是要拿挂在墙上的斧子，还是要起身揍我。我立刻躲到桌子底下，还把菲利克斯一同拉了下来。“害虫。”她喃喃道。她从墙角抄起一把扫帚，也趴到地板上，弯腰朝我们的藏身之处逼近。那个女人拿着武器，一下一下地猛击我们的肩膀和背部。我们四处逃跑，掀翻了桌子，分别逃往两个角落。那个女人走向菲利克斯所在的角落，然后疯狂地挥舞扫帚，击打菲利克斯身体的每一处地方。菲利克斯惊呆了，他被这致命的危险吓坏了。可是菲利克斯一声也没有喊，扫帚敲到他的脊椎上，发出重重的响声时，他也没有出声。那可怕的一击让我记起我曾发誓要保护菲利克斯。我掏出藏了好久的餐刀，蹑手蹑脚地溜到那个女人身后。她一心忙着教训菲利克斯，甚至没留意到我的脚步。

这时，一阵清脆的敲门声打断了我的计划。

这个女人暂时停止了恶行，翻了翻死鱼似的白眼。她走到门边，透过门上的小孔向外看了一眼。门外的人让她很高兴。我们看到屋外之人时，立刻明白了她为何而喜。门外站着一对穿着灰色制服的年轻男女。那个男人称他们是切姆诺灭绝营的头领，他叫海因里希，而那个女人叫弗里茨。

“上帝保佑您！”老妇人的声音里带着些许紧张。

那个男人说，切姆诺灭绝营已被俄国佬剿灭，营地里的军官们勇敢地肩负起了追捕逃犯的职责。哪怕他们自己也在逃跑，却立志不放走一个犹太人。不幸的是，犹太人已逃散到各个乡村，但他们俩以及其他有志之士一定不会让逃跑的犹太人永远地藏下去。

“既然您这样说的话，那我屋子里的两个人一定能让你们高兴的。”老妇人说着就把我们两人让进了屋。那个老妖婆用无比险恶的目光瞥了一眼紧抱在一起，正瑟瑟发抖的我和菲利克斯。她为她的客人们倒茶，并把我们骄傲地展示给他们。

“这两个小东西不会活着离开这里的。我和我的丈夫多年来携手杀死了好些犹太人，这是我们神圣的使命。你瞧见墙上的斧子了吗，这把武器可以劈开那帮人的脑袋。以前由我负责把孩子们引进屋，我丈夫动手。可现如今，他已经去世了。”

切姆诺的头目向老妇人表示了哀悼。

“他是个好人，多年如一日地投身于这项事业。当然，近些年来犹太人已经越来越少见了，这都是元首的功劳！我们曾在森林里发现了犹太人的藏身地，没想到他们居然主动送上门来，向我们乞讨食物。没了我丈夫的帮助，这项任务的难度大了许多。我要是幸运地撞上几个犹太人，就必须想办法让他们信任我。为了获得他们的信任，我必须先填饱他们的肚子，趁他们睡觉时要他们的命。您必须搞清楚这一点。要不是因为这样，我怎么可能为这两个家伙提供食物呢？”

“这个计划不错。”海因里希说，“但这真是浪费面包。”

“我明白，”那个女人惋惜地说，“可是除了这种方法，我怎么能获取他们的信任？我不会读书，也没有玩具。难道我要唱歌给他们听吗？”她用无限讽刺的语气说出了最后一句。我看得出那两位的态度让这个女人有些不悦。她以为自己能听到他们的赞扬和感谢，可他们居然没有这样做。

海因里希走到我们所在的角落里，斜着眼看我们。我不知道他能不能看见我，因为我差不多整个人都缩在菲利克斯身后。我们只是两只瑟瑟发抖的动物，一只大熊，一只豺狼。那个老妇人也走上前观察我们。

“莫非您想要亲手实现这项荣誉？”老妇人说，“还是说，您愿意为我把他们按住？”她用青筋遍布的手抓住我的衣领。我为什么没逃跑呢？菲利克斯想要反抗，他踮起脚，却无奈地跌倒了。看见菲利克斯笨手笨脚的模样，弗里茨忍不住笑了起来，但奇怪的是，她的笑声没有我想象的残忍。更奇怪的是，灭绝营的两位头目把目光转向了老妇人。

“您刚才说您会唱歌？”海因里希问。

“没错。”这奇怪的问题让老妇人的额头堆起了皱纹。她站起身子，用手捋了捋身上的围裙。“我年轻时练习过歌唱。这都不知道是哪辈子的事儿了。您想要听我唱歌吗？”

一首歌名脱口而出。

“犹太歌曲？”老妇人疑惑地问。

“您没有听过吗？”弗里茨掏出一把手枪，指向眼前的老妇人，“这首歌在集中营和贫民窟可流行得很。”

两位战士齐声唱起了一首我和菲利克斯再熟悉不过的游击队之歌，这首歌讲的是犹太人的坚韧与毅力。

铅灰色的天空预示着苦涩的未来，

可你永远别说什么“穷途末路”。

我们渴望的时刻转眼就会到来。

我们的行军步雷霆万钧。

我们终将生存下去。

唱到最后一句时，那个老妇人张大了嘴，发出一声又短又尖的叫声。她莫非是想跟着一起唱？可我们丝毫听不出这是在唱歌。她也许有一副能取悦希特勒和门格勒的好嗓子，也许唱歌的时候会变成另一个人，可我们永远没机会知道这些了。因为她张嘴的一瞬间，一颗子弹就从她嘴里射了进去。子弹像一只急着回到蜂巢内的蜜蜂，在她那满头白发的脑袋里转来转去。后来，子弹从她的脑袋里穿出来，射进了墙里，这才偃旗息鼓，像是终于完成了使命一样。两位复仇者冷静地后退一步，欣赏他们的成果。他们满脸激动，整个人洋溢着青春的光彩。

“你应该把东西吃完的。”海因里茨说。菲利克斯站起来，却在匆忙中撞到了桌子。他狼吞虎咽地将面包塞进嘴里。我也学着他的样子吞起了面包。

“你们刚才说的是真名吗？”菲利克斯问。

他们没有回答，而是在屋内到处走动。弗里茨流露出等待下一场表演开场的期待神情。海因里希倒是很冷静，坐在了我们旁边的椅子上。

“我可以尝一尝吗？”海因里希问。他支起两根手指，学着人们走路的样子，让他的手指走向我的盘子。

我把盘子推向他。他景仰地望着自己的伙伴，没有注意到我的态度。那个女人取下头上的帽子，我看见她金发底下的发根其实像木炭一样黑。她按响自己的关节，像是要和人打架一样。后来，她开始向地上的死尸吐口水。吐在她发青的眼睛上，她的围裙上。那个老妇人身上没有一块地方躲过了口水的袭击。弗里茨甚至吐在了地板上那一大摊血迹上，直吐到她一滴唾沫也没有了。她瞥了一眼我的牛奶，狐疑地闻了闻，然后将其一饮而尽。她那一对黑眼睛从杯沿上露出来，像两只驶向地平线的小船。

不死之身意味着你有永恒的时间考虑自己将变成什么样的人，珍珠的去世更是加剧了我对未来的不确定。虽说我一直想做珍珠的另一半，可是那一刻，我也愿意成为这个黑眼睛的复仇者。我目光中流露出的钦慕一定是太明显了，弗里茨对我做了个鬼脸说："命是你自己的，你不欠任何人。"

关于这一点，我可以和弗里茨好好辩驳一番。她不认识珍珠，也不知道我的性命其实寄托在我姐姐身上。可我知道这位复仇者无心与我争论这个。她正忙着把抽屉和碗柜里的东西扫进她的口袋。她拿走了所有的肉、奶酪和面包。此外她还找到了一盒香烟。她把一根烟递给海因里希，并在尸体边上为他点着了烟。这两人之间有一种甜蜜而纯真的气氛，要不是女孩发现海因里希胸前的口袋上沾了一摊血，他们肯定都不记得自己脚边还躺着一具尸体。弗里茨的手指在那摊胸花般的血渍上停留了一会儿。海因里希转身坐回我们身边，还一脸满足地对我们眨了眨眼。

海因里希继续吃了一些，吃相和绅士一样优雅。他看了看菲利克斯，又看了看我。我们不需要给他看我们身上的数字。他知道我们的身份。

“获得自由以后，你们打算做些什么？年轻人，你们对未来有何打算？”

他把自己的烟递给菲利克斯，点头示意他吸一口。

“我父亲是一位拉比，他常常说，”菲利克斯吸了一口烟，然后猛地咳了一阵子，“他常说，死人之所以会死，是因为只有这样，活人才能够活下去。直到现在，我都不明白这句话的含义。我想这句话更应该说给那些虐待我们的人听。”

海因里希举起酒杯，以表达他的欣赏。菲利克斯用面对偶像的目光看着海因里希，而我的激动与钦慕绝不亚于菲利克斯。我想要把自己的秘密一股脑地告诉这两位复仇者。我想让海因里希先生知道，我感谢他前来救我，可我实际上不需要他搭救，菲利克斯才是需要帮助的人。可惜屋子里的人都忙着畅想未来，恐怕没人愿意听我说这些。

“一定有很多人曾折磨过你。”海因里希说，“你想要报复所有人，这决心可不小。”

“我们只要搞定一个人就好。”菲利克斯说，“约瑟夫·门格勒。”

“你们还太年轻，怎么能杀人？”女孩说。

“我目睹他们将我的兄弟开膛破肚。”菲利克斯说。

“杀人会毁掉你的。瞧瞧我们吧，我们就被毁了。”

我想对他们说，他们看上去一点受折磨的样子都没有，相反，他们身上散发着一种别样的光彩。这光彩是战争爆发后我一直未见到的光芒。菲利克斯不肯退让："我兄弟是我的孪生兄弟。刀子刮在他身上，也等同于刮在我身上。"

"你不够强大。"弗里茨笑着说。

"那把刀每天都会扎进我体内。"菲利克斯说，"而我依然活着。"

海因里希和弗里茨交换了几个眼神。奇怪的是，他们之间的每一个眼神都饱含爱意。

"很好。"海因里希说，"谁能怀疑一个历经艰辛终于重获自由之人的决心呢？"

于是我们开始了训练。海因里希花了一小时教我们使用左轮手枪的正确方法。开第一枪时，我瞄准了壁炉上的五座陶瓷像。哪怕你是天使又怎样呢？你亲眼见到我们身陷险境，却不管不顾。第一尊天使被击碎，碎片散落到空中。接下来轮到菲利克斯了。我们把这些天使陶瓷像一个个地击碎，把它们脆弱的灵魂送向虚空之地。每人杀死两位天使后，我们转向了彼此，想看看最后一位天使归谁。我们没有争抢，而是异口同声地说："它是你的。"

这样的举动让两位复仇者有些不解，他们齐声喊道："动手啊！"

于是菲利克斯瞄准了最后一尊陶瓷像，带着极大的享受扣动扳机，将其击碎。五尊陶瓷像均被击碎后，复仇者把口袋扛在了肩膀上。

我们多希望这里有更多陶瓷像，能让我们痛快地杀下去。这样我们的新伙伴就能留下来陪我们，观看我们执行死刑了。可惜这两位伙伴执意要离开。为了缓和我们的情绪，他们给我们留下了武器，并把我们当成他们的同伴。弗里茨告诉我们，我们可以留下手上的枪。海因里希把墙上的斧头取下并交给我。

“它有点重。”海因里希说。

“没关系，我们能搞定的。”菲利克斯凑到我跟前，用指尖试了试斧子的锋芒，然后立即将斧子从我手中拿了去，“这把斧子从前没有使命。而现在，我要让它知道，它的使命就是插进门格勒的心脏。不是心脏就是肠子里，要么就是后背。”

我看得出两位复仇者被菲利克斯的话逗乐了，他们虽极力掩饰这一点，却掩饰得不够好。他们大概很欣赏我们的幽默。弗里茨俯下身子，将一个精致小巧的东西递给我。一开始我还以为那是一粒珍珠，可大概是因为我的左眼坏了吧，我凑近了些，看清弗里茨手上的其实是一个药片。“服下这枚药片后，服药者会即刻殒命。”她向我解释道。这粒豌豆大的药片外包裹着棕色的糖衣，糖衣下是致命毒药：氰化物。弗里茨把毒药放在我手上，将我的手指掰下去，让我握好它。她建议我趁门格勒不备把药片扔进他的酒杯里，然后再向他敬酒。这枚药片将给他造成脑死亡和心脏停顿。

我被这神奇的药片深深触动了。我竟然把死亡握在了手上！毒药将神不知鬼不觉地滑进门格勒的喉咙里，我也能轻而易举地实现复仇！药片有着我所不具备的独特魅力。它超过了我的餐刀，也许比菲利克斯刚得到的枪和斧头还厉害。我猜，这药片的能力大概和门格勒的针头不相上下吧。冲动之下，我把这枚药片放在了耳朵旁边。我要破解它的密码。*“我一直在保存力量，”*它对我轻声说，*“我的体内藏着无比宏大的正义。”*

那是珍珠的声音，当然也有可能是我本人的声音。珍珠如今已去世了，而我则痛失亲人。我们俩的声音现在还能相似吗？

我想要问问小药片，这样的改变意味着什么，可我发现所有人都在盯着我。得知他的偷看被我撞见后，菲利克斯的脸瞬间变得通红。他赶紧把目光挪向别的地方，仿佛因为认得我而尴尬。我迷糊的样子把两位复仇者逗得笑出了声。

“我们要拿这具尸体怎么办？”菲利克斯问。

“就交给你来处置吧。”他们有些心急地回答。两位复仇者已迫不及待要继续大开杀戒。我们站在门边目送他们上车。那是一辆线条优美，造型闪亮的汽车，可惜插了一面纳粹旗。我们没有说“再见”，而是对这两位复仇者喊道：“***复仇！***”他们也用这两个字回应我们。说完，他们疾驰而去，声音消失在清冷的寒风中。他们再也不属于我们，而变成了一对不放弃任何机会惩治奸恶的纳粹猎人。

我们在门边逗留了一会儿，然后才想起地板上的尸体。我们齐刷刷地望向壁炉和地上散落的瓷片。

“我们现在要做什么？”菲利克斯问。他将一片陶瓷翅膀扔进火里。

一个共同的想法闯进我们的脑子，启发了他，也指引了我。我们握起老妇人的扫把，将壁炉内的火扫到窗帘上。这件房子早就想尝尝火焰的味道了，烈火吐着舌头一步步向前，偶尔飞出来的小火星像小鸟一样照亮了夜空。我们看着火焰吞掉地毯、桌子、壁橱和水槽。火焰爬到那个女人的尸体上时，在她的头顶形成了一道皇冠。我们头也不回地转过了身。我害怕自己回头后，就再也忘不掉那幅画面。于是我和菲利克斯一起拿着我们的新武器，昂首阔步地向屋外走。我们跌跌撞撞地走进雪地里，回到那座曾经给我们带来温暖的牲口棚里。马儿扬起头和我们打招呼，它知道我们需要它。它看见我们的斧头、枪和食物有多重。它的眼睛告诉它，没有它的帮助，我们是走不下去的。被邪恶的主人控制那么久以后，它真的需要我们。

“它太老了。”菲利克斯悲伤地摸了摸马鬃，“我们还是把它吃掉好了。”

“那我们谁负责杀它？”我说。弗里茨也许没说错，我们的确不适合杀戮。我不敢细想这个问题，因为我要是不能为自己的姐姐复仇，那我要怎样看待自己？

我和菲利克斯骑在马背上，走过森林，走进不知是否欢迎我们的未来。

珍 珠

第十六章

我们的迁徙

第一天

我们一行人向着东边的科拉科夫前进。这些天里，我重新认识了自己。在这场旅途中，我看见了日月的交替。

白天，随着行程的拉长，我们的肚子越来越空，双脚也变得肿胀而疲倦。晚上，我们走上了一条不靠谱的路。火车铁轨突然到了尽头，前方再也没有路了。我不知道哪种情况更糟糕，只知道白天的太阳与夜间的月亮一样闪耀。

“向前看。”双胞胎之父告诉我们，“我会为你们找出新的路。”

我们于是将目光投向前方。可我能看见的只有自己身体上方的一小块地方。我的身上一开始裹着一件羊毛大衣，然后添了一条羊皮毯，后来又加了一张毯子。这一层层保护将我裹得严严实实的，一直包裹到眼睛。这些毯子上面是冷得结霜的空气，而我眼前的冬日美景常常会被我呼吸所形成的“白云”掩盖。我呼出的气常常会飘到米莉身上。米莉负责用手推车推我，因此她的脸和身体占据了我的大部分视野。

当你有了米莉，谁还需要日月？

我是一颗笨重又受了伤的小行星，是不小的负担，可米莉永远不会放弃我。

大迁徙的过程中，孩子们一直想让我们的领导者高兴。我们按照他的要求，表现得像军人一样。有些部队前进时会唱歌，但我们没有。刚开始前进的时候，没有一个人说话，连悄悄话也没有。我们告诉自己，我们说话的声音会引起坏人的注意，哪怕他不是坏人，也有可能是不友善的。我们像轻轻掠过水面的水鸟一样静悄悄地走在破破烂烂的小道上。

“她现在怎么样了？”一个男孩向米莉问道。米莉对我点了点头。“珍珠，这是皮特。他是你的朋友。皮特有许多朋友，对不对呀？”

皮特对米莉的问题表示了肯定。他说我们的确是朋友，可是至于其他朋友……

米莉没让他说完。“皮特，你何不向珍珠形容一下自己呢？有什么说什么，可不要有保留呀。”

皮特告诉我，他的父母已经去世了。他今年十四岁。在奥斯维辛……

“别说这个。”米莉严肃地打断了他，“说说你是谁，是怎样的人就行了。”

我听见皮特重重地咽了一口唾沫。他告诉我他曾经偷过钢琴……

“这是皮特。”米莉再次打断了他的话，“他是个聪明的孩子，帮了大家不少忙。”她又补充了一句，“我相信你也有不足的地方，对不对？可我一时半会儿也想不出你有哪些不足之处。”

我发现皮特看我的眼神充满了惋惜。他直愣愣地盯着我看。爱盯着别人看大概就是他的缺陷吧？

“她的状况比我想象的好一些。”米莉对皮特说，“她几乎什么也不记得了。”

“但这怎么可能呢？”皮特难以置信地说。

“你试试把自己关进笼子里。”米莉想要尽量小声，可我每一个字都能听见，“然后再把笼子放进一间暗室。一只手偶尔会给你送去食物，给你一些面包屑。但其他时候，那只手可能会用光照你，在你耳边摇铃，把你的头往水里按。”

米莉无法继续描述细节，我看见她握在推车把手上的手捏得更紧了。“可是门格勒为什么要做那样的实验呢？”皮特问。

米莉给出了一个解释：因为门格勒想知道同卵双胞胎被迫经历分离时会出现怎样的情况。

她说得没错。其实就是这么简单。连我自己都能想出一个解释：我之所以被投进笼子，是因为别人在我身上倾注的爱太浓。我与某个人有着特殊的情感纽带，而这样的联系让那个男人感到妒忌。他空虚而寒冷，无法对任何人产生情感依恋，和他的家人也没有感情。与其他空虚的人一样，这个男人决心创造历史。于是某一天，他突然灵光一闪，想出创造历史的最好方法——把两个深爱着彼此的孩子分开，看看他们会作何反应。他无情地折磨着我和我的妹妹。我进了笼子，而她……我也不知道在她身上发生了什么。我只知道那个男人把我扔进笼子之前，像对待动物一样，敲碎了我的脚踝。这样一来，他就能轻松地把我困住。

一想到这段经历，那个男人的脸就在我的脑子里挥之不去。我一个字也说不出。为了忘掉那张脸，我把精力放在那个特别的人身上。我如果能看见她的样子，自然不会去想那个男人了。

“我们看起来一模一样吗？”我心里的疑问顺着我的嘴巴不自觉地跑了出来。

“是的。”米莉回答。

“那她现在在哪儿呢？”我问。我听说过死亡迁徙者，也听说了苏联人到来后的混乱，得知许多人在此期间丧命。还有一个不可说的人——门格勒。我的她一定是独特而了不起的人，门格勒一定清楚这一点。他会不会把我的她带走了？可能发生的状况有千万种，指望好情况发生未免太天真。可我依然希望米莉能说出哪怕一种积极的可能性。

米莉没有列举任何可能性。但她的眼中浮现出一丝忧伤。她明亮的瞳孔颤抖着，像是在说，我已是我们家唯一的幸存者。米莉绝望地想要转换话题，于是向皮特求助，请皮特和她一起介绍我们将要回归的世界。

米莉向我介绍了好多地方。她告诉我，公园是可供人们进行野餐的开放空间，而野餐的意思就是在户外进餐。博物馆是陈列画作与雕像的地方。犹太教堂是人们集会、学习和祈祷的地方。皮特形容的主要是物品。望远镜是能让你观看星星的仪器。钟表能告诉你时间。船只是一种类似于我的手推车的载具，可它们主要是在水上行驶。“而乐器……”他特意补充了一句“钢琴”，好像这东西对我而言有着什么特殊含义一样。

这是他第二次提到这件东西。我不知道它究竟有什么特殊含义，可是我不介意皮特重复提到它，因为我喜欢听他和米莉一遍遍地向我解释这个世界。

我可以随时让他们停下来，可我没有这样做。具体原因有二：其一，听人们介绍这个世界会让我开心。其二，这也让我成为完整的人。

我注意到，那天晚上，当我们走进空荡荡的月台时，米莉和皮特都没有向我解释什么是火车站。

双胞胎之父看出他的小军队已经一步也走不动了，于是下令休息。其他孩子裹在破布里并排睡下，我则继续待在手推车里，像一个躺在脏摇篮里的巨婴。米莉躺在我旁边的地面上，即便在睡觉的时候，她都举起手握住手推车的一角。孩子们的呼噜声此起彼伏，我想要从中辨别出皮特的声音，却没能成功。

我听得出双胞胎之父在做噩梦。他在睡梦中为自己辩护。“这世界上哪里会有这么愚蠢的人，”他说，“非要无中生有地造出那么多双胞胎？”听见他的梦话，我开始怀疑做梦是否是安全的，不知道睡着的时候我是否能躲开那个白色领子的男人。为了让自己感觉好一些，我给他重新取了个名字。我叫他“不存在的人”。

“再见了，不存在的人。”我轻声说。话虽如此，可疼痛的双脚告诉我，我将会一直被他缠绕。

第二天

天亮了，火车却没有来。高高升起的太阳让我们有些沮丧。我们只得继续前进。今天大家唱了一会儿歌，可惜唱得有些结结巴巴。大家还为具体唱哪首歌争论了一阵子。

双胞胎之父提议的歌曲都不合适，因为他是个军人。米莉提议的歌曲要么太严肃，要么过于浪漫或悲伤。大家唯一通过的歌曲是《杏仁与葡萄干》，因为这首歌会让我们想到食物。这首摇篮曲让我们陷入各自的回忆中，让我感觉自己不在手推车里，而是在妈妈的大腿上。我们齐声唱道：

小宝宝的摇篮下面，
立着一只又软又白的大鹅。
大鹅会去集市里，
为你寻回一些好东西。
它将为你衔来杏仁与葡萄干。
睡吧，我的小宝宝，睡吧。

唱到第三遍的时候，我们被十几个等候在森林边上的女人围住了。

“你们是从奥斯维辛出来的最后一批幸存者吗？”一个女人问，“我们在等我们的孩子。”她的脸色沉了下去，“我们应该等待吗？还有没有继续等下去的理由？”

“后面还有其他人。”双胞胎之父说。他的语气有一丝迟疑。

获知这个消息后，那个女人点了点头，心情稍激动了一些。

“其中有孩子吗？”

“一定有人还留在营地里，那里如今被红军控制着。我们这个队伍包括我一共有三十五人。”

这小小的队伍已足以让这位女士感到惊讶，我永远忘不掉她脸上闪现的希望。

“你们中有没有一个叫海勒姆的俄国小男孩？”

“还真有！”双胞胎之父转头朝着人群喊了一声：“海勒姆！到前面来！”

一个瘦小的男孩被孩子们推到队伍的前面。他身后跟着另一个小海勒姆。女人仔细观察了两位海勒姆，然后膝盖一沉，跪倒在地上。

“不是我的。”她轻声说，“不是我的。”

所有人一动不动。大家都被这个女人的悲伤与沉默感染了。当她好不容易起身拍掉身上的灰尘时，我们才恢复了知觉。她转身回到树干旁坐下。

“你知道吗？孩子们会自然地被其他孩子吸引。”双胞胎之父对那个女人喊道，“只有看到自己的同类时，他们才会有安全感。你应该加入我们的队伍。他们也许能看见我们，然后找到你。”

“我去任何地方都会留下记号。”那个女人指了指她倚靠的树干。我猜她大概把自己孩子的名字刻在了上面。我看不清她刻的具体是什么，她的刀一定太钝，而她刻字的时候，手一定抖得厉害。“可这还不够。他们也许根本不会留意这些记号呢？”

我真想对她说，她的孩子们一定会仔细阅读他们看见的每一条讯号。我想对她说，即便躺在手推车里，我也会四处寻找可以看见的文字，以此冲淡我两天前在大门上看见的字。我希望这个女人刻下的名字能填满那扇大门，希望它们醒目而清晰。因为那个女人刻的字过于模糊，每一个字母都透着无可奈何。

双胞胎之父好心地指出那个女人留下的记号太模糊，他掏出自己的刀，将先前的文字整齐地重刻了一遍。任务完成后，他拿起那个女人的行李，挥手示意她加入我们的队伍。

“那我的朋友们要怎么办呢？”

树桩旁的女人们的年纪与境遇各不相同。双胞胎之父看了看她们，鼓励她们一同加入。他只需要记录下这些女人的相关信息，以应对可能的盘查。

女人们从各自倚靠的树桩上站了起来，我们这才注意到她们在每一根树桩上都留下了记号。如果可以的话，她们甚至会在森林里的每一棵树上留下信息。我留意到双胞胎之父脸上的表情，清醒的时候，他极少表现出如此强烈的悲伤。可他很快恢复了镇定。这些母亲加入了我们的队尾。她们不自觉地将母爱传播给我们，我们则尽了最大的努力，婉拒她们的关注。

我们已经有自己的母亲了。

我无时无刻不想着我的母亲。我恳求妈妈和爷爷让我看一看我另一半的脸，但他们没有回应我。是死亡让他们不得不抛弃我的吗？还是因为他们过于忧虑我的未来，甚至顾不得为我的幸存而喜悦？我用手触摸自己的脸，想要借此感受她的脸。可我只能摸到一脸伤疤和一对看了太多事的眼睛。

无数难民从我们身边走过。一张张脸，一具具身躯，他们都还活着，都在寻找。可惜这里面根本没有我的她。我要找的人会不会已经死了呢？我问太阳，太阳却让我去问月亮，还对我说，这些答案可能不乐观的问题，通通由月亮负责。太阳一定是对这个问题感到不安，所以才拒不回答的吧？这时，我的眼前暗了下来。皮特用他的手盖住我的眼睛。

“别看！”皮特对我说。当时是他负责推手推车的。我甩开皮特的手，想要看看他究竟看见了什么。他的话听起来挺吓人的，而他看见的东西是……

路旁的沟渠内躺着一具不完整的尸体。

“我让你别看了。”

“是她。”我小声说。

“不可能是她。”皮特说。为了证明这一点，他违抗了米莉的命令，走近那道沟，让我凑近些观察。

我分辨不出那人是男是女，也看不出她的年纪。那具尸体没有脸，也没有头皮。为了取走这具尸体脚上的鞋子，人们砍掉了尸体的腿。看见我目不转睛地盯着尸体的腿，皮特说："苏联人穿的靴子更高级。一旦国防军看见苏联人，总会想尽一切办法把他们的鞋子夺来。"

"所以说啊，"皮特安慰道，"这不可能是你的她。你的她哪里会有这么好的靴子？"

我也想在这句话中寻得安慰，却做不到。这是否意味着我的她不得不穿着单薄的鞋子在冰天雪地里穿行？

"向前看，别看其他东西！"双胞胎之父对我俩发出了警告。

"能不能和我说说她的长相？"从那具尸体旁走开以后，我问皮特。

"她长得和你很像。"

"可我不知道自己长什么样。"

"我打赌你一定长得像你母亲。"皮特说，"你还记得你母亲的样子吗？"

我一点也不记得。看来这个问题也得留给月亮了。用不了多久月亮就要升起，我随时都可以问它，可我觉得自己大概已经知道它的答案了。我们这一行人简直与行尸走肉无异。我们憔悴而消瘦，眼睛深深地陷进了眼眶中。我们现在的模样与从前一定大不相同。更值得一问的恐怕是，我们是否能支撑到我们的身心完全恢复的时候呢？这就是那天夜里一直困扰着我的问题。

那天夜里，我们在森林里的一座石头建筑内留宿。这地方太小，算不上房屋，却有着足够的空间，比棚屋更大。地板上散落着一些牙齿。屋子里有四张窄小的床。这些大理石床上面还有一个大盖子。可是除了一张被盖上的床，另外三张床里面都是空的。

“棺材。”双胞胎之父不假思索地说。

也就是说，这座石屋子原是供死者栖息的地方。那三具被掀翻的棺材也不知是灾民还是盗墓者干的。一块泛黄的下颚骨被扔在小屋的角落里，谁也不知道它怎么会跑到那里去。丢了牙齿的下颚骨立在地面上，静静地见证着这间屋里发生的一切。

我们都是活生生的人，但这间接待死者的屋子同样可以容纳我们。双胞胎之父将空棺材里的树叶和残片清理干净，每一具棺材里可容纳两个孩子。皮特躺在第四具棺材的盖子上打哈欠。躺在手推车内的我看着屋外的月亮渐渐升起，可它没有回答我的问题。月光如雪，照亮了夜空，也像是挂在天空中的小拳头。

第三天

火车载着我们朝科拉科夫市的方向行驶了短短三英里。窗外的路上挤满了难民、回家的农民以及不知去往何处的红军。结了霜的田野上零星地分布着几辆坦克。我们到了一个未被人破坏的地方。这里有一排方糖一样整齐而洁白的农舍。行驶到农舍附近，铁轨也就到了头。我们从火车上挤下来，刚在双胞胎之父身旁排好队，就撞上了一个红军。他汗津津的脸上流露出一种狂热。

“猪猡们！”一位士兵喊道，“猪猡们！”他以一种吓人的动作挥舞一只胳膊，而他的另一只胳膊正拖着一把长杆来复枪。他的面色发灰，眼睛像是红白相间的溃疡，又像是从大衣上掉下来的扣子。我们这寒酸的队伍前进时，他一直重复着那个词。

“猪猡们！”他喊道，“给我停下来，小猪崽子们！”

双胞胎之父示意大家停下来。他难得这样恐惧，像是随时可能倒下一样。他的脸似乎在说：***我们历经艰辛走了这么远，难道要落得这样的结局？***他走向那个男人，并把自己的名单递了过去。他的手颤颤巍巍的，哪怕最轻柔的微风都能将他手上的名单吹走。可惜那个士兵根本懒得看名单上的名字，而是举起了来复枪。大孩子们纷纷躲在了小孩子身后。米莉握独轮车的手不停地颤抖。大家的目光都落在来复枪的枪眼上。直到士兵突然调转枪口，朝左边的道路扣下扳机，我们才敢把目光挪开。

一群胖得像木桶，鼻子好似白色泡沫的花斑猪向我们冲来。士兵将来复枪对准了它们，先瞄前腿，再瞄太阳穴。我们看着一具具庞大的身躯轰然倒下。它们哀嚎着沉入雪地里，身旁的小猪猡们不停地呜咽着。

我们早已习惯了血染的雪地。血液吓不到我们，可眼前的一幕显然让我们有了触动。几个孩子开始无声地啜泣。这时，四岁的小索菲亚倒在地上大哭了起来。她一向是个骄傲的孩子，这样的举动实在反常。士兵困惑地看了她一眼——饿极了的女孩难道不应该为这慷慨的举动而高兴吗？他放下手中的枪，自鸣得意地点了点头，然后转身同双胞胎之父握手。没错，那天晚上我们的确吃得很好，大人和孩子都把自己的肚子填得满满的。虽说动物们鲜美的肉的确让我感到满足，可我忘不掉它们临死前恐慌的眼神。

我不想拥有记忆，至少当时是这样。

第三天临近黄昏时，一位农夫在道路的一旁叫住了我们。我们最先留意到的是他的大胡子。他的胡子有些花白，透露出和蔼可亲的样子。这位农夫愿意把自家的牲口棚让给我们过夜。虽说双胞胎之父一心想早一点到达人们口中相对完好的科拉科夫市，可他无法拒绝这样的邀请——他的队伍早已乏累不堪。每走一步，克莱恩斯家的孩子就会嚎一声，洛维斯基家的双胞胎则会没完没了地抱怨寒冷。皮特的脚指头都从破损的鞋面里伸了出来。

最让人担心的是，大卫·赫斯奇拉格已经病得直不起身子。这男孩可怜的胃哪里经得起那么丰盛的猪肉大餐呢？瘦得皮包骨的大卫顶着巨大的肚子走了十英里。他的肚里好像塞满了毒药。我们的领导者与农夫打交道时一向小心谨慎，但出于以上原因，他接受了这位农夫的邀请。

我们走进了避难所一样的牲口棚。这里只有几只小鸡和一些鸡蛋，温暖而宽敞。一只瘦巴巴的公鸡跟在丰满的母鸡后头奔跑。小鸡们不害怕我们，因为我们将没吃完的猪肉带在了身上。我们匆忙地吃完第二顿饭后（大卫没和我们一起吃），双胞胎之父走到牲口棚的角落里打盹儿。米莉为孩子们绑上绷带，按摩脚部，并用水壶给他们喂水。

米莉每搞定一个孩子，就会回去看看大卫。他躺在干草垛上，一脸病态，眉毛上全是汗。米莉用警惕的目光看了我一眼，然后请皮特为那个男孩铺一张床。皮特搭了一个牢固的巢穴，在里面铺上羊毛毯，然后小心翼翼地将大卫放在里面，仿佛将他当成了一枚珍贵的鸡蛋。大卫勉强挤出了一个笑容，用我们看不到的目光望着牲口棚顶上的木椽。米莉又将《杏仁与葡萄干》唱了一遍。

“睡吧，我的小宝贝，睡吧。”

她像一只小鸟一样蜷缩在大卫的巢穴旁，用摇篮曲把这个男孩带去了一个近似宁静的地方。

第四天

我们醒来的时候，看见双胞胎之父跪在干草堆旁。他轻轻摇晃着怀里的东西，像是在呼唤一个不肯醒来的人。躺在双胞胎之父怀里的是昨天生病的男孩，他已不再是大卫，而成了一具尸体。

“别这样，你会把孩子们吓坏的。”米莉轻声提醒道。可她自己也沉浸在不可自拔的悲伤中。双胞胎之父不肯将那个男孩放下。他的样子似乎和昨天不同了，可最让我难忘的，还是这个男孩显见的死因——像小山一样隆起的肚子。

米莉将手放在双胞胎之父肩上，想要给他带去一丝安慰，可惜他不可能感到安慰。他拔掉粘在男孩脑袋上的鸡毛，旁若无人地对男孩低语，好像整个世界只剩下这个男孩。

“我伪造过不少人的身份，大概把十几对孩子强行当作双胞胎了吧？”他看了米莉一眼。

“一共十九对。”米莉轻声说，“你组成了十九对双胞胎。”

“十九对。”双胞胎之父重复了一遍，“可是大卫和艾伦是第一对。”

米莉点了点头，然后脱掉身上的外套。她想用这外套盖住大卫的尸体，但双胞胎之父无论如何也不肯松手。

“刚开始，撒谎让这两个孩子十分不自在。他们那时候一个才四岁，另一个也不过五岁。我的荷兰语说得很糟糕，他们又不会说其他语言，因此我很难向他们解释我的想法。可是每天早晨点完名后，我会一遍又一遍地让他们复述我为他们伪造的生日，并一次次地告诉他们，艾伦是哥哥，大卫是弟弟。他们的年纪差了整整一岁，却被我缩短为五分钟！”

他摸了摸大卫长着小雀斑的鼻子。

打这儿开始，我强迫自己不去听双胞胎之父的话。我不想听双胞胎之父讲述他一直想做却没做成的事。他啜泣着诉说自己多想把门格勒逼到实验室的角落里，多想对医生说他的实验数据早就被篡改了，这所谓的研究根本就是笑话，孩子们的几个谎言就能将他的实验瓦解。双胞胎之父说门格勒也许会因此当场杀死他，但这样反而更好。他宁愿英勇地死掉，也不愿把孩子们救出牢笼，再眼睁睁地看着他们落得这样的结局。

米莉的脸都白了。她想让我们出去，用一种怪异的语调让我们到外面去帮农夫的忙。大家都不敢看双胞胎之父，连小鸡都跑去了其他地方。我顺着男孩睁开的双眼望去，目光落到屋顶的木椽上。离我们远去的那一刻，他究竟看见了什么？我没有死过，却也算是经历过死亡。我知道他当时的注意力全在谷仓天花板的小裂缝上，这个裂缝刚好能装得下一颗遥远而明亮的星星。

“没必要对他们撒谎。”双胞胎之父强迫自己恢复镇定，又变成了那个面色像石头一样沉静的军人。他用袖子擦了擦眼睛，然后整理好大卫身上旧毛衣的领口，“让他们来道别吧。”

大家于是齐聚在这个饿了许久，最后却被食物撑死的男孩旁边。他临去时的表情可不怎么平静。双胞胎之父将大卫揽在怀里，把他抱到牧草地上。土地被冰雪封住，变得无比坚硬，可它依旧敞开怀抱接纳这个男孩。我们每人手里拿着一块石头，排好队从这座简易坟墓旁走过。

农夫的妻子打断了我们的小仪式。她将一把罂粟撒在坟墓上方的土地上。“罂粟能喂养地下的尸体，到时候他会变成小鸟飞回来。”她说。我望着飘在空中，又撒在冰面上的罂粟种子，不知这些种子为何让我感到如此亲切。看着散落一地的种子，我真真切切地感到了安慰。罂粟种子的生命渺小而贫瘠，然而我们才刚刚转过身，就听见鸟儿挥舞翅膀的声音，鸟儿们急迫地想要抓住大卫之死带来的宝贵种子。

我们一行人坐在农夫的卡车车厢内，背靠着木头厢板。双胞胎之父红着眼看着我们每个人，与名单上的姓名进行核对。他的手指从久经风霜，已有些泛黄的纸上划过。

我们与农夫的妻子挥手道别。她身体的一侧摆放着一大袋罂粟种子，另一侧站着六位母亲。她们一心认为她们的孩子就在距离她们不远的后方，于是决定留在这座农场里。我们这些孩子早已身心俱疲，可这些女人仍无法放弃寻找。她们在卡车后面看了又看，像是依然不肯相信她们挚爱的孩子不在我们中间。

卡车的引擎发动了，农夫按下了喇叭，载着我们缓缓地向科拉科夫市驶去。我听见米莉呼唤了大卫的名字，这声呼唤最终消失在风中。

米莉的声音很轻，好像认定躺在地下，又聋又冷的大卫一定能听见她的声音。

“*原谅我。*”我听见她这样说。

米莉的请求让我十分震惊——她不应该为大卫的死负责。直到大卫生命的最后一刻，米莉都在照顾他。不知怎的，这奇怪的话像是唤醒了藏在我内心深处的一些东西。

从内心深处而言，我知道自己想要宽恕。可是折磨我的人永远不会恳求我的宽恕。我知道宽恕是我唯一的力量，它能让我逃离每日扼住我喉咙的魔爪。我如果能够做到这一点，能真心地宽恕人们犯下的罪孽，我的那个她也许就能回到我身边。至少，我不会把我见到的每一个难民当成她，无论这些人是死是活。

斯 塔 莎

第十七章

废墟注视着我们

马儿高昂着脑袋，驮着我们走过了很远。我们是这位瘦骨嶙峋的英雄的沉重负担。它有着惊人的耐力和奔跑力，对于一匹饿了这么久的动物而言实在是奇迹。唯一合理的解释恐怕是，它和我们一样渴望门格勒的死。然而华沙太遥远，不是一时半会儿就能到的。

四天的行程中，我们被将道路堵得水泄不通的坦克拦住了去路，只能转向波兹南市。波兹南市曾经是爷爷的城市，他曾在波兹南大学任教。爷爷将这座城市奉为饱学者的宝石，伟大思想诞生的地方，艺术家们的天堂。可是如今，我们在这里学到的唯一的课程就是暴力。这座城里到处都是国防军，这里的街道很安静，却总会突然响起国防军的枪声和歌声。面对步步紧逼的苏联人，他们只得用这吵闹的歌曲支撑自己。

我们担心这些士兵有可能厌倦了唱歌，会拿两个难民和一匹瘦马找乐子，于是小心不让自己被发现。菲利克斯负责扛行李，我负责牵缰绳，我们埋着头走在街上。这里到处都是灯柱，它们七零八落地倒在地上，像是被人拔掉的野草。拦住我们的不是灰制服的纳粹，而是一位摊开手掌的乞丐。

居然有人以为我和菲利克斯能向他人施舍食物或钱财，这真是个奇迹。我们决心不让他失望。菲利克斯给了他一些面包，并请他告诉我们今天的日期。

“二月。”那个乞丐对我们说，“可能是二号，也可能是三号。”他的回答让我气不打一处来，我真想把面包夺回来。“你们只需要知道苏联人就要来了就已足够。现在就走吧。这就是我的建议。”他又咬了一口面包，“这建议是白给的，我甚至没找你们要其他东西！”丢下这句话以后，乞丐就一瘸一拐地走进了夜色里。我和菲利克斯被我们身后的景色惊呆了。

这是一座旧博物馆。它这会儿已成了一幢残破的建筑，到处都是断壁残垣。好不容易保存下来的窗户却也坑坑洼洼，净是裂口。博物馆的大门被撞倒在地上，通过墙上的裂缝，我瞥见了这幢建筑狼藉的内部。可是当我看得更深入，最后陷入回忆时，我仿佛看见了这座博物馆原先的样子。爷爷和珍珠走在博物馆的大厅里，我跟在他们后面。我看见我那七岁的姐姐踮着脚停在一幅画的前面，爷爷站在一旁为她解读那幅画。

旧时记忆将我推进了博物馆。

我欺骗了菲利克斯和我自己，称我们或许能在里面找到可用的物资。但事实上，我根本不在乎我们是否能找到东西。我一心想进去，并认为我一旦走进了这幢建筑，爷爷就会陪伴在我身边。我也许能听见他吹口哨的声音，或许能闻到他大衣上樟脑丸的味道。

我们高昂着脑袋坐在马背上，准备进入这片废弃之地。马儿小心地爬上了台阶。银色的月光落在马儿的鬃毛上，把鬃毛染成了银色。马儿的前蹄在碎裂的大理石地板上打了个滑。可我们的好马儿才不会被这台阶吓倒，它毫不畏惧地走了进去，嘶鸣声回荡在门厅里。

博物馆里本该有可供参观的名画，本该有或真实或虚假的画作，有风景和人物像。然而这座博物馆内唯一的画叫作“毁灭”。我们看着一大群黑鸽子像龙卷风一样从屋檐下的一个洞里飞过。屋内的地板大开着，像是要把我们吞进去。没有裂开的地方也沉积了一汪汪黑水。光线从断墙外射进屋里，成群的小老鼠在它们的巢穴里讨论着哲学。

“‘老鼠是幸运的，因为它们至少还相信血液。’”菲利克斯用吟诵圣歌的语气说，“这是我那位拉比父亲常说的话。”

老鼠们似乎不喜欢这种幸运，它们的讨论声越来越大。

“回头。”菲利克斯颤抖着说，“我兄弟一定会这样说。回头！”

可我没有回头。博物馆虽遭到了无情的破坏，可我依然能在这里找到属于自己的宝藏：我的四周全是爷爷所爱的东西。被破坏的博物馆里依然藏着爷爷挚爱的逻辑、愿望、科学和一切。爷爷所爱的东西是不能被打碎、焚毁和掠夺的。他所爱的东西就是我的信仰。

穿过这片狼藉时，我和菲利克斯一直保持着警惕。马儿的大眼睛在黑暗中闪烁着。我们所途经的路上有黄铜的痕迹，还有强盗们遗落的硬币和一些线头。几只小鱼标本落在地板上的砾石上。我们又往前走了几步，进入了一间挂着大吊灯的房间。马儿脚下的一只茶杯晃动了几下，将它吓了一跳。我们四下张望，发现这里原来是一间巨大的茶室。我们仿佛听见了那位苍白的朋友在被陶布掐断脖子前，无限感慨地对我们诉说她想要做淑女的愿望。

这片废墟给我们带来的触动比任何废墟都深——我们依然活着，但我们的朋友已经去了。为了向布鲁纳致敬，我和菲利克斯从马背上下来步行。

“我真希望可爱的布鲁纳能多活一天，能亲眼见一见这个地方。”菲利克斯对着天空轻声说。

风儿没有回应他的话。

“我不接受你的答案。”他不顾危险，瞬间抬高了音量，“她是整个波兰最勇敢的人，你却让她那样失望。”

菲利克斯一步跨到一尊雕像的基座上，朝着他想象中的上帝挥了挥拳头。看着菲利克斯愤怒的样子，我意识到我们其实还是孩子。虽说我们懂得争夺利益，有着强烈的复仇之心，却终归是两个孩子。不知道我们这样的孩子，在其他人眼里是什么样的。我在茶室内寻找天鹅绒，想要透过天鹅绒面的反光看一眼自己的样子。可惜这间屋内只有无情的黑暗，浑浊的玻璃碎片也反射不出人的面容。我向菲利克斯感叹屋内骇人的黑暗，却没有听见他的回答。我这才注意到他已不在雕像基座上，于是慌张地到处寻找。一旦菲利克斯离开我的视线，哪怕是一瞬间，我都会不知所措，像是失去了自我。我疯了似的在黑暗中寻找菲利克斯的熊皮大衣。

这时，好像有人在我的背上轻轻拍了几下。他的动作像音乐一样，发出了叮叮当当的响声。

我转过身，看见一只挥舞在我头顶的银色拳头。拳头的主人穿着一身盔甲。黑暗让我昏了头，我确定这位战士一定知道我与门格勒之间的仇恨，而他一定心怀正义，也很清楚我意外犯下的罪行。

困惑与慌乱之下，我居然忘记喊菲利克斯，甚至没想起为自己辩护。我本可以向这位战士袒露有关门格勒的大计划以及关于珍珠下落的推测。

可我最终弯腰跪在了废墟中。我脆弱的脖子早已准备好接受惩罚。我求这位战士惩罚、审判我，让正义降临到我身上。“我宁愿死掉，”我对战士说，“死后我就能和姐姐团聚了。如果可以的话，我将毫不犹豫地终结自己的生命。”

“可我永远不可能杀你的！”战士说。他的外形威严而吓人，声音却尖厉可笑。这无疑是菲利克斯的声音。怎么会这样？一心求死的我居然会把我披着盔甲的朋当成复仇之神。

“你怎么会开这样的玩笑？”菲利克斯问，“我们受了这么多折磨后，你怎么还能有这样的想法！我明白你需要幽默，可这样的幽默真是你想要的吗？”他悲哀地摇了摇银色盔甲下面的脑袋。

“我没在开玩笑。”

幸运的是，菲利克斯没听见我的话。他一心沉浸在新玩意儿带来的新鲜感里，急不可待地转过身，让我欣赏他扮作波兰轻骑兵的样子。可惜由于年代久远，盔甲总会发出嘎吱嘎吱的声响。不仅如此，它与菲利克斯的身材一点也不相配。盔甲躯干的部分空荡荡的，露出菲利克斯的熊皮大衣。他只走了一步，绑在腿上的银护腿就掉了下来，发出一声脆响。尽管如此，我亲爱的朋友依然想听我称赞他威武。

于是我对菲利克斯说，他看起来像一位伟大的人物。“如果我是个纳粹，”我说，“只要远远地看你一眼就会逃跑。”这话让菲利克斯十分激动。我也想要像他一样激动，却只感觉得到无尽的苦恼。菲利克斯看出我心情不佳，于是拿出他从废墟深处寻到的东西，想借此让我开心。他将一只长颈瓶高举在空中。我夺过他手中的瓶子，喝了一小口。我的喉咙好像要烧着似的，瓶子里的液体显然不是水。

“伏特加，”菲利克斯取回了瓶子，“酒保一定会喜欢，但我们喝一些也无妨。”他刚舔了一口，我就夺走了他的酒瓶。手碰到酒瓶的那一刻，我听见了爷爷的声音。

*“敬珍珠！”*爷爷说，*“时间与记忆的守护者！”*

我必须尊敬这段祝酒词，于是让菲利克斯代我喝了一大口。菲利克斯不会喝酒，呛人的液体一股脑儿地灌进了他空荡荡的胃里。他像一个傻瓜一样晃晃悠悠地走了几步，然后瘫倒在地上。他静悄悄地躺了好一会儿，就在我觉得自己必须把他从地上拉起来的时候，他突然动了。他一脸厌恶地脱掉身上的盔甲，把自己挂在马背上。马儿用怀疑的眼色看了看背上醉酒的人。

“你这样的状态不适合骑马。”我说。菲利克斯对我的话充耳不闻。

除了骑马，我们还能怎么办呢？外面的街道上到处都是巡逻的士兵，他们才不会管一个十三岁的男孩是不是身体不舒服呢。

“好吧，”我妥协了，“我们现在就走吧。”

我们将这片废墟留在身后，走向远处的村庄。骑在马背上的我们，经过了雪地上的一个个黑色水坑。其间，马儿陷入了泥巴里。天空静静地看着被困的我们，无奈地眨了眨眼睛。幼稚的天空是不是也是这样对待我们的逝者？它是否会假装不在场，声称自己什么也没看见？希望不会这样。可我心里的怀疑越来越深。我们又累又饿，能推动我们继续前进的恐怕只剩下丧亲之痛了吧？我们的身后全是向波兹南进发的苏联坦克，前往华沙动物园的路上，我们被迫数次转向。菲利克斯向上帝祈求力量，我则向命运祈求，我们想要获得无穷的能量，摧毁那个在我们心底种下仇恨的人。

珍 珠

第十八章

分 离

到达克拉科夫市之后，我们在城里游荡了好一会儿，从一间屋前走到另一间屋前。这座城内经常能看见突然掀起的窗帘，总会有几根手指从窗帘的一角露出来。每个成年人都仿佛变成了爱玩捉迷藏的孩子。许多人根本不想看我们。一个女孩坐在铺着花朵墙纸的室内读书，她对我们就没什么兴趣。我多希望自己有朝一日也有书看。书本是否能告诉我，被关进牢笼之前的我是什么样的人？

读书时，我希望米莉能陪在我身边。然而米莉跨越千山万水来到克拉科夫，只是为了求得宽恕。她的忧伤是否会阻碍我为我俩畅想的未来呢？

“这里没有我们想象的那么糟。”这是双胞胎之父对克拉科夫的评价。他看了米莉一眼，像是想要得到她的赞同。米莉没有说话，她灰心地紧闭着双唇，同我们走过一排排房子和一扇扇关闭的房门。我们见到许多向我们索要食物的乞丐，被告知没有食物可施舍时，他们给我们送上了恶毒的诅咒。最值得一提的是，一个坐在钟表店外的长椅上的男人把目光落在了我们身上。他喝着咖啡，手上拿着一本小册子和当天的报纸。一个女人疯狂地向这个男人比画着，像是在向他求助。除她以外，还有几位寡妇、难民和当地人。大概六个人等着和那个男人说话。然而那个男人一看见我们，就冲到我们面前，询问我们从何处而来。

这个男人年纪很轻，却有着一张饱经风霜的老成的脸。他似乎一辈子都生活在户外，终日忙着捕猎和躲藏。他身上有军人的气质，却和双胞胎之父大不相同。他的眼神中透着一种本能的保护欲，好像我们踏入他的城市的那一刻，就成了他的保护对象。我们后来得知，这个男人参与过帮助犹太人逃离战地的运动。可是当时，我们只知道他叫作“雅各布”，而他想把我们领去避难所。所谓的避难所是一座坐落于雅各布家隔壁的废弃建筑，墙上宽大的灰色窗户透着一股凄凉，让我想起一颗烂牙。

双胞胎之父停在了门口。他指出，这屋内的一处空地应该是安装犹太门柱圣卷的地方，而墙上的绘画那么鲜亮，这屋子根本不像是被人废弃的样子。“我知道这屋子的主人不会回来了。”雅各布说，“别犯傻了。”他打开了门，让我们别无选择，只能进屋。

就这样，我们有了一座可以睡觉的屋子，有了四面墙和不会漏水的屋顶。屋子里到处都是前任主人留下的痕迹。书架上的书倒转了过来，淡蓝色的水槽里躺着一件女性睡袍。三块砖被人从墙上抽了出来，露出一个秘密的小隔间。厨房的餐桌上放了一沓纸，旁边还有一支笔。那张纸上只写了一句问候语。

我们满怀感激地参观了房屋的内部。晚饭时间到了，双胞胎之父从水槽里端出一只又大又长的盘子，盘子里盛了一些甜菜根。我们传递着这一盘甜菜根，每人咬上一口，手和嘴巴都被染红了。米莉不肯吃东西。屋外的雪越积越厚，此时此刻，它在我们眼里成了庆祝的糖霜。我们一边吃东西，一边传递着一杯水。

“不要公牛。”他们以祝酒词的方式喊道，“不要老鼠，不要封锁，不要大铁门，不要打针！”

轮到我了。在笼子里孤零零地待了那么久以后，我以为自己永远不能自在地发表演讲。可是那一刻，我很自然地脱口而出。也许我只是记起了*爷爷*说过的某些话吧。

*“敬归人！”*我说。

米莉对我举起了酒杯，可其他人的反应都淡淡的。不知米莉是否担心自己被抛弃？她是否会害怕我找到我的妹妹，从此不再需要她？

那天夜里，我睡得颇不安稳，常常会想到米莉的悲伤。每次醒来的时候，我都看到米莉依然没有睡下。她抱着肩膀坐在椅子上，一动也不动。见到这样的情景，我意识到害怕被抛弃的其实不是米莉，而是我自己。

白天改变了“避难所”的样子，我也留意到房间角落里的一座小笼子。笼子的小铁门大开着，一条铰链无精打采地耷拉在铁门边。笼子里空荡荡的，鸟儿早就飞走了。这样的场景让我想到了一些东西。我想要一副拐杖，想通过自己的能力移动身体，走向我所相信的未来。

我把这个想法告诉了米莉。她听完便披上大衣，走进了茫茫城市中。米莉向我提到拐杖是多么稀缺的物资，可她表示她将去医院帮我寻觅。米莉很快沉入到克拉科夫市的新职责中，双胞胎之父也一样。他和雅各布在餐桌旁召开了一场紧急会议。其他孩子在楼梯上跑上跑下，在房间里到处乱蹦，而我竖起耳朵，想要忽略他们发出的噪音，听一听双胞胎之父的会议内容。

做个瘸子有时候也不失为一种幸运。我没有和其他孩子一起玩耍，也因此听见了我们的命运。我佯装观察鸟笼，实际上却在听双胞胎之父向雅各布诉说忧伤。

双胞胎之父很担心一个女人。他说她见证了许多不可想象的事，她尽了自己最大的努力拯救所有可被拯救的人。可是现在，这个女人却整天像丢了魂一样。双胞胎之父很清楚这个女人的感受，因为他本人也怀着同样的心情。

雅各布特意稍作停顿，思考之后再回答，他知道自己接下来的话意义重大。“你心里的负担拯救了你。”雅各布说，“可是一旦当你有时间细想这一切，就会感受到负担的沉重了。”

双胞胎之父大概对雅各布的话表示了赞同吧。他的声音太轻，我没能听清楚。

雅各布向双胞胎之父保证，比他的奉献更重要的，是孩子们真正的需求。说完这句，他提出了一项建议。他可以让这段对话中囊括的所有人都受到救济。我听见雅各布迟疑地说："你们应该将双胞胎们的监护权转移给红十字会。只有这样，他们才能健康成长。"

"她永远不会离开他们的。"双胞胎之父说。他的声音似乎要被恐惧掏空了。我知道，双胞胎之父所指的人不仅是米莉。雅各布劝他再考虑考虑。"这里一共有三十四个孩子。"他说，"所有人都遭受了或多或少的折磨。"后来，雅各布发誓他会照顾好我们，并保证我们未来的监护人也一定会如此。

可是米莉怎么办呢？没有了我们，她要怎样继续走下去？难道没人注意到我们的队伍从三十五人缩减为三十四人之后，米莉的态度和反应吗？

如果我们真要分离，我一定会把米莉牢牢地记在心里。我首先要给自己弄一副拐杖，然后再把米莉从悲伤中拯救出来。

我没把自己听见的信息告诉其他人。孩子们已经有够多需要担心的事儿了。首当其冲的一点，他们需要适应自由带来的责任。这其实没有我们想象的那么简单。刚踏上旅途的孩子们犹豫而恐慌。我们如同惊弓之鸟，哪怕是窗口飘来的笑声都能把我们吓一跳。尽管如此，我们依然决定过好在克拉科夫的第一天。下午，我们乘坐有轨电车游览城市。我们向列车员露出身上的数字，换取免费的车票。镇上的人简直没办法把目光从我们身上挪开——他们从未见过这么多孩子整整

齐齐地排列成一条长队。皮特、索菲亚和我游荡在队伍之外。

皮特将我的手推车搬上有轨电车，再搬下来，把我推到街角，推进商店，这样我们就能一起搜寻拐杖了。他发誓一定能为我找到一副拐杖。我真想对他说，真正需要帮助的人其实是米莉，因为我们用不了多久就要离开她了。可惜我一直说不出口。再后来，我也没必要说这些了。

我们刚回到避难所，就看见米莉手里捧着空杯子，泪眼蒙眬地坐在椅子上。双胞胎之父站在壁炉旁，示意大家聚拢在他身旁。他又掏出那份无时无刻不带在身边的名单，给我们点名，并表示要和大家谈一谈我们的未来。孩子们说出了各种各样的心愿，有的想和家人团圆，有的想要找回自己的同学，还有的想要回到从前的家里。

“你可以回去。”双胞胎之父警告说，“但你的房子如今或许不再属于你了。你的国家或许也不再是你的国家。而你的财产，如今可能也归了别人。”

说这段话时，双胞胎之父的视线一直落在米莉身上，像是指望米莉能反驳他的话。然而米莉只是呆呆地望着自己的空杯子，好像杯子里藏着能让我们摆脱苦难的方法一样。

“红十字会的能力比我们强。与我们相比，他们更适合照顾你们。”接下来，双胞胎之父对大家说起了对未来的安排。可他的声音很快便被小孩子的抗议声淹没了。他们爬到米莉的椅子上，求她别丢下他们。可米莉把她的脸埋在大衣的袖子里，不肯看孩子们。

大一些的孩子也纷纷抗议，可他们的接受度显然更高。七嘴八舌的抗议很快汇成了一个问题：什么时候？

答案是：四天。

双胞胎之父分别询问了每一个孩子的愿望和需求。他答应送给索菲亚一件新外套，并保证不会将布劳斯兄弟分开。他的语气刚开始像是例行公事，后来渐渐柔软了起来。我听见他告诉皮特说，克尔诺夫的事儿已经定了下来。皮特留意到我眼里的困惑。

“是我阿姨的朋友。”皮特没精打采地解释道，“她住在克尔诺夫，而她想要做我的母亲。双胞胎之父去布尔诺的路上，会顺便把我带去那里。”

我不是唯一感到惊讶的人。

“你是怎样做到的？”其他孩子七嘴八舌地问，“你耍了什么花招，怎么骗得这个女人接纳你的？”

我真想对他们说：这对皮特来说再容易不过了。他勇敢、爱奉献、有探索精神，这样的伙伴谁不想要？孩子们把他看作了一种神秘的存在。他们的表情或不屑或鄙夷，似乎将皮特当成了仇恨的对象。我问皮特大家为什么这样生气，他却告诉我：“你也应该生气。如今这年岁，家庭是非常宝贵的。”

我知道皮特为我奉献的已经足够多了。我们现在必须分开。我也想回馈给他一些东西。然而除了几句暖心的话，我也没什么可以给他的。于是我对他说，我一共有十段记忆。十段记忆中，只有六段是我真正想要记住的。也就是说，我其实一共有六段记忆。第一段记忆是米莉医生的脸。第二段记忆是皮特推着我的手推车。第三段记忆是大门。第四段记忆是皮特向大门扔石头。第五段记忆是皮特在克拉科夫的大街小巷为我搜寻拐杖。第六段与其说是记忆，倒不如说是我对我的她的渴望。

“六段记忆，你占了三段。”我说。

听了这段告白，皮特更加卖力地为我寻找拐杖。剩下的日子里，我们穿梭在大街小巷，一家一户地敲门，挨个询问路人，去医院里寻找。除此之外，我们还向雅各布求助。

“您有没有拐杖？”搜寻的第一天，我向雅各布问道。

“我没有拐杖，只有洋葱。”他说着把一对黄色球体交给皮特。大家都看得出来，拒绝我们让雅各布十分不忍。

那天夜里，在我们的避难所里，我把这对洋葱扔进一只汤锅，看着它们在水中不停地点头、旋转，似乎永远乐观，永不言弃。我把这种乐观精神当成了预兆。明天一早，雅各布一定能为我找到一副拐杖。

于是第二天一早——

“你们是来找吃的吗？”雅各布强装轻松地说。

“不。”我们回答。我们谢过了他提供的汤，又问他是否有拐杖。

“我没有。”雅各布遗憾地说，“可你们要不要这个？”他将一张毯子塞进我的手推车。我将毯子的温暖看作预兆。明天早上，我一定能拿到拐杖。

然而第三天，雅各布一看见我们和皮特就把头埋了下去。见此情景，我什么也没问。雅各布对此很感谢，于是将一把折叠刀塞进我手里。

“我只能给你这个了。”他悲伤地说。谢过他以后，我请皮特将我推走。我端详着手中的折叠刀。皮特看出了我的失望。

“这样的交易也不错。”他说。

我们回到避难所的门廊边，我用指尖在结了霜的窗户上绘出一幅幅图片。每当我画完第二幅图，第一幅图就会被雾气覆盖，将我的想象抹去。

我决定不再将任何事物看作预兆。

确保自己足够强大，能照顾米莉，是我的责任。就算我一辈子都要待在手推车里，我也要照顾好她。

没和皮特一起的时候，我就待在米莉身边。她每天早上都会在克拉科夫的街道上散步。米莉说我是她的随访护士。她无法将我一个人留在任何地方，于是我和她一起去了红十字会，停留在一张张病床前。米莉知道我一直在寻找拐杖，她决心要让我感觉自己是个有用的人。于是我在米莉的监督下替伤员裹绷带。这份工作让我感觉很不错，米莉更是这样觉得。在病痛者之间，米莉将忘记自己心里的痛。照顾这些病患时，米莉像是变了个人。我们照顾的对象大多是女人，因为士兵们都不相信克拉科夫的福利事业。女人以及因为战争太早成为女人的女孩，她们是否会羡慕我曾受到的保护呢?

每天下午，另一位医生来换班以后，米莉都会把我带去火车站。我们一起在那里寻找米莉妹妹的名字。当然，我们也需要留意米莉的名字，因为艾比可能也在寻找米莉。火车站的墙上密密麻麻地写满了名字，可惜没有艾比的姓名。她没有寻找米莉。墙上写着无数姓名、信件与愿望，却没有写给我们的。然而就在我们分离前的那个下午，米莉发现了一张小纸片。她说我们应该去见一见写这张纸的人。握住这张纸的时候，她的手颤抖个不停，眼睛噙满了泪水，真不知道她怎么能看清纸上的字。我飞快地瞥了一眼，看见那张纸条上留着一处地址。我想要问一问纸上写了什么，但米莉的态度说明了一切：这不是开心的发现之旅，而是我们的责任。她怀着忐忑的心情将我推往那个地址。

我们敲门之后，一个戴了头巾的脑袋探出了门。这个女人的嘴唇红得像鲜红的果酱，她显然是一位多彩的女士，一头金色的鬈发十分夺目。我们隐约看见，她身后是一间曾经十分豪华的客厅，客厅内贴着烫金墙纸，还摆着一些因为年岁和疏于打理失去了光彩的好家具。

这位女士好奇地打量着我们。就在我们打算自我介绍时，一个喝得醉醺醺的男人跌跌撞撞地走下楼梯，并承诺第二天还会来这里好好享受。我们这才知道这不是什么普通人家。米莉赶紧转身，但那个戴头巾的女人也走下台阶，并拍了拍米莉的肩膀。她用温暖的眼神端详着我的保护者。

"你很漂亮。"她说，"我看见你有个女儿。"她同情地看了看我，"可是恐怕我这里的姑娘已经够多了。"

"抱歉。"米莉对这个女人说，"我们找错了地方。"

米莉的目光落在从火车站取来的纸条上，那个女人也留意到了它。她像是看见了自己的旧物，一对眼睛睁得老大。"这张纸上的名字对你而言如果有任何意义——"她严肃地取走了米莉手中的纸条，"那你将是我最珍贵的礼物。"接下来，她告诉我们，她的名字叫加布里亚。自我介绍后，加布里亚邀请我们进屋坐一坐。"别担心。"她留意到米莉迟疑的神情，"你的女儿不会看见任何不适宜的东西。这间屋子里只有一位主妇和几个小姑娘。”

于是我们跟着那个女人走上台阶，穿过客厅，进入厨房。厨房里有一个十来岁的姑娘，她的手脚上分布着斑点状的伤痕。那个女孩用看老仇人的目光望着米莉。她不情不愿地假装鞠了个躬，随后为我的保护者将椅子抽出来。

“走开，尤金妮娅！”女主人对眼前发生的一幕有些不解。那个女孩于是走到楼梯上，和三个懒洋洋地坐在那儿的姑娘凑到一起去了。临走之前，她还向米莉投去了厌恶的一瞥。

在这充满香气的厨房里，加布里亚的态度变得越来越温和。她把我从手推车里抱出来，然后放在一张椅子上。动作之娴熟，简直像是每天都在做这件事一样。她将那张纸条铺在餐桌上，温柔地将它抚平，好像这个简单的动作能让她离纸条上提及的人更近一样。

“这张纸条是我留给我两位外甥女的。”加布里亚说，“我对她们母亲的生死已不作指望。她像你女儿一样瘸了腿，而瘸腿的人往往很难坚持下去。”

米莉问那个女人是否曾去过奥斯维辛。

“我一直躲在这里。”加布里亚说，“来这里并非我的选择。我从前是个裁缝。可是战乱之秋，谁还需要漂亮裙子呢？我从我的姑娘们口中听说过奥斯维辛。有两个孩子是从那里来的。她们说的地方，叫‘泡芙营地’。”

米莉瞥了一眼楼梯上的女孩。这些女孩内衣上的小褶边让她们看起来像是半裸的长尾小鹦鹉。我知道米莉是在寻找艾比。可她没有找到。

“我听尤金妮娅说，双胞胎在奥斯维辛是非常宝贵的。”加布里亚指了指那个身上有伤疤的女孩。她的愤怒丝毫没有减轻。“尤金妮娅坚称双胞胎在奥斯维辛是有机会活下去的。留下那张字条的时候，我以为我的两个外甥女已经不在了。可是现在，你拿着写有她们名字的字条来了这里。你有没有关于她们的消息？”

米莉的沉默有些奇怪。米莉大可以告诉加布里亚，她就是奥斯维辛双胞胎们的保护者，她为了这些双胞胎牺牲了太多。可她什么也没说。看来这一次，轮到我为她说话了。于是我学着米莉的样子，以大人一样的语气询问加布里亚外甥女的名字。

“她们一个叫艾丝菲尔，一个叫妮娜。”加布里亚的语气很伤感，她又摸了摸那张字条。

艾丝菲尔和妮娜。这两个名字让我想起了我在动物园里度过的第一个夜晚。我记得她们把那个死掉的女孩拖下我们的床，还偷走了她的衣服。

“那两个女孩非常机智。”米莉小心地说，“我曾是她们的医生。”

加布里亚突然获得了希望，那一刻的她格外美丽。她的眼里闪着光，脸颊也因为激动变得粉嘟嘟的。

“她们现在在哪里？我可以见见她们吗？”加布里亚的目光飘荡在屋子的各处，像是已经开始考虑如何改造这个地方，让这儿变得更适合那两位小难民居住。

然而米莉还来不及开口，尤金妮娅就愤怒地说：“奥斯维辛的医生根本不是什么医生。你问问她都干过什么好事！”

这样的爆发令加布里亚不知所措地看着米莉。米莉的脸上露出毫无必要的羞愧。加布里亚伸出手，想要碰一碰医生，好像这样的触碰能为她带来好消息一样。这样的动作让米莉吃了一惊。她开始无声地掉眼泪。米莉的眼泪从眼眶滑到嘴角，但她的脸上一点表情也没有。她的泪滴一颗接一颗地往下落，数量越来越多，到后来根本数不清。我要怎样为米莉辩护呢？

不知怎的，我竟不假思索地脱口而出。这些话像是一早就藏在了我内心深处的某个甜蜜的地方。我告诉加布里亚，我也认得她的外甥女。她们是两个善良的好姑娘，而她们临终前最后的壮举是任何一位阿姨都会感到骄傲的。我告诉加布里亚，那两个女孩刚进动物园就想着反抗那个该死的医生。她们像两只狡猾的小狐狸，悄悄接近那个医生。她们用恭维的话填补医生的虚荣心，并假装自己和医生有着同样的兴趣和思维方式。就这样，她们一点点获得了医生的信任。终于有一天，她们等到了一个机会，发现医生一个人坐在车内，无人保护。于是她们握着一直秘密地藏在口袋里的餐刀，一步步向医生靠近。这个计划最后虽然失败了，但是那一刻，她们比任何人都伟大。刺杀医生的计划哪怕幼稚、愚蠢，却是一个传奇。我对加布里亚说，我每天都会想到她们。思念之深，以至于我把她们两人当成了一个人。每当我想到这个人，都会把她当成我自己的心脏。

加布里亚吻了吻我的头顶，把我紧紧地揽在怀里。这个亲密的拥抱让我明白，加布里亚一定是将我当成了她失去的外甥女。她的动作透露着心碎。可说话的时候，她的声音里只有坚强与决心。

“你让生命有了价值。”她轻声对我说。我以为她永远不会松开我，可她却突然松了手。加布里亚在房间里走来走去，像是在证明自己能够撑下去。她像是突然想到了什么，转身冲进了大门边的一个小隔间里。她翻出了一大堆东西：围巾、雨伞、帽子，甚至包括一顶假发。她把这堆东西拨到一边，走进小隔间的最深处，然后得意洋洋地取出了一件整个克拉科夫都没人找得到的东西。

“这是一个士兵留下的。”她说，“他是个瘦巴巴的男孩，而且他那时候已经病得很厉害了，是不会回来的。与其把它交给某个醉鬼，我更应该把它交给你。”

拐杖很旧，却让我获得了新生。它们造成了一种假象，好像我还能走路一样。我可以把自己的身体撑在拐杖上，前后摇晃我的脚，甚至能踉跄地走上几步。这副拐杖让我看到了自己的潜能。我的身体也许不再健全，可这不意味着我就是个迟钝、无法随机应变、没能力的废物。

有了这副拐杖，我就能更好地照顾米莉。

离开那座屋子以后，米莉问我是怎样编出那个故事的。她想知道我怎么会想出那些阴谋、复仇，还幻想着门格勒之死？我告诉米莉，这些信息深深地烙印在我心底，我也不知道它们究竟从何而来。我知道这个故事可能是真实的，也有可能半真半假。说起这个故事时，我的心底升起一股暖流。这种感觉无比真实，让我想到了自己假装拥有的家庭。

“记住你说的话。”米莉对我说。于是这件事就这样正式确认了：这是我关于我曾经的双胞胎妹妹的第一段真实记忆。

离别前的最后一个早晨。我醒来时，阳光透过宽大的窗户照射进屋内，绸缎似的日光落在睡在地板上的孩子们身上。我们裹着毛毯和破布，一点也不觉得冷。索菲亚躺在我左边，正轻轻地打呼噜。她的胳膊不知何时跑到了我的胸口。拐杖躺在我的右侧，一看见它，我就记起自己如今想去哪里都可以。不仅如此，我还能把米莉带在身边。

可是那一天，人们一心想把我送到红十字会去。

我刚睁开眼睛，就看见大家已经在为离别做准备。米莉和双胞胎之父蜷缩在厨房的地板上，他们中间摆了很多双鞋。米莉用碎纸屑填上鞋子里的洞，双胞胎之父则帮忙把鞋子固定好。他们一言不发地修补好了一双又一双鞋，因为即将到来的离别，两个人的手都颤抖得厉害。我看见米莉时不时就会瞥一眼整齐地放在门边的两个包裹。其中一个包裹是皮特的，另一个是双胞胎之父的。米莉看着它们，终于攒起勇气，对双胞胎之父吐露心声。她低着头，目光也始终落在地上。

“兹维，你从未问过我的过去，这是为什么？其他人——其他人都想要听听我的故事，想知道我做过什么。那些故事一直跟随着我，直到现在。”

她补好鞋子上的破洞，然后打了个绳结。

“在我心里，你一直都那么好。”双胞胎之父只简单地说了一句话。他说话时，倒是正视着米莉的脸。说完，他弯下腰，继续修补孩子们的鞋子，好像这是唯一重要的事。然而在他转身时，米莉看准机会，从双胞胎之父身旁溜到门边。她留意到我已经醒了，于是示意我和她一起走。可惜双胞胎之父不愿意让告别变得不正式。他在一排鞋子中抬起头，只对这位曾经的医生说了一句话："你的孩子们会想念你的。"

米莉的眼睛告诉我，她相信这句话。

我摇摇晃晃地去拿拐杖，看见睡在火堆旁的皮特抬起了头。他顶着一头乱发，睡眼惺忪地看着我。我早已为这次分离做好了准备。"当我们再见的时候……"可惜我没能像预想的那样说完这个句子。我本要说：***那时候，我的身体会好起来，又可以走路。我们再也不会被囚禁，不会无家可归，不会饿肚子，也不会见到任何痛苦。***

可惜那时候，我无论如何也无法说出这个句子。

两年后，当我终于有机会把它说完时，一切言语都已经没必要了。那时候，我们已是两个在法兰克福法庭外等待的成年人。皮特会给我看他妻子的相片。这个女人懂他为何半夜听见电话铃声就会慌忙逃走，懂他为何在床底放几个大箱子。那几个箱子里塞满了线索和证据，所有证据都指向一个狡猾的男人。他从奥斯维辛逃到罗森集中营，然后飞往罗森海姆，在那里的农场工作。他把好土豆和坏土豆分开，整齐地码放好，供农场主检查。最后，他逃到了巴西，在那里撰写回忆录，悠闲地听音乐，去海里游泳。

然而重点不是那个男人。

重点是皮特。正如米莉所预测的，皮特的确擅长许多事，以至于战争结束后，皮特有些找不到自我。他从监护人的家里逃走，然后四处游历。他从一个国家游荡到另一个国家，好像永远无法摆脱信使的身份。然而有一天，皮特遇见了一个女人。这个女人爱上了他，并嫁给了他，让他不用继续漂泊。这个女人不顾家人的反对，毅然决然地选择了皮特。她的家人甚至表示，和这样一个男人在一起，她有可能生下一个死婴，甚至更糟，生下一个有缺陷的孩子。幸运的是，他们生下了两个健康而漂亮的男孩。两个男孩像极了他们的父亲。哪怕成天看着这两个孩子的相片，我也不会腻。可是那一刻，法院内的我们有更重要的事要做。

艾尔玛的案子结束了。我们获准去她的监牢里当面指证她的罪行。德国法院给她判了终身监禁另加十三年。然而那一天，法院还举行了另一场针对奥斯维辛集中营战犯的审判，审判结果是，艾尔玛将死在牢房冰冷的地板上。

皮特是第一个指证艾尔玛的人。我不知道他所说的事件。他退回来的时候，只是简单地对我点了点头，一句话也没说。他总是知道我想要什么。

艾尔玛的牢房比我住过的笼子宽敞得多。没有人朝她的脊椎上扎针，敲碎她的脚踝，切开她的身体，在里面乱搅一通，在她还是个孩子的时候，就夺走她生孩子的权利。她的头发被剪短了，却没有剃光。她身上的好衣服不见了，却也不至于赤身裸体。她被关进监牢，却不会有人像她当年对我做的一样，夺走她的童年。即便身陷囹圄，艾尔玛依然想从我身上得到一些东西。见到我的拐杖，她轻声笑了几下，像是迫不及待地想让我知道她的不甘与反抗。可我知道，接下来的几天，除了她脑子里的声音，她将什么也听不见。艾尔玛没有能宽慰她的爷爷和妈妈，她的窗口甚至连一只鸽子也没有。这样的清醒似乎很悲惨，可我对她丝毫不抱同情。我可以教她一两个小游戏，让她在牢笼里保持理智，可我怀疑她是否明白理智的重要性。于是我给了艾尔玛一些对我而言至关重要的东西：我的宽恕。她厌恶地吐了口唾沫。

我同样原谅了这个。

原谅艾尔玛不能让我的家人回来，也不能减轻我的痛苦，拿走我的噩梦。这算不上什么新的开始，也不是结束。因为我还活着，我总会原谅他人。我还活着，这证明了他们的实验、数字、标本都是毫无价值的垃圾。我还活着，是因为他们低估了一个女孩的忍耐力。

对艾尔玛说完我原谅她以后，我又和她提到那些没有机会原谅她的人。我一个一个地说出了那些人的名字。

除我以外，双胞胎之父的名单上当时共有三十四人，皮特是我唯一再见到的人。

那么多无辜的人。自那天离开收容所以后，我从未想过他们的未来。我不知道他们战胜了多大的困难，取得了多么了不起的成绩。他们努力让自己融入新的城市，并忘记过去。这些人有的足够强大，能抹掉过去的一切，有的忘不掉自己脑子里的声音，因此未能茁壮成长。他们中有的和其他幸存者结婚，有的从未嫁娶，因为他们不愿用每天夜里的噩梦惊扰自己的伴侣。有些人获得了幸福的生活，在以色列的集体农庄过上了日出而作，日落而息的日子，有的人却辗转在不同的诊疗室里，请其他的医生抹去他们脑子里的记忆，带走他们曾遭受过的苦难。

而这些人，从前都是些天真无辜的孩子。

那天，卡车将红十字会的工作人员载到避难所时，我藏了起来。

我听见工作人员让孩子们集合时的声音。有的孩子尖叫、乱踢腿，死死地抱住门柱不肯松手。三十二个孩子都被迫交出自己的早餐刀，它们叮叮当当地落在地板上。我真想把那些餐刀都藏起来，可我不能冒着被发现的危险溜进屋。我躲在院子里的雪堆后面，旁边就是我的手推车。我看见孩子们被塞进卡车里。索菲亚看上去挺开心的，她的胳膊底下塞着工作人员给的布娃娃。埃里克兄弟对红十字会的人相当怀疑，他们的脚深深地扎在地上，任谁都没办法把他们挪开。阿尔登博格家的三胞胎躲在米莉后面，米莉则把他们哄进了红十字会工作人员的怀里。她原本面无表情的脸此刻写满了悲伤。这时，我看见米莉在清点孩子们的数量。她发现了我的缺席。米莉发了疯一样地呼唤我的名字，红十字会的人想要安慰她，她却坚称克拉科夫并不安全，每天都会发生袭击事件，谁也不知道那个女孩能否安全。“尤其是在她经历了那么多可怕的事件以后，”米莉说，“她的腿脚也不方便，简直就是恶人们手到擒来的猎物。”

我听见我的守护者不顾一切地呼喊着我的名字，直到她再也发不出声音。

我对米莉的确很残忍。她满脑子装的都是最坏的可能性，一定担心坏了。可我必须在确保红十字会的人不会回来以后才能露面。没有了那些人的干预，我才能劝她和我一起。蛰伏了一个小时以后，我才拾起拐杖，蹦蹦跳跳地回到那座被废弃的屋子。屋里很黑。我点了一根蜡烛。可是拄着双拐的我没有第三只手拿蜡烛，我只能把它放在地上，借着微弱的光检查屋内的情景。我想告诉米莉，我们又能重新开始了。但米莉已不再是她自己。她倒在鸟笼旁边。她还醒着，却像是没有了意识。我以为那个把我救活的游戏也能拯救米莉，能把她从这一心求死的状态中救回来。

于是我向米莉描述了一条鱼，首先是它的种，然后是属，最后到了我最想说的第三级分类：族，家族。

家人是我最想要的东西。

然而现在，***我的家人就要离我而去了***。我发誓要救回米莉，因为我需要她。然而米莉的目光始终落在能让她想起剩下的三十二个孩子的物件上。我意识到如果自己再不采取行动，有可能会永远地失去她。这可怕的可能性让我忘掉了自己的拐杖，跌跌撞撞地到前面去找人求助。绝望填满了我的心，一步，两步，我跌倒在地上。我向这座城市大声求助，撕心裂肺的喊声响彻克拉科夫城。

斯塔莎

第十九章

神圣的帷幔

天地之间尽是荒凉与残破。一个鸟巢落在冰坑里，一副用项链坠串起的破眼镜挂在篱笆上。我打开那个项链坠。项链坠共有两半，其中一半里装着一缕头发，没装头发的那一半生了锈。我知道生锈的项链坠有着怎样的感觉。每当我看着树干上的那么多名字，感受到被爱、被人寻找的滋味，却从未见过自己的名字时，我都会有这样的感觉。

乞讨者确定今日是一九四五年二月十一日。他们不需要我们为这个信息支付报酬。

根据路标的指示，我们此刻位于维利奇卡，就在科拉可多城外。可惜我已不信任这些路标。我们根本不该来这座城市。离开波兹南后，许多坦克阻挡了我们前往华沙的道路。谁也不知道这些坦克是苏联人的还是德国人的。黑暗中藏着太多风险。我们告诉自己，前方的道路可能随时会变得通畅，可是在马背上等着等着，我们很快就失去了方向感，开始漫无目的地游荡。

马儿有些不耐烦，它哪里知道我们的道路竟会如此迂回！菲利克斯责备我有意拖延。虽说我通常很乐意接受他的责备，可这一次真不是我的错。我知道我们三个都有些犹豫。我们这脆弱的军队不可能敌得过坦克。“打败门格勒！”连我的新手枪都开始嘲笑我，子弹们也异口同声地附和起来。

“*我的目标再真实不过了。*”我的手枪说，“*我的目标从来都不是甜蜜而美好的东西。*”

“*可你还有你的子弹呢。*”我说，“*你一点也不孤独。你还有我。我们是一家人。你看出了我和菲利克斯现在的关系吗？我们成了彼此的兄弟姐妹。*”

“*那又如何呢？*”子弹们说，“*斯塔莎的眼睛坏了，所以她看不清自己的目标。她一定会失败的。*”我想要对这些子弹说，我不赞同这些话。它们没资格质疑我，它们只需要想着怎样射进我们敌人的脑袋或心脏就好。

我的话令子弹们嗤之以鼻。还好手枪转换了话题，提醒我们前方有烟雾。

弥漫在整座城市里的烟雾有着刺鼻的松木味。这烟雾虽不友善，却也不是奥斯维辛的红色恶魔。有证据显示，德国国防军统治时期，我们这一类人已经成了濒危物种。找地方睡觉时，我们一直在想着这个事实。

为什么没有人反抗？还是说，反抗者全都被镇压了？我想象得出这座木制犹太教堂见证了怎样的大火。要不是因为教堂里的圣物——神圣帷幔，我根本不知道我们睡觉的地方是犹太教堂。这里有一条蓝色天鹅绒制成的古老帷幕，帷幕上绣的狮子被浓烟呛死了，但上面的律法书依然保持完好。这帷幕躺在几英尺外的雪地上，似乎想要通过自己的力量躲过强盗们的劫掠。见到这件圣物后，菲利克斯一个字也没说，他甚至没说他的拉比父亲可能会说什么。他弯下腰，亲吻了帷幔，然后将它挂在废墟间的一根竿子上。可惜帷幔从竿子上掉了下来，这让我们别无选择，只能把这件神圣的东西带在身上。

沥青一样黑的屋顶椽架落在地板上，上面的玻璃片被阳光照射得闪闪发光。这木椽保持得较为完好，我们可以暂时在里面过夜，还能将马儿拴在烧焦的白桦条上。我们的马儿那样俊美，它的存在照亮了这座犹太大教堂，让我们看见它昔日的光彩。我们的马儿虽已瘦得皮包骨，眼睛却依然闪亮。它用警惕的目光看着我们，哪怕是风儿带来最轻微的声响，它的耳朵都会担心地转动。马儿的保护让我们倍感温暖。

我和菲利克斯蜷缩在蓝色的天鹅绒帷幔里。要是有人远远地看见我们，也许只能看见一堆被烧毁的木头，一匹发光的大马和我们的蓝色*圣物*。这个世界上似乎没有任何东西能伤害我们。我想要问问菲利克斯，看见我们把*圣物*当毯子，他的拉比父亲会怎么想？他会称赞我们的毅力，还是责备我们的不敬？可我还没来得及问出口，菲利克斯就已经睡着了。

于是就轮到我和马儿负责放哨了。菲利克斯在一旁打呼噜的时候，我只能靠数星星让自己保持清醒。那天夜里的星星实在不多，无法让我的思维保持活跃。于是我开始给星星命名，并为它们构想出各种各样的未来。可我转念一想，又决定将它们的未来夺走。如果珍珠没有未来的话，一颗星星凭什么能有呢？

后来，马儿机敏的眼神告诉我，我可以放心地睡去。

这一个简单的示意正是我此刻需要的。

第二天醒来的时候，我们的马儿不见了。除此之外，我们倒是没弄丢任何东西。马儿的离开给我们带来了不小的打击。我们的英雄原先站立的地方多了一条红色的“绸带”。这一串血迹洒在废墟里，后来像一条蛇一样逃进了田野里。我们顺着血迹寻找，大约走了半英里，发现血迹在一座弓形的石头隧道前消失了。我们把眼睛瞪得老大，毅然决然地走进了黑暗中。

“又来了。”菲利克斯说。我不知道他指的是疼痛还是红色的血路。他握住我的胳膊，想要把我拉回去。可他的动作并不坚定。他自己一定也想知道答案吧。我们走进了一座盐矿里，顺着那条不直也不狭窄的血路走进了黏糊糊的地下。这一定是这个世界上离恶魔最近的地方吧？

我们一定是瞎了，否则为何会对这血一样的缎带视而不见。更愚蠢的是，我们居然忘记了自己失去了什么。我和菲利克斯一同走向那个恐怖的地方。我知道我不可能在这里找到活着的珍珠，也很清楚我们的马儿肯定已经遭遇了不幸。可我奇怪地认为自己有可能去往一个拥有理解与恢复的地方？被这样的美丽环绕时，让我如何不这样想？

盐矿的入口让我想起了百合花。我顺着百合花白色的曲线滑进发光的花蕊中。我们沿着盐矿的木楼梯，走进一个个发光的通道。我们把自己送进缠绕着金属丝的小牢房，跌跌撞撞地爬进蝙蝠们安家的小巢穴里，顺着地下走廊走进了地球的核心。

我们已到达地底，走到木制楼梯的最后一节，这才发现，这朵百合花里藏着吸引了一整支军队的花蜜。这些士兵穿着制服，显露出悲惨困苦的样子，看起来十分相似。人们大概会认为，这帮人犯下如此可怕的恶行后，一定会有一只上帝之手从天而降，像推倒多米诺骨牌一样把他们推倒。可惜从来没有这样的手。即便真的有，对我们的马儿来说，一切都来不及了。

我虽然不是骨骼方面的专家，可地上四散的尸骸和一直延伸到锅里的血迹却已把一切告诉了我。我们真不该骑着马去华沙。那匹亲爱的马儿尽心尽力地为我们服务，却遭遇了难以言说的暴行。

在这深及地心的盐矿里，我再次见证了恐惧。

这里有几个人，他们大概是听惯了尖叫和哭喊。就算空荡荡的盐矿能把这些声音放大好几倍，他们也能泰然处之。在这些国防军眼中，折磨恐怕是最习以为常的事情吧。这六个人正忙着大吃大喝，一点也不害怕大熊和豺狼，而且对它们丝毫没有兴趣。只有负责炖肉的人对我们扭过了头。他那毫无神采的眼睛就像一对金属奖章，那是对他的恶行的表彰。

“它不属于你们。”我轻声说。我确定我们的马儿已经让捕获他的人看到了这个事实。毕竟所有的动物在临死前都是会说话的。马儿一定尖叫着对这帮人说，它是我们的马儿，我们三个正在进行一项神圣的任务：我们要找回自己的灵魂，拿走另一个人的灵魂，为珍珠报仇。

我愤怒地向前走了一步。菲利克斯伸出手，想要把我拉回来。

负责煮肉的士兵茫然地看着锅里的马肉，喝了一口威士忌。他蹒跚着走上前，掏出手枪，然后又向前走了一步。他把头歪向我和菲利克斯。他不明白我们为什么没有逃跑。我们像是老天派来给他解闷的礼物。我知道我为什么没逃跑，因为我无所畏惧。可菲利克斯的脚为何也深深地扎在地上？他像是别无选择，必须守护在我身边。我们丢掉了身上的口袋。我们本该把口袋扛在肩上逃跑，通过木楼梯冲到地面上，但我们没有。士兵们纷纷凑上前检查我们的行囊。

我们有一把斧头、三把餐刀、两只手枪和一片为门格勒准备的毒药。除此之外，我们还有一些面包、一块香肠和一捆用来包扎伤口的破布。我特意将珍珠的钢琴键藏在了一袋子石头里。我想象不出这些士兵为何会对我们的行李感兴趣。士兵颇有兴致地看着我们的武器。我本人的安危倒没什么，可我担心菲利克斯有危险。我对他做了个口型，让他赶紧逃跑。但菲利克斯没有听我的。

“你们俩的装备还不少嘛！”士兵说，“你是来杀我的吗？”

“不是你，我们的目标另有他人。”我说，“他是个真正的纳粹。你们的内部如今已经出现了分歧，是不是？我们可以将他的下落告诉你，而你可以拿这个信息与苏联人或美国人做交易，对不对？那么作为交换，你能不能放我们走，并让我们拿回自己的武器呢？这个人是比希姆莱、戈培尔甚至希特勒本人更好的猎物——”

“约瑟夫·门格勒。”菲利克斯打断了我的话，“她指的是约瑟夫·门格勒。”

没有人回应。菲利克斯的话甚至没能引起一个回声。但士兵们检查我们的武器，把它们翻过来覆过去时，整个盐矿大厅里都回荡着金属的碰撞声。

“我们可以把他的下落告诉你，只要你放我们走。”我哀求道，“任何抓获他的人都会成为英雄。他犯下了那么可怕的罪行，整个世界都渴望将他缉拿归案。”

可惜那位士兵对我的小演讲不为所动。他饶有兴趣地用我们的手枪指着我们。枪口晃动得厉害。士兵前后摇晃着身体，枪口一下子对准菲利克斯，一下子对准我，像是一时拿不定主意。他后来选择了菲利克斯。

与菲利克斯共同经历了那么多，这个脆弱而勇敢的朋友成了经常闯入我梦中的人。他能驯服寒冬，能让我少走几百英里，还会悲伤地舔舐手上的食物。他是我的兄弟，我的双胞胎，我的性命。我想要看着他长大，从一个男孩长成男人，想看着他的头发变白，想看他长出新牙齿，有朝一日能自己咀嚼食物。就算他不能咀嚼食物，我也会继续为他嚼。只有望着菲利克斯时，我的视力才是正常的。

我拦在菲利克斯前面，想要用自己的身体吸收那颗子弹。一颗子弹是伤不了我的。但菲利克斯不知道这些。他把我推到一边。士兵再次用我们的手枪指向了我们。

“你们两个——脱衣服。”

于是我们脱掉了大熊和豺狼的衣服。这两件衣服保护我们不受寒冬伤害，也给我们带来勇气。脱掉衣服以后，我们借来的勇气瞬间消失了。眼睁睁地看着借来的皮肤落进敌人手中，我们该多么痛苦！我又脱掉了裙子和两件毛衣，再次无力地用胳膊遮住自己的身体。这让我想起了动物园的一切。记忆过去本是珍珠的责任，但此刻，我却无可避免地记忆起了扎进我胳膊里的针。我抬头看着盐矿的顶部，因为我不想看到自己，也不想看到菲利克斯。我想菲利克斯此时肯定已经起了一身的鸡皮疙瘩吧？他说不定已经吓得尿了裤子呢。我听见菲利克斯吸鼻子的声音。他脱掉裤子以后，士兵大笑了几声，用来复枪戳了他几下。

不知道这个士兵是否知道陶布。他如果听说过陶布的宽宏大量，是否会改变心意呢？陶布虽说疯狂且脑子不清醒，可他依旧把靴子从我背上拿走了。而这个士兵很清楚他要做什么，他丝毫没有要饶过我们的意思。

“谁说你们可以不脱鞋？”他对我吼道，“把你们的袜子也脱掉。”

我的毒药就藏在我左脚的袜子里。我想象那两位复仇者在这样的情况下会怎样做，于是在我弯腰脱袜子时，抽出了那个小药片，将它塞进嘴里。我小心翼翼地将药片藏在下巴下。

我们一丝不挂地站在盐矿中。我能远远地看见马儿的皮毛，它像旧毛毯一样，被人摊在地上。马儿载着我走了那么远的距离，可我为何一直没发现他的皮毛居然像钢琴一样白，和珍珠参演的电影中的钢琴一样？视力正常的右眼向我传递了这个信息，破天荒的是，自从门格勒毁掉我的左眼后，左眼居然第一次赞同了右眼的话。我右眼前的黑纱一点点向上抬，到后来，两只眼睛居然都看见了同样的白色。没有阴影、重影，甚至没有一点模糊。我的两只眼睛此刻都无比清晰。

接下来，我看见那个士兵触碰我姐姐最后的遗物，钢琴键。他从我的口袋中掏出琴键，又丝毫不感兴趣地把它扔回口袋里。

我不能让这琴键落在地上，沾上灰尘。珍珠去世了，那是我的错。可我如果无法接住她的琴键，也就意味着我当前经历的一切都是活该。于是赤裸的我勇敢地冲上前，飞扑到士兵脚下，接住了那枚琴键。我欢喜地将它擦干净，哪怕士兵狠狠地用脚踢我的肋骨，我也在所不惜。他踢了一下，再一下，又一下，那一枚小药片在我的牙齿间磕磕碰碰。我的手里握着我姐姐的性命，嘴里含着的，则是门格勒的死亡。

即便在那一刻，我都不知道这二者谁更重要。

我听见了一声枪响。可受伤的不是我。我永远不会遇到真正的危险。我看着菲利克斯踉跄着后退，痛苦的他已顾不得遮掩赤裸的身体。他紧紧地捂着自己的肩膀，血液从他的伤口不停地向外流。

我看了看菲利克斯，又看了看那个士兵。那一刻，我看见的不是什么逃兵，而是一个医生。我眼前站着的是死亡天使，他的实验太过邪恶，以至于他甚至不能生活在地球表面。

我希望能把这一切归咎于盐矿的深度，这可怕的深度能让人们看见鬼怪、幽灵和各种各样的幻象。可这其实是我自己的问题。我是唯一一个产生这种幻觉的人，可是此后的几年，甚至几十年内，这张可怕的死神之脸将无数次地出现在我眼前。他的实验对象不再是孩子，也不再是囚犯，可这些人总能不自觉地感受到他的目光。我真想知道他究竟有多少种自我伪装的方法。

在盐矿里，我确定自己见到了他。

当我看到菲利克斯的伤口有多大时，我才摆脱了这一系列幻象。门格勒绝不会这样伤害我们，他有的是更高效的方法。门格勒虽残暴，却不会让实验对象的肩膀流这么多血。这样粗糙而无规律的伤口对他的科学一点益处也没有。

士兵再次瞄准的时候，我们已开始逃跑。我们蹦到楼梯上，越跑越快。那个士兵也跟着上了楼梯，可他很快就被我们甩到身后。我看见他脚底一滑，一头栽倒在木板上。这一幕让我有些恍惚，我停下来看着他迷茫的样子和踉跄的脚步。重重地摔在地上的时候，他的身体简直像是一只旧娃娃。我也不知自己为何停顿了那么久。难道看着我们的敌人跌倒，就能使一切逆转吗？难道这一幕能让火车改变方向，让我们身上的数字自动消失，让我的静脉从来不知道被针扎的滋味？

即便刚受了伤，我的朋友依然比我敏捷。跑上楼梯的时候，他把僵硬的身体靠在我身上，菲利克斯知道他要刺激我，让我从失去马儿的痛苦中走出来。他们再一次杀害了我所爱的伙伴，又一次抢劫了我们，让我们毫无招架之力。逃跑的那一刻，我丝毫没有胜利的感觉，甚至找不到继续活下去的意义。我嘴里的毒药若能结束我的性命，我一定会欣然接受。

“快看。”菲利克斯气喘吁吁地说。他用颤抖不止的手指指向天空。空中盘旋着十几个背着降落伞的人。这些人是敌是友，我们不得而知，只知道他们背上是层层白云。我朋友的肩膀上有一个洞，可他依然比我先发现这些人。见到他们的飞行与自由，菲利克斯脸上的痛苦转为了惊叹。

可我们无法像这些人一样。我们拥有的只是受了诅咒的泥土。我嘴里的毒药依然完好，依然能给我带来希望。除此之外，我们失去了在这场旅途中收集的一切。

再见了，马儿。再见了，我的爱。你甚至比珍珠更加无辜。你是我们最好的伙伴。

再见了，斧头、手枪和那三把宝贵的餐刀。我恐怕永远也无法像你们一样凶猛而锐利。

就到这儿了，皮毛大衣。再见了，大熊，再见了，豺狼。你让我们变得强大而可怕，让我们得以狐假虎威，从你们身上获得我们永远无法实现的能力。有了你们的保护，我们才能做一个强大的捕食者。

被扒掉衣服的我匍匐在雪地里，身旁就是我的朋友。我拖着他，吃力地朝远方的一排小屋爬去。我们挣扎着向前，一心希望自己能得到救助，希望有人遮住我们赤裸的身体，为我们治愈并抚平伤口。盘旋在空中的跳伞者那么轻盈自由，真让我嫉妒。我朝他们挥了挥拳头，徒劳地朝他们大声呼喊，也不在乎他们能否听见。我再次感知到了自己的身体。我和珍珠那么多次地失去对身体的感知能力，所以这对我而言根本不重要了。

“斯塔莎，”菲利克斯央求道，“你要是再这样下去，很快就会死的。”

这是菲利克斯的预言、警告和爱的表达。

噢，我必须将他的话放在心上。

珍 珠

第二十章

飞 行 员

我透过医院的窗户，看见那些人像蒲公英孢子一样飘在空中。我数了数，克拉科夫城的上空那天晚上共飘着十二把降落伞。

“您知道这些人是谁吗？”我问米莉。我扭过头面向米莉，问她这些跳伞者是干什么的，为何要用这种方式降落在城里。米莉也不清楚这些，她甚至不清楚这些人怀着好意还是歹意。可米莉知道，许多犹太地下党人会通过这种方式运送物资、情报和武器。

我没有看见这些跳伞者落地，他们飘到了我视线之外的地方。可是三天以后，我看见了他们用的白色降落伞，降落伞柔软的布料落进了裁缝们的手中。一位新娘走上了街。她踏在鹅卵石小路上，走向一座挺过了战火洗礼的教堂。降落伞上的绸布变成了新娘的胸衣，她背后的裙裾像薄雾一样美丽。两位新人的母亲牵着新娘的手，与她一同走向教堂。你要是把脑袋探出窗外，八成能听见人们的庆祝声。新娘依照礼节绕着新郎步行，众人举起酒杯，纷纷送上祝福。

“这里居然会有婚礼！”我惊讶地感叹。

米莉起身走到窗边，与我一同张望。她用胳膊抱住了我。

我们见证了一场婚礼。没多久，又见到了第二场庆典。

在避难所时，我以为米莉就快离开这个世界，我像是被投进了另一座笼子里。我的双手不听使唤，视线也被泪水模糊。世界于我而言似乎成了遥不可及的东西。我顾不得拿拐杖，跌跌撞撞地爬到街上求助。我好像一辈子都没喊得那么大声，这吓人的呼喊把邻居们都引了出来。雅各布，那个给我们洋葱的人，我们在克拉科夫市的招待者挤在人群之中。雅各布的脸是我唯一认识的，他也是我唯一信任的人。我指了指敞开的大门，看着他冲进屋内。

我知道雅各布一定会把米莉抱出来，可我不想看到米莉的样子。即便在雅各布将米莉送进救护车，并把我抱到她身边时，我都没有睁开眼。我们终于到医院后，米莉不肯看护士和其他病人。虽说这些人并非第一次见证这样的苦难，但米莉依然以此为耻。接受过治疗，分到一张病床后，米莉的羞愧感依然没有减轻。她拒绝躺在病床上，只肯坐在床边，呆呆地观察将屋子分隔为几部分的布帘。直到一位护士将雅各布领进病房，米莉才肯与人交流。

雅各布在门口轻轻鞠了个躬，显得正式而有礼貌。他似乎想要用这种过度的礼貌掩盖自己的担忧。可惜在我看来，这更能说明他对米莉医生的担心。雅各布观察病房的眼神有些不自然，像是从未进过医院一样。他请我给他们留一些私人空间。我照做了。我躲在两块布帘中间，但我依然能清楚地听见帘子里的每一句谈话。

雅各布从隔壁的病床抽来一把椅子，坐在米莉身旁。他没有叹气，也没有说话。雅各布的沉默代表着他的理解，他深知幸存者的日子有别于其他人的。余下的日子里，他们每分每秒都会记住那段不可改变的历史。米莉看出雅各布也是经历了磨难与离别的人，于是向他敞开了心扉。

“我的丈夫，”米莉轻声说，“进了贫民窟后不到三天就被枪杀了。”

我偷偷向布帘里面张望。屋子里的光线十分昏暗，但米莉的半张脸都沐浴在灯光下。

“我还失去了自己的姐妹，奥莉。去奥斯维辛几个月后，她就去世了。我还有一位姐妹，艾比，自从她进了泡芙营地后，我们就断了联系。可是在我们分离之前——他让我亲手切掉了她们的子宫。”

米莉望着雅各布，像是在等待他的回答。雅各布没有回应，只是低了一下头。

“当然，我自己的子宫也未能幸免，可我无法为自己哀叹。我要为我的孩子，尼欧米和丹尼尔伤心。这么多年来，我多么希望这两个孩子的年龄能相近一些，这样我就能告诉门格勒，他们是双胞胎。在我的梦里，我缩短了他们的年龄差，将他们变成一对双胞胎。然而每当梦醒之后，我都明白这是不可能的。我只能这样自我安慰：至少，我的孩子永远不会知道他们的母亲在奥斯维辛到底干过什么。”米莉渐渐没了声音，好像迷失在了回忆中。

雅各布想对米莉说，在那样一个将善良视为禁忌的地方，她实在是无能为力。在那个崇尚残暴的地方，米莉为人们带去的只有善良。她安抚将死之人，为人们带去希望——

可惜米莉一个字也听不进去。“他们的母亲，”她继续道，“我想要保住母亲们的性命，这就是我一切行动的逻辑。”

“要是没有你，将会有更多人死去。”雅各布说。但我的守护者只能从这句话中品尝到苦涩，这更是让她不能自已。

“怀孕的犹太女人，”米莉说，“是他极其看不上眼的。我对那些母亲说：‘一旦那些人发现了你的宝宝，你不会被枪杀，也不会被送进毒气室。那样的结局太便宜你们。门格勒要是发现你有孕，那你将变成他研究和取乐的对象。他会把你送上手术台，用仪器一点一点地将你切开，把你推到死神手中。对门格勒而言，这样的机会简直是难得的珍宝。他会和卫兵就胎儿的性别打赌。你怀的若是女孩，他们就把女婴扔去喂狗，而你怀的若是男孩，他们会用车轮碾碎他的脑袋。这还是我能说得出口的。那些人有千百种折磨人的方法，是我难以用语言形容的。我只知道，门格勒一心想让每一个母亲和孩子痛苦。他发明了一种新的谋杀方式。在奥斯维辛，孩子们不用等到出生就能等来折磨。’”

米莉闭上眼，想要抛开这些回忆，可它们根本不可能被抛开。再次睁眼后，米莉用认罪一样的眼神看着雅各布。

“我多次救下母亲们的性命。我只能躲在脏兮兮的营地里，用生了锈的仪器操作，因此必须手脚麻利。然而无论我怎样做，都不可能减轻这些女人的痛苦。我的手上沾满了鲜血，听着这些母亲的哭喊，我告诉自己，你是在帮助这些宝宝，让他们免受更加惨烈的折磨。待这一切结束以后。噢，它永远不可能真正地结束！可我依然能对那些母亲说：‘没错，你失去了自己的孩子，但你的身体依然健康，你依旧活着。总有一天，当这个世界再次向我们敞开怀抱时，你还会有别的孩子。’每当我说这话时，我不仅是为了她们，同样是为了我自己。悲伤成了我唯一的情绪！我明白，我之所以毁掉那些孩子的未来，其实是为了把未来留给其他人。可尽管如此，我依然无法原谅自己。”

米莉掩住了脸，不让我们看到她的表情。可我们都知道，此刻的她，恐怕连自己的未来都不想要了。

雅各布仿佛亲身经历了这一切。他脸色发青，像是生了重病，不得不努力让自己恢复镇定。雅各布告诉米莉，他很清楚救人性命是怎样的滋味。“救人付出的代价，”他说，“是无法计量的。因为在选择拯救谁的过程中，我也选择了舍弃的对象。我每天都想着这些生命的凋零，记着他们的气息以及他们遭遇的暴力。”雅各布低声说，“然而这一切的前提是我必须救自己的命，哪怕这意味着我要失去自己最亲爱，最想要救的人。”

说到这儿，雅各布一个字也说不出来。他拉开帘子，让我凑到我的守护者身边。她没有看我，却把我紧紧地揽在怀中。这是这个世界上最有力的拥抱。

回到医院大厅时，我意外地听见雅各布继续对自己说：“我很清楚这样做的代价，也知道你的感受。我们拼了命想要将这一切抛在脑后，想要努力活下去。当我们无法做到的时候，就会自我欺骗。我们回忆那些救不了的人，回忆得太深让人痛苦，回忆得太浅更糟糕——”

这时，一位护士冲进了病房，她急迫的脚步吸引了我的注意力。

这位护士看出了我的心愿。她帮我脱掉鞋子，把我放在米莉干净而整洁的床上。我把脸贴在米莉脸上。这张床刚好能装下我和她。我可以永远在这里躺下去，抚摸米莉的头发，听护士讲故事，对她们说我自己的故事。可那位护士说，有一天，我终将离开。这里有着太多伤痛，对我没什么好处。他们要为我找一个没有伤痛的地方。

“可那样的地方真的存在吗？”我问。

我并非为自己而问，而是为了米莉。

我患了一种罕见的疯病。没错，我渴望牢笼，渴望独处时的声音——老鼠的刮擦声，漏雨的声音，我的手指敲击栅栏的声音。在那里，我至少还有值得期待的东西。我知道自己将承受多大的疼痛，明白我将死于一瞬间，或一点点地凋零。过程之慢，以至于我也分不清这是我生命的终结，还是死亡的开始。在那里，我的希望来得很快。然而在医院里，洁白的床单、干净的地板、温和的食物让我停留在永久的等待中。这里的一切都很好、很干净，让我再次想起自己极有可能在毫无预兆的情况下失去这一切。我的力量会被轻易地剥夺，我也将被人踩在脚下，眼前的努力最终都将失去意义。死过一次以后，做一个真正的人还有什么意义？

不知道离开这座医院以后，我将如何做一个真正的人？护士给了我们一只手提箱，我想我们中的一人也许很快就会离开，而那个人多半是我。收到这份礼物后，我向护士说，我永远不可能做好准备。护士告诉我，米莉生病了，没办法继续照顾我。而我礼貌地告诉她，现在其实是我在照顾米莉。

护士没把我的话放在心上，只是默默地往我们的手提箱内塞了两双袜子，然后把这个恐怖的东西丢给我。

拥有一个真正的手提箱的感觉还挺奇怪。我们有了真正的行囊，而不是旧工作服改的口袋和腾空的土豆袋子。那些口袋虽然简陋，但十分有用，可以轻易地扛在肩上。但这可是一个实实在在的行李箱啊！我拎着行李箱的把手，感觉自己像是被人群和墙围住了。我觉得自己好像被装进了盒子里。我身上沾满了尘土，汗水汇聚在脚踝上。我的耳朵里仿佛塞满了人们的尖叫声，胸口也燃起一阵烧灼般的痛感。我把行李箱扔到脚下，好像那是一团滚烫的煤火。

米莉懂我的感受，于是将我拉到她身边。

“你要相信自己现在安全了。”她对我低声耳语。接下来的一整个晚上，米莉用大头针在行李箱上刻了两个银色的字母——*JM*。她差点儿把箱子上的皮革戳了一个大洞。

“这不是普通的洞。”米莉说，“它象征着一段记忆。”我不打算和她争论这些，米莉比任何人更需要遗忘。把记忆化作一片空白，对她而言是绝对有好处的。然而我暗暗地希望，在米莉努力让自己忘掉往事的时候，她能够在心里为我保留一个位置。那样当我们真正地分开以后，她也许能在某一天将我找回来。

雅各布与米莉商量事情的时候，我看了看窗外。今日的天空中没有跳伞者，但天的颜色与往常似乎有些不一样。应该不会再降霜了。我掏出一位护士给我的小纸片。纸片上画了许多小方格，每一个方格代表一天。现在是二月中旬。不知道我的她是否知道这个。

米莉与雅各布的语速很快，像是不想让人听见他们的计划。雅各布告诉米莉，现在的世道还没到能让人高枕无忧的地步，却也的确有了一些改变。人们如今不得不面临一系列新的问题，不过好在我们有解决策略。雅各布说，他打算把孩子们送去一个安全的地方。据说，红十字会的高层对这个建议也十分支持，他们已经挑选出米莉的十一个孩子参与这个计划。“而这里面自然包括珍珠。她将会因此获得安全，对不对？一位好的医生，一定会支持这样的冒险，对不对？”雅各布说。

米莉并未被雅各布激动的情绪感染。她轻声嘟囔了几句。除了我的名字，其他的话我一个字也没听清。她用无限渴望的语气念出了我的名字，至少在我的耳朵和想象中是这样的。然而当我转过身，却看见米莉的目光像是被人系在了我的伤腿上。

“巴勒斯坦。”雅各布用充满决心的语气说，“在此之前，先前往意大利。这段旅程危险重重，因此我们必须把孩子们先藏起来。到达意大利后，他们会乘船离开。船上的空间也许不大，但我绝对会把双胞胎们装进去。”听了这话，米莉的神色更加黯淡了。她用轻得不能再轻的声音问：“这架飞机——是我们唯一的希望吗？时至今日依然是的？”

我很熟悉米莉这会儿的语气。我常常在大街上听见人们问彼此，现在开始过正常的日子是否安全，他们的语气与米莉此时的语气如出一辙。

“你愿意冒这个险吗？”雅各布轻声说，“你有没有想过暂时忘掉过去？是的，一切都结束了，我们自由了。除非那些人突然决定夺走我们的自由——战争没有结束，一切都是未知的——”

这也是这次飞行的组织者，布里沙的看法。当然，我们那时还不知道这位布里沙。那时候距离和平的真正到来其实还有三个月。可是谁就能保证和平能在五月八号到来，而不是六月或是明年呢？那时还是二月，天气越来越暖，春季就要来临。很多人都认为搭乘飞机飞往更安全的地方，是值得我们冒险的。

“飞去那里一定会比待在这里安全得多。”雅各布说，“我保证。”

我想，大概是在他说完这句话后，米莉才做出决定的吧。

我的守护者不再抗议，我也没有。我们三人都知道，这对我而言才是最合理的选择。我将被运往意大利，在那里登船驶进海洋。那艘船上搭载的都是和我一样的人，年轻的、年老的，幸存者和难民，每个人都想要为自己博得一个新的开始。

雅各布做出了承诺。他的木盒子和我从前见过的木盒都不一样，

而我必须和索菲亚一起挤在里面。人们还往木盒里塞了一些物资：几卷绷带，一些药物，几个肉罐头和几袋茶叶。离别的那天，木盒被送到医院。它看起来十分华丽，绝不是什么简单的木头盒子。每一只盒子都配有一个刷着樱桃色油漆的盖子，能避开人们的怀疑。这木头盒子里面刚好能塞进一个大个子的成年人。我可以把自己蜷缩成一张毯子，长时间地缩在盒子的角落里。一见到我的藏身处，弹珠一样大的泪珠就从米莉的眼睛里滚落。像往常一样，米莉想要用头发遮住脸，不让我看见她伤心的模样。

“这是具棺材。”米莉说。

“是行李箱。”雅各布纠正道。

“我知道什么是棺材。”

为了安全穿越国境线，我必须把自己藏起来。雅各布告诉米莉，盒子底部有透气孔，能保障我的呼吸。别的孩子也将和我藏在一起，他们都是和我一同来到这座城市的，熟悉的伙伴。我们必须保持安静，但我们并不孤独。雅各布的话为米莉带去了一些安慰。

我和十一个小伙伴一同上了卡车。距离我上一次见到他们才过去一个礼拜，可我已经认不出他们了。他们的脸颊圆润了，眼睛也不再凹陷得厉害。索菲亚获得了一条新头绳，布拉维斯兄弟新剪了头发，罗森家的孩子得到了一副新眼镜。他们依然穿着破衣烂衫，可是他们显然受到了很好的照顾。米莉将孩子们的改变都看在眼里。她对每个孩子微笑，问他们是否期待接下来的旅行。她把我扶到木箱的一角，确保我能舒舒服服地靠在棺材壁上。

米莉用颤抖不止的双手为我呈上了一份礼物。这份礼物深深地触动了我，因为它意味着我与米莉真的要分开了。她将不会和我一同离开，那时不会，也许永远都不会。

与我和米莉一样，她送给我的踢踏舞鞋也是不成对的，其中的一只比另一只更新也更大。

一只鞋是红色的，另一只鞋则是白色的。不知道米莉怎么会看不出这两只鞋的区别。也许是因为她早已对门格勒钟爱的对称性深恶痛绝了吧？米莉把鞋子擦得锃亮。她骄傲地摸了摸鞋面上的蕾丝，然后把它们塞到我的手里。她告诉我，总有一天，我们将会再见到彼此。

“在意大利吗？”我问。

“如果我能恢复体力与精神的话。”

“可你要是恢复不了呢？”

“总有一天能恢复的。”米莉向我承诺。

“那时候，我们将一起吃晚饭。”她说，“而你，将穿着你的新鞋赴宴。”我想对她说，这是一对舞鞋。我连路都走不了，更别提跳舞了。米莉想象着我们团聚的情景，她那向往的表情让我把想说的话都咽了回去。我把鞋子放进木盒里。米莉饱含深情地说这绝不是永久的分离，而我低着头，没有看她。

货车缓缓启动，米莉的样子越来越模糊，她的脸最终消失在雾色中。我想要记住米莉的眼睛、嘴巴、下巴。我无声地对她的身体的每个部分道别。我告诉自己，我要为此感到高兴，因为我有机会与她道别，能对她说我爱她。她不是我的母亲、父亲、姐妹，也不是我的那个她，可她是我未来想要成为的人。米莉是个善良的人。她历经艰难，勇敢而脆弱。米莉深知苦难的滋味，可她同样明白如何振作。

我不知道米莉是否真心认为我们能够重聚，也不知我们分别之后，她要如何活下去。可我知道她终有一天会振作起来，以健康而饱满的状态与我相见。虽说米莉很希望我陪在她身边，可我若是一直待在她身旁，她恐怕很难专注于自己。这不是抛弃，而是爱。米莉考虑的是我的未来。

米莉会不会畅想自己的未来呢？她一定想象不到，未来的她将会去往美国，在美国的医院重操旧业。她那温柔的目光将落在无数满怀希望的病人身上。

“*亲爱的上帝，*”洗手时，米莉会暗自祈祷，“*这是您欠我的。我终于有机会将一个个小生命迎到这个世上，而这些小生命再也不是人们口中的‘幸存者’。*”几千个小生命借她的手来到人间。

不，那时的米莉哪里能想到这些？经历了过去种种，我们已不再了解自己，不知自己将变成怎样的人，未来又能做怎样的事。

十年后，我将前往曼哈顿医院见一位专家，也将在那座医院的等候室里与米莉重遇。看见她背影的那一刻，我就认出了她。我望着她长及肩部的黑色鬈发，看着那熟悉的站姿。和十多年前一样，她站立的时候脚会踮起来一些，像是随时都做好了应对灾难的准备。米莉没想到我们居然会这样重遇，见到我的那一刻，她不由得喊出了斯塔莎的名字，又因为这个错误不停地向我道歉。她怎么用向我道歉呢？这个名字只会让我感到甜蜜，是我每天盼着能听见的。

“*斯塔莎。*”她又轻声念了一遍，像是为了纪念。

作为我的母亲和姐姐，米莉和我一同进了监察室。护士们让我脱掉衣服，在我身上这里戳一戳，那里戳一戳时，米莉对护士发了点小脾气。她请医生在为我做检查时务必轻柔。检查持续了一个小时，让我重温了少女时期的自我。两个她，一个被选出来承受苦难，另一个相对健康，未受到太大的伤害。我躺在等候室的沙发上。向我宣布检查结果时，医生找了把椅子先坐下，而我则紧紧地握着米莉的手。

医生向我详细描述门格勒给我造成的具体伤害，以及由此造成的健康隐患时，米莉一直守候在我身旁。我们共同得知，我体内的一些部分一直没能成长完全。我的肾脏和饱受饥荒之苦的孩子的肾脏一样大。这个女孩的成长被一个没有灵魂的男人生生打断了。他挑选出一些孩子和一些他心目中的怪人，假装爱着这些人，实际上却要摧毁他们。他毁掉了我体内的器官，让它们根本无法支撑一个成年人的身体。

米莉为我掉了许多眼泪，好像是要把我的眼泪一并流掉一样。我们之间像是有着某种无言的协议。她注视着我，问我的感受。见我没有回答，米莉轻声喊我的以及斯塔莎的名字。她不在乎人们是否看见她在哭泣，只想知道那个人到底对我做了什么。那时候的米莉再也不是从奥斯维辛出来以后就一直保持隐忍克制的她。

当年与米莉分别的时候，我以为那双舞鞋就是她留给我的全部。然而当我躲进棺材里，却在其中一只鞋里发现一张字条。我以为字条里写的是道别的话，以为她在向我道歉，遗憾她因为身体的缘故没能和我一起离开。

可是这张字条似乎是很久以前写下的。字条上的字迹有些模糊，是因为写字人的眼泪掉在了字条上吗？

那张字条上写的并非米莉的生活、损失与哀愁。上面的内容都是关于我的。

后来，我们遭遇了埋伏，横在路中间的坦克把我们领向了错误的城市，错误的村子。那时候支撑我活下去的根本不是我自己的意志，也不是水壶里的水、雅各布分给我们的面包、陪在我身旁的索菲亚和别的木盒子里的双胞胎。支撑我的甚至不是孩子们穿越国境线时秘密的交流。敲一下木板意味着：***我在这儿***。敲两下代表：***我在这儿，但这里的空气比较稀薄***。敲三下则是：***我在这儿，但我不确定自己想不想待在这里***。

我之所以能支撑下去，是因为米莉告诉我，我的那个她深爱着我。她将有关这个人的所有细节都记录在了舞鞋里的纸条上——她爱玩的游戏，最珍视的餐刀以及她是怎样让我跳舞的。这些小细节让我挺过了三天的旅途，直到我们的卡车被两个逃跑的国防军拦停。这两个走投无路的家伙要把雅各布从驾驶位上赶下来。见到这两人走向我们的卡车，雅各布警告大家安静地藏好。我什么也不知道，只听见一声枪响，以及尸体重重地落在卡车底下的声音。我还听见了索菲亚的呜咽。我告诉索菲亚，我们现在能做的只有等待。一旦那两个国防军停下车，我们大家就要一起冲出去，朝最近的村庄逃跑，再找一个安全的地方。

“可你还拄着拐杖呢。”索菲亚说。

“我们俩都是双胞胎，也都失去了自己的姐妹。”我对她说，“因此就像我的那个她说的，我们必须一起冲向自由。”

那一刻，没有了替我分担的人，我必须独立承担一切：希望、风险、不计后果的目的地以及相信自己一定能活下去的执念。

我穿上舞鞋，静心等待自己踢开棺材板，大步跃出棺材的那一刻。

斯 塔 莎

第二十一章

这不是结束

在我心目中，华沙城的废墟将会以怎样的方式欢迎我呢？我认定这座城市必将是门格勒殒命的地方，它会为我们呈上一个全新的开始。然而回响在华沙大街小巷里的只有农民的吐痰声，他们要把肺里的尘土清出去。瞧瞧我们吧——我们的武器不见了，皮草大衣也没了。此时的我们衣不蔽体，毫无招架之力。我们身上披着从路边的农民那里讨来的麻袋，脚上穿着过大的鞋子。我的朋友每走一步都疼得龇牙咧嘴，他总是不自觉地用手掩住肩膀上的伤口。我用两根手指把子弹掏了出来，他痛得大叫时，我忍不住诅咒自己的身体，痛恨自己不能像他一样流血。我对自己说，这是我这辈子做的最后一件类似于治病疗伤的事情，自此以后，我再也不会做医生做的任何事。此时的我只想摧毁和破坏，菲利克斯也一样。我们捡了一麻袋石头，要用它敲碎折磨我们的人的脑袋。我们的胳膊底下夹着几根木棍。这是我们自制的长矛，是能够刺穿那个人的胸膛的武器。我们相信自己的愤怒能让这简单的武器变得强大。我们再见到门格勒的时候，要把他逼到华沙动物园的一角，再用这武器让他好看。

华沙城没有留意到我们的意图，它忙着让自己恢复往日的荣光，根本顾不上两个狼狈的孩子。虽说华沙没有留意到我们的存在，可我相信这座城市是不会抗拒我与菲利克斯的宏伟目标的。与我们一样，这座城市也遭到了毁灭。这座城市曾经疲惫而苍白，可后来，这里不再只有地窖、坟墓和道别的电话。我目光所及之处，都是急着开始新生活的人们。人们聚集在犹太大教堂的废墟旁。他们有一种了不起的本事，能让树叶长青，花朵盛开，让故去者的尸骨安宁地躺在底下，不被野狗惊扰。我和菲利克斯也有着自己的力量，我们肩负着复仇者们投在我们身上的期望。其他人为这座城市带来新生的时候，我和菲利克斯却要给一个人带去死亡。只有门格勒死了，树叶才能一直绿下去，鲜花才能永远地盛开，底下的尸骸才能真正地安睡。

一天夜里，我们听见了时钟的嘀嗒声，它似乎是在告诉我们，我们的时间已经所剩无几。然而我很快意识到那根本不是什么时钟，而是我的心跳声。不过心跳和时钟所提示的东西都是一样的。我们跑到一个角落里，看见一个正在用指甲锉切苹果的红军士兵。他靠在一面墙上，旁边摆着一把扫帚。那把扫帚看起来很新，大概只扫过一些灰尘和瓦砾吧。看着那个红军士兵漫不经心，无忧无虑的样子，我还以为一切都结束了呢。

“您已经把他抓住了吗？”我问。

士兵看了我一眼：“你是说希特勒吗？”

“不是他。”我回答，“我指的是另一个希特勒。死亡天使。您抓住他了吗？”

“我没听懂你的问题。”士兵说，“你的俄语真不怎么样。”

我知道他很清楚我在问什么。争辩无济于事，于是我打起了手势，让他不得不回答我的问题。我假装我们在扮演其他生物。

我用手比画出一个出生在德国的实业家，人们亲切地称其为“波普”。这个动作不算难。我踮起脚尖，让自己看起来更高大一些。然后我假装拨弄自己胡子，然后拔下一根胡子，塞进嘴里。这正是门格勒的坏习惯。他的医生身份也很容易模仿。我挥舞着隐形的大白褂，学着他扎针，拿走人们的器官，把孩子们缝在一起，将小矮人投进笼子里。真正难以模仿的，其实是他邪恶的程度。是的，我模仿不出这个人肮脏的真相，也表达不出他对其他生物的不敬与亵渎。

是的，正如我当初在牲口车里没能模仿好阿米巴原虫一样，这一段模仿也彻底失败了。

因此当士兵困惑地摇头时，我也不觉得惊讶。我求他原谅我复杂的表达。我又试了一次，这一次，我事无巨细地描绘出了门格勒的一切暴行。他的实验品，双胞胎们共同承担的痛苦，动物园里可怕的气味，以及被扔在公共厕所外的泥地上的尸体。我尽了最大的努力。可我意识到，一个人要是没有亲眼见证那一切，是永远不可能真正理解这些的。

那位士兵显然没有理解。于是我用了另一种方法。我要通过牺牲在门格勒手中的受害者们描绘他。我将那些人的名字写在地上，写下了自己知道的所有名字。我写下了珍珠的名字，还有我自己的名字，后来又在自己的名字上画了个叉。士兵弯下腰查看这些名字，耸了耸肩，将吃了一半的苹果递给菲利克斯，然后走进废墟中，走向一个把毛巾挂在肉铺的废墟外的漂亮姑娘。

“你根本没想要帮我的忙。”我有些生气地对菲利克斯说。

“才不是这样呢。”菲利克斯的嘴被苹果塞得满满的，“我一直都站在你这边呀。”

“我觉得你根本不想要其他人帮助。”我说。

“你说得没错。”菲利克斯大方地承认，“我希望由你和我一同完成那件事，不需要第三个人。我们是唯一有权力杀死他的人。”

这一次，我没有和菲利克斯争辩。我们走进废墟中，开始了搜寻。人们从洞穴和灰尘中探出头来，他们脑袋上扬起一阵烟尘。这些人的脸上沾满了尘土，但是这层尘土之下透着满满的决心。他们唱着歌儿，来回推着他们的手推车。提着水桶的孩子们弯下腰休息。小猫咪们带着怀疑的目光四处走动，飞一样地逃离人们的炖锅。勉强保存下来的屋子外面都挂着用来祛除恶魔的艾蒿。

菲利克斯对这座城市有一种奇怪的熟悉感。菲利克斯告诉我，他的一位阿姨曾经住在这里，所以他知道这座城市的街道。他带着我穿行在大街小巷。我们找到了一些旧衣服、破袜子和一些不成对的鞋子。我们向任何一位愿意停下来听我们讲话的人求助，问他们是否知道动物园在哪里。听到这个问题，人们往往会摇摇头，然后对我们说：“我们从前很爱听鹈鹕的叫声，也喜欢看斑马们优雅地慢跑。可是现在，我们的眼睛告诉我们，华沙城的动物园早就成了一片废墟。”

我们看见了动物园内的标记。这些标记告诉人们这里曾经住着什么样的生命，它们又是怎样走进森林的。这里有一个已经看不见羽毛的鸟舍，那里有一座游泳池已经干了的象屋。这片绿茵里本该住着威严的老虎、漂亮的孔雀、嘎嘎叫的鸭子、嘲笑猴子的大猩猩和被其他动物追逐的山猫。

这座曾经宏伟的动物王国本该是让人们心生向往的地方，如今却只剩一片废墟。象屋的地上散落着从书上撕扯下来的纸张。游客地图被碾进了泥巴里。北极熊的池塘上飘着苔藓和沉渣织成的毯子。狮子屋里仅存的骄傲是地上的弹片。猴山内的绳子空荡荡的，没有了欢快玩耍的灵长类动物，这绳索成了套在人们脖子上的绳套。

我用手指划过一个马蹄印，然后躺在泥地上。难道真的没有人想过逃跑吗？马蹄印似乎并不这样认为。

没错，我的确是为门格勒而来的。可我依然期盼着生命的延续。我直到再也看不见一个生灵，才恍然大悟意识到这一点。

我在马蹄印的左侧发现了一个小土堆，这是刚被翻过的新鲜泥土。我翻动泥土，把自己的手插进土里。我究竟想要在这个小小的地下隧道里发现什么？我想要抓住另一只手，发现我姐姐藏在华沙城的地下病房中。我没能抓住另一个人的手，而是碰到了一个小罐子。我从土里翻出一个玻璃罐，玻璃罐里的纸上写满了人名。

我把这些发黄的小纸片铺在地上，像在播种一样。纸上写着“亚历山大与诺拉”，“摩西、萨缪尔与贝利尔”，此外还有“加特、珍、丽娜、赛德尔、巴塞洛缪、伊莉莎、茶雅、以色列”。这里没有珍珠的名字。看着这些名字，菲利克斯哀伤地感叹了几声。我很高兴他这样做了，因为我没办法把我的哀伤分给其他人。当时的我们还不知道这是被犹太地下党人偷偷送走的孩子的名字，他们获得了新的身份和新家。他们藏在妈妈的裙子底下，地板和床下面，期待着有一天能够获得重生。然而菲利克斯下意识地扫去了这些名字上的灰尘，再次将玻璃瓶埋进土里，警告我切勿打扰这些人的安眠。

我们游荡在这座动物园内，不知道门格勒究竟藏在哪里。

他是不是从动物园的某种动物身上学会了什么伪装术？我天真地想，他是否从那些动物身上获得了某些善意？他的老师大概是变色龙吧？门格勒一定藏在了石头、灰尘和泥土间。我每走一步，都觉得他随时有可能从他的藏身之地跳到我眼前。我打起了十二分精神，一只手一直放在袋子里的石头上，随时准备进攻。

“去树丛里看看吧。”我轻声说。

菲利克斯对我的建议不感兴趣。他把长矛扔向一棵桦树的树枝，然后耸了耸肩。考虑了一番后，菲利克斯放下了他那袋石子，把小石头一颗一颗地拿出来，动作之轻柔，像是在运送鸟蛋一样。他躺在地上，让微风在他的脸上嬉戏。菲利克斯仰望着夜晚的繁星，黯淡的流云，用一种无可奈何的奇怪语气玩起了我们许久以前在足球场上玩的游戏。

“我现在再也不会把你们看成纳粹了。”他对夜空中的云朵说。

我告诉菲利克斯，现在不是玩游戏的时候，并向他保证，找到门格勒以后，我们就能休息，能观察云朵。我们甚至没必要立刻将门格勒杀死。我们可以把他投进老虎笼，晚一点再收拾他。

“我累了。”菲利克斯说。他没有挪动。

这是我自踏上旅途后第一次听见菲利克斯喊累。我看过菲利克斯拖着沉重的步伐艰难地向前走，他挣扎着抬起头，努力睁开眼睛，一小口一小口地把食物吞进肚子里，可我从未在他的声音中听到这样的倦意。这让我有些担心。我用手试探他的额头，却被他躲开了。

“我们应该好好睡一觉，明天早上再找他。”我强作不经意，“与他对峙的时候应该是我们状态最好的时候。就像你的拉比父亲可能说的——”

“我父亲根本不是拉比。”菲利克斯迟钝地说，“我撒谎了。”

这话是说给我听的，但菲利克斯的目光始终落在云朵上。

“我原谅你。”我说，“我也撒谎了。自从珍珠离开后，我一直在撒谎。好吧，这实际上也是谎言。在她离开之前，我就开始撒谎了。”

这样的坦白未能如我所预料的那样，给菲利克斯带去安慰。他的眼中噙满了泪水，晶莹的泪花顺着他的脸颊滑落。他懒得管这泪水，没有将它们擦掉。

“我是这个世界上最大的骗子，”他说，“我父亲是个酒鬼、罪犯和穷人。我们和他一起住在墓园里，公园的小路上以及任何我们能找到的地方。他甚至没活到纳粹入侵的时候。我母亲很早以前就去世了，具体的原因，我也不清楚。我们的父亲去世后，一个和善的女人接纳了我和我的兄弟——”

我告诉菲利克斯，他可以就此打住。我们不是在比赛谁是大骗子，而是在比谁才能杀死约瑟夫·门格勒。

没等我说完，菲利克斯就坐起身子，倔强地噘起了嘴巴。

“让我说完！我们那时候就住在华沙。事实上，就在动物园后面。看见那幢房子了吗？那曾经是我们的家。”

我看着那座已成了废墟的房屋。这座屋子像一座黄蜂巢，只剩下一副光秃秃的骨架，全都裸露在空气中。我想起了菲利克斯对这座城市的熟悉，想起对他点头的人们，以及他其实清楚地知道每一条街的名字。我告诉菲利克斯，我已经原谅了他，这些谎言都没有关系。我只是不明白他为何要假装自己从未来过这里。

解释的时候，菲利克斯没有看我。

“我以为你会喜欢这座动物园，以为你一旦看见了这里的动物，就会重新燃起希望，想要继续活下去。也许，你会和我一起生活下去。一旦你有了机会和希望，也许会把不死之身的事儿先放在一边。你知道吗？他把这个荒谬的故事告诉了所有人！他甚至比我还会撒谎！”

我不知道自己的表情是怎样的，可我知道它一定透着愚蠢。那么长时间以来，我一心希望人们原谅我的永生。而现在我明白，这其实无关科学、上帝、艺术或理智。只是一个小男孩——我的叛徒、朋友和兄弟——想要让我见一见老虎而已。

“这不是真的，你知道吗？你怎么能相信这种话呢？门格勒对每一个孩子都说了同样的话，你不是唯一一个被他伤害的人。”

听到这里，我也放下了自己的长矛。我丢掉了那一袋石子，任它们重重地落在地上。小石子们这一次纷纷站在我这边。它们大声喊着：“你想得没错，你就是个大傻瓜。门格勒觉得你足够特别，于是将你选出来，并对你说你是最特别的姑娘。”

我朋友的嘴角因为痛而扭曲了。

“我从未想过你居然会相信那样的话，斯塔莎——”

菲利克斯看出了我的失落，于是对我说，我现在最需要的就是一个好梦。我需要一个家庭，被好心人收养。我也许能因此去往一个新的国家，并收获一段未来。他声音里的忧伤让我变得急躁。我捂住耳朵，不肯听菲利克斯的美好愿望。后来我把手从耳朵上拿下来，从麻袋里掏出一块石子。石子贴着菲利克斯的耳朵飞向他曾经的家。

菲利克斯对此作何反应？他脸上的忧伤告诉我，我们曾经是一家人。

我又将手伸进麻袋，一块接一块地扔石头。我这样做不是为了发泄，而是因为我不再需要这些负担。我把石头扔进菲利克斯曾经的家里，它们落在地上的声音让我感到欣喜。最后一块石头落地的声音更是不一样，几乎有了些音律。可是直到菲利克斯大声喊出“那是你的琴键”，我才意识到它发出的声音为何与石子不同。

我低头往口袋里看了一眼。菲利克斯说得没错，我竟然如此不小心，把珍珠留给我的琴键扔掉了。菲利克斯奔向那座房子，要把琴键取回来。我跟在他后面狂奔。

一走进这座屋子，菲利克斯就想起了他从前的家。他什么也没说，可我看见他在门口小心翼翼地向屋内窥探的样子。他故意踩在落在门廊边的一张相片上。这张相片被装在相框里，我低头看着它，相片里的小菲利克斯和他的兄弟也仰头看着我。不知道这张照片拍摄后过了多久，这两个男孩就被送进了动物园。但是看着两个小男孩无忧无虑的样子，我知道他们从前的日子是多么美好。这一对双胞胎笑起来的样子简直一模一样，他们的头发都被梳向同一边，两个人的大眼睛里也写满了希望。

对于我而言，放下过去的确是一件困难的事儿，可我们必须向前看。

我们走进了一间摆放着扶手椅和沙发的客厅。抢劫者早已将橱柜抢掠了一番，橱柜里的瓷器碎了一地。整座房子虽然被翻了个底朝天，但却不像其他的废墟那样可悲。它似乎不甘于被毁，甚至与抢劫者抗争了一番。

我们爬上二楼，留下一串泥脚印，发现二楼的房间里都飘着蚊帐。这些蚊帐本来一直都挂在床上，却被抢劫者撕扯下来，扔在地上。那一块块薄纱看起来就像是能带来暴雪的幽灵。我们在这泡沫一样的白纱上以及房间的各个角落里搜寻钢琴键。菲利克斯突然像受了惊吓一样停了下来。

“你听见了吗？”菲利克斯问。

我什么也没听见。

“有个女人在哭。”他说，“你听。”

那个哭声像一份邀请函一样飘进我们的耳朵里，挥之不去。我们在楼梯旁犹豫了一阵子，才壮着胆子走进黑暗中。

“声音是从客厅传来的。”菲利克斯说，“听起来像是有人受伤了。”

哭泣声越来越响。听着这个声音，我感觉自己像是丢了魂一样。这个哭声给我的感觉那么熟悉，像是陪伴了我一辈子。它似乎是我曾经害怕听到，此刻却期待听见的声音。

“是珍珠。”我说。

声音的主人像是要证明我的话。客厅内又传来一阵响动以及物品落在琴键上的声音。我推开菲利克斯，来不及点燃蜡烛，就朝一堆碎玻璃走去。

我看见客厅内摆了一架钢琴，而它居然完好无损。这时，菲利克斯冲到我前面，挡住了我的视线。

“你是谁？在我的房子里干什么？”他厉声问道。

那个人没有回答，而是哭得更厉害了。我这才听出来，这其实是一个成年女人的哭声。我们一点点地向那架钢琴靠近，这才看见声音的主人。她用毛毯包裹着自己的身体。菲利克斯向那个女人走了过去，很快放慢了脚步。

“快来看看这个，斯塔莎。”他轻声说。

这是一个罗马女子。她背靠着钢琴的一侧，抬起头看着我们。看到她的那一瞬间，我忘记了珍珠的琴键。这个女人在我们眼前凋零了，她像是一朵努力想要留在蒲公英秆上的可怜的花瓣。

“她就要死了，对不对？”菲利克斯问，“所以她的呼吸才那么奇怪。”

我不知道这是不是将死之人的呼吸。她的呼吸中透着一种不寻常的痛苦。我从来没有发出过那样的声音，珍珠也没有。这个女人的哀号中竟然带着一丝对未来的期待。她的哀号声越来越响，其中蕴含的希望也不断地累积。她虽然在哭泣，脑子里却似乎在想着一些值得高兴的事儿。我没有将这个发现告诉菲利克斯。我恨这个可怜的女人。她不是我的姐姐，而是一个被追捕的女人。和我一样，她也失去了自己的亲人，也许失去了一个家，一位丈夫和她的孩子。将来的我是否也会失去这些？可惜我没办法去想那么遥远的事儿，我甚至不知道生活究竟亏欠了我什么。

菲利克斯想要掀开毯子，瞧瞧这个女人的伤口。但这个女人突然生出一股惊人的力量，用力呼了一大口气。她对我们招了招手，求我们稍等。她把手背到身后，抽出一把锋利的刀子。那锐利的刀锋简直是一个奇迹。我和菲利克斯瞬间忘记了自己来这里的目的，都沉浸在这个罗马女人看不见的力量中。谁要是有了这样的武器，一定能够终结约瑟夫·门格勒。这个女人虽说瘫倒在地上，额头也因为病痛不停地冒汗，可她隐藏的力量让我和菲利克斯汗颜。

我们向她表达了这件武器给我们带来的震撼，并告诉她，我们曾经也有过一把刀，无奈它如今已被掩埋在动物园的荒野中。

这个女人没能理解我们的话。她皱眉的时候，晶莹的汗滴从她的眉间滑落。

“不是这座动物园。”菲利克斯说，“我们指的是另一座动物园，它是由——”

没等菲利克斯说完，这个女人又痛苦地吸了一口气。刚开始，我以为她是为了表达懊恼，可这种不正常的呼吸不断地重复。我这才明白她的呼吸是因为疼痛。痉挛发作的间隙，这个女人示意菲利克斯凑到她跟前，颇有仪式感地将那把刀交给菲利克斯。

“谢谢。”过了好久，菲利克斯才说出这两个字，“我向您发誓，有朝一日，我一定会以您的名义用这把刀杀死一名纳粹。”

这个女人朝菲利克斯歪着脑袋，呼了一大口气以后，竟然奇迹般地发出了一阵小女孩的笑声。她似乎听懂了这两个词：纳粹、杀死。

这两个词和她本人的愿望虽没什么关系，却也能为她带去安慰。她拍了拍手掌，好像观看了一场精彩的演出。拍完手以后，她抱歉地对我们伸出手指，然后指了指自己的腹部。

“我们什么也没有——”我有些惊慌地说。然而未等我说完，这个女人就掀起了她的破毛衣。她的肚子不是我们熟知的挨饿者的肚子，反而显得有些丰满。她肚脐四周的皮肤居然在运动。那是生命的涟漪。

我坐到这个女人身旁，握住她的手。这样的动作并非出自亲近，而是因为我害怕自己会晕倒。她握着我的手，在她的腹部下面整齐地画了一条线。她的请求再明显不过了。菲利克斯抓住我的肩膀，想要把我拉回去。

“你会杀死她的。”他轻声说。

于是我告诉这个女人，我不能用这把刀做她希望我做的事。她微笑着重复了一遍刚才的动作。她想要做我的老师，教我如何生孩子。

我告诉她，我做不到。可是就在我说出这句话的时候，我又不自觉地认为这样做其实未尝不可。这个女人就快要死了，可是她却给这个世界留下了一个小生命。这个小生命永远不会经历我们所遭遇的一切，他将获得一个真正的童年。这样的生命难道不让人心生敬畏吗?

“你永远不会原谅自己的。”菲利克斯再次警告。

我想起门格勒的图表。在检查室里，我曾见过他切开一个女人的身体。门格勒告诉我，这是一场不寻常的手术，而他这样做其实是在帮一个朋友的忙。把婴儿从母亲的体内强行拿出来算哪门子帮忙？尽管这场剖腹产很快变成了活体解剖，但门格勒坚持要将它形容为一场善举。我还来不及扭过头，就见证了这一场暴行。我忘记了那个痛失孩子的母亲的脸，可我还记得那些伤疤的位置、长度和弧度。我也知道这样的切口随时有可能误伤孩子。

我按照那个女人的指示以及我的记忆落刀。我的做法与门格勒截然不同，我向这一对母子倾注了自己的关心和仅存的一点爱。女人不再哭泣时，我们的耳边传来了新生儿的啼哭。

我虽含着一腔怒火，每日想着复仇，可这却是我的双手第一次沾上血。那位母亲的目光一点点淡了下去，身体也变得瘫软。

她离世之前，应该看见了这个蠕动的小宝贝了吧？这个孩子长了一张有趣的脸，像虾米一样红扑扑的，而且脸上有许多皱纹。这位母亲要是没能看见这个孩子，又怎么会露出那样淡然的笑容呢？

我把刀递给菲利克斯，教他如何切断脐带。***这一步就让他来做吧，让他切断母子间最后的联系。***

“我们接下来要怎么办呢？”菲利克斯问。

我擦掉了小宝宝身上的黏膜。

这个小婴儿和动物园内的婴儿完全不一样。这座屋子里没人想要杀死他，却也没人知道如何保住他的性命。

第二天早晨，我怀抱着哭泣的小宝宝，朝孤儿院走去。我穿街过巷，要把宝宝送去那个属于他的地方。他需要懂得照顾他的人。总有一天，他将成长为一个健康的孩子，而不仅仅是个孤儿。我知道我的同伴一定不会同意这个计划，于是在菲利克斯起床之前偷偷溜走。菲利克斯

总想做一些不可能做到的事，他一定会主张将这个不幸的孩子留下来。我不想被他说动，因为那天夜里，我把宝宝抱在怀里轻轻摇晃，看着菲利克斯为那个罗马母亲挖掘坟墓时，我对自己的未来有了新的计划。

菲利克斯把她埋在了那个写满了名字的玻璃瓶旁边。

这个新生儿还不懂什么是坟墓，可我知道他一定感应到了我的想法。我站在那个小土丘旁边，把一根孔雀羽毛放在原本应该立墓碑的地方。羽毛被风吹走后，婴儿就开始啼哭。这啼哭并不是因为悲伤，而是在和我协商。小婴儿想把我当作真正的人，他知道我是尊敬悲伤的。这是个聪明的计划，对于一个小婴儿来说更显得如此。可是作为一个心肠极硬的女孩，我需要的可不只是这些。

我低头看着这个婴儿的脸，用袖子擦了擦他的眼睛。这样做只是为了卫生，希望他别把这当成我对他的爱。可这个婴儿显然把我的动作当成了爱抚。他已经把我当成了家人。即便我很快就要将这个孩子抛弃，他依然选择爱我，这让我有些遗憾。

我将他抱在怀里，穿行在废墟间。曾经的我，是门格勒的实验品。而现在，我似乎成了一个饱受战火蹂躏的国家的实验品。所有人都在问同一个问题：我们要怎样让世界恢复它们曾经的样子？我不是唯一的实验品，还有许多和我一样的人。不知道这些人之中，有多少人会做出和我一样的选择呢？

我一直小心翼翼地保存着复仇者留给我的毒药。在盐矿时，我把它藏在嘴里。而现在，我将它放在袜子里。每向前迈一步，药片都会轻声对我的脚踝说话，它的话穿过我的血管和静脉，一直流进我的心里。我不打算将这毒药当作恐吓人的工具。它能给我带来一种奇怪的安慰，因为这小小的现代发明懂得我的伤痛。它比我更聪明。药物中的化学元素几个世纪以前就出现在了地球上，它们懂得要怎样从人类身边逃脱。药片总想着从我的破袜子里逃跑，可我总会把它们重新塞回袜子里。我距离孤儿院已越来越近。我想要静心感受这一段路。这座城市虽说破旧而苍凉，却是我有生之年将会见到的最后一座城市。于是我努力将一切收进眼底，放进心里。一个老妇人正在给她的相片除尘，几个孩子在一个小土丘上捡贝壳，商店橱窗内静止的钟表反射出我的倒影。

我假装那些钟表是为我和珍珠停下的，它们因为没能好好地守护珍珠而愧疚。在我去世之后，我依然有机会与珍珠重遇。珍珠一定也想要再见到我，她希望我死去，因为她知道，如果门格勒侥幸逃脱，未能受到应有的惩罚，我一定生不如死。就算我永远无法和她团聚，我也不可能带着这样的失败苟活。

死亡之后，若还有一个迎接我们的新去处，那我和珍珠将共同拥抱新的任务与方向。

珍珠负责过去，她坚定地认为这个世界不会忘记它对我们做的事情。

我负责未来，坚信未来绝不会再出现这样的事。

那一段人生中，我们将不再被人看成雅利安人与犹太人的*混血*。这个词甚至不会继续存在。

我到达了此行的目的地。一只红色的露指手套被插在贴门上，像是一颗被刺穿的心。孤儿院残墙下的铺路石被翻了个面，暴露的泥土表面上爬了几只小蚯蚓，玫瑰丛的根部也被拔起来。一排荆棘指向红色铁门的狮子形门环。我擦掉门垫上的露水，将小婴儿放在那里。我的动作很轻柔，小心地将孩子裹在他母亲留下的毯子里，然后把他的手指放进他嘴里。这是我能为他做的唯一的事。这个孩子开始哭泣。我转身走开。我本可以大步流星地走出大门，在一个安静的角落里吞下我的毒药，可是慌乱之间，我撞到了一个男人身上。这个男人没有脸，他的脸被一张苏联报纸挡住了。我请他原谅我的不小心，他也向我道歉。可是不知为何，他未能说完他想说的话。他紧紧地握住我那只印了数字的胳膊，眼前的报纸掉在了我的脚下。

那张报纸的头条印着我在这个世界上最熟悉的脸。她的脸隐藏在许多张小脸蛋之间，囚禁她的地方也是我再熟悉不过的地方。

一滴液体落在那张报纸上，几乎要弄花珍珠的脸。我以为下雨了，赶紧把报纸从地上拾起来，没料到却听见了一阵哭声。

我不知道自己是怎样凭借哭声认出他的，要知道和他生活在一起的这些年里，我从未听过他哭泣。他总是选择对我们笑。他消失前的那段日子，常常挫败地嘶吼。他和贫民窟里的其他男人谈判并乐在其中。他们都想做一些有意义的壮举，心里却有许多矛盾的地方。然而在孤儿院的台阶上，他的哭声将我们拉到一起。

“您还活着。”这是我唯一能说的话。

父亲用力地揽住我。他轻声呜咽着。这呜咽让他显得像个陌生人，也让我认识了一个不害怕他人的怀疑与恶念，一心向前的男人。我本不应该为此而惊讶，可是据我与珍珠所知，爸爸一向不擅长面对他人的怀疑。而现在，我在父亲的眼里看见了一切美妙的事情。我看见人们终于丢掉了武器。小婴儿躺在门口的篮子里，静静地见证着我们的重逢。人们常说，婴儿什么也看不见。我知道他们错了。因为在父亲的怀抱里，我也变成了一个新生儿。

见到爸爸的那一刻，世界在我的眼前展开了。尽管他的样貌变化了许多，但这意外的重逢显然是个奇迹。更巧的是，天空突然下起了雨，雨水与我们的泪水交融在一起。“多奇怪呀。”我想，“我们经历了那么多，但雨水依然是雨水！”这证明了这个世界上至少有些东西是不曾改变的。除此之外，还有一样没有改变的东西：我的父亲。他依然活着。父亲把我的头按在他的胸膛下，我清清楚楚地听见了他的心跳！我不知道该说些什么。

爸爸和我一样，不知从何开口。他用那只布满创伤的大手轻抚我的脸颊。这双手虽经历了难以言说的苦难，可它依然熟悉我和珍珠的脸。当他轻轻捏我的鼻子时，我忍不住和他一同掉下眼泪。

泪如雨下的我想要告诉爸爸，爷爷已经去世了，可我说的却是：*“拜托了，爸爸。请您弯下腰，让我好好看看您的脸。您的胡子上沾了一片叶子。”*

我想要告诉他，妈妈也去世了，最后说的却是：“妈妈，妈妈。”

我还想对他说珍珠的情况，我们的珍珠，我的珍珠——他让我别再说下去。他说话的时候，我能感觉到他紧贴在我脑袋上的嘴唇在轻轻地动。

“能找到你，爸爸实在太开心了。”他说，“报上的文章说孩子们流落到了各个地方。大部分人去了避难所，还有些去了孤儿院、茅瑟豪森集中营、罗森集中营。我已经找了几个礼拜，登上一列又一列火车。我以为自己要去罗兹市，却不知为何来到了华沙。没想到我居然会在这里遇见你！”

爸爸笑了，那个小宝宝好像也笑了。可惜我不能跟着他们一起笑。我的注意力全都落在了父亲手中紧捏着的报纸上。

“那不是我。”我说。

我不是对父亲说的，而是对印在报纸上的珍珠的相片说的。报纸上的珍珠在相片中看着我。珍珠被我们为数不多的守护者揽在怀中，但是从她的眼神中，我能看出珍珠被困住了。

“我以为那是你。”爸爸说，“那可不就是你的表情吗？”爸爸的身体不停地颤抖着，还没有恢复知觉。我们站在孤儿院的门前，享受着许多人都无缘获得的重聚。

“我听不见您的话，爸爸。”我小声说，“我现在有些聋了。”

这其实不完全是实话。我只是想听他再说一次那些话，可是我实际上没有必要刻意引父亲说话。他紧紧地抱着我，毫不吝啬地表达久别重逢的喜悦。

“我以为报纸上的人是你呢。”爸爸将我抱得更紧了，尽管他的声音没有表现出来，但，我听见了他心里的那一点失落。“看看她的表情。”爸爸轻声说。这句话触到了我内心最深处的地方。爸爸的怀抱让我几乎无法呼吸，我的肋骨都要被他挤成一团。但奇怪的是，我一点也不觉得疼，而且丝毫不担心自己会被爸爸的怀抱勒死。我父亲是一名优秀的医生，他能够救我于水火。可是珍珠比爸爸更棒，她能够代替我呼吸。想到这一点，我似乎感觉珍珠就在我眼前。

没想到我居然还能想这件事。

“告诉我的妹妹，我——”她曾对小矮人说。

珍珠还活着。至少，她逃出了米尔克所说的笼子。她逃出了我们曾一起走进去的一扇扇大门。在那之后发生了什么，我就不得而知了。可我知道，为了早一点回到我的身边，她的脚步一定比任何人都快。

我想大叫，想跳舞，可这个发现太神圣，不足以用平常人的庆祝方法庆祝。我抱起孤儿院门口的宝宝，和爸爸一同向动物园走去。我们快乐地踢脚下的鹅卵石，看着它们落在雨里。我和爸爸轮流抱着宝宝，父女俩像朋友一样探讨着未来。爸爸向我说起了达豪集中营。很久以前，他就是被纳粹的秘密警察送去了那里。这个故事还有好多细节，可惜妈妈已经听不到了。那天夜里，爸爸离开家去照顾的孩子是真实存在的，可是同样存在的还有犹太抵抗运动。爸爸参与了犹太人的地下运动。在妈妈的保佑下，他只身涉险，把武器运进贫民窟。而爸爸失踪的那天晚上，他不幸被捕。被秘密警察抓住后，爸爸受到了毒打。后面的事他不肯告诉我，可我能想象得出来。爸爸一定是被塞进了一辆卡车或火车里，被送去离家越来越远的地方，最后到达了一个据说能带给他自由，实际上却与地狱无异的地方。

我对爸爸说了盖世太保们的话，他们说他投了河。

“我绝不会做那样的事！”爸爸说。他低下头，告诉我，在苏联人的报纸给他送去那一幅美丽的相片之前，他每天醒来以后都想着去死，可他想的是用绳子，而不是投河。

这让我意识到眼前这个人不是从前的爸爸，而是一个伤心的男人。他不愿再向他的女儿揭露这个世界的恐怖，因为它们早已明明白白地展现在他前额歪歪斜斜的伤疤上了。

爸爸问起了我和珍珠的经历。我无法描述这段过去，只是简单地告诉爸爸，尽管他认为我们欠小婴儿一个家，可我实在不适合照顾宝宝。我的视力受了损害，一只耳朵也不管用了。这样没用的我，又要怎样保护其他人呢?

爸爸将那张珍贵的报纸铺平。姐姐的脸映入我的眼睛。那虽然只是一张相片，可珍珠是属于我们的。

“我们会找到她的。”爸爸坚定地说，“见不到你的话，她是不可能舍得离开这个世界的。”

虽说变了些味道，但我和爸爸的亲情又回来了。我们一同走向了一个新的开始。这是我有记忆以来第一次大步走在爸爸身旁。如果我愿意的话，他会将我扛在肩上，把我高高地举起来，让整个世界知道，雅努什·赞莫里斯基，不再是一个孤独的男人，而是一个有家庭，有女儿的男人。他深爱着他的两个双胞胎女儿，爱她们所有的不同点。

可是爸爸没有像从前那样把我扛在肩上。我们要是真这样任性，谁来照顾宝宝呢?

爸爸瞬间就被那个宝宝迷住了。像所有好医生一样，他从医生的角度观察了这个孩子，赞叹他胸膛的宽度和他健康的呼吸。爸爸给这个孩子挠痒痒的时候，惊讶地感叹：“谁能想象得到这个孩子竟然是战乱时代出生的呢？”

我知道，只要爸爸在，这个孩子就永远不会被丢在孤儿院门口的篮子里。我不想要他。至少在没找到珍珠之前，我不想接纳他。因为只有找到了珍珠，我的生命才能继续下去。这孩子一定读懂了我的心思。小婴儿们大概都有看穿人心的本事吧？他甜甜地睡了，显得越发可爱。他张开嘴唇，小心翼翼地向人们表达自己的饥饿。我不得不承认，这个孩子真是可爱，但他的可爱不能打消我的疑虑。

“他饿了。”爸爸指着宝宝张开的嘴说，“我们必须给他找些吃的。”

我和爸爸经常会打赌，向对方讨价还价。“如果您非得让我照顾这个婴儿。”我说，“那您也要答应我一件事。”

“什么事？”爸爸以为我会说些好玩的事儿，会和他开玩笑，可我没有这样做。

“请把这个药片拿走。”我恳求道，“请把它埋在我找不到的地方。”

我们列了一份清单，划掉了不少名字。这都是孤儿院、避难所、修道院的名称，是人们那段时间不断搜寻的地方。一位农夫给我们搭便车，让我们在华沙城内搜寻。出了华沙，我们还去了好几座城市。

“你有没有见过一个女孩？”问这句话的时候，爸爸会把我推到前面，“她看起来和这个女孩一模一样。”

“我们见到过许多女孩。”修女、教士、官员和守卫们会这样回答。

“她的身上印着一个数字。”我轻声说着，然后对他们露出自己身上的数字。

“很多孩子都有这样的数字。”他们呆呆地盯着我身上青色的数字，似乎看得出了神。

“她还有别的标记。”我说，“如果她还有头发的话，她的头发上一定别着一只蓝色的发卡。如果她还有腿的话，她的膝盖上会有球形的小疙瘩。您如果见过她的话，一定不会遗漏这些细节的。”

那些人微笑着告诉我们，我们应该去这里或那里寻找。他们说：

“如果她还活着，有朝一日一定会突然出现在你眼前的。”

“她当然活着。”我们指着报纸上的相片说，“看看这张脸！”

相片里的珍珠躺在米莉医生怀里。她们好像被困在了带铁丝围墙的花园内，身体的两侧竖立着栏杆。你要是长久地盯着相片看，就能感觉到医生温暖的怀抱以及笼罩着她们的浓雾。爸爸把报纸藏在梳妆台的抽屉里，和我们的枪放在一起。他之所以把报纸藏在那里，是因为我总会盯着它看，爸爸觉得这样做不利于我的身体。他的担忧不无道理。我要是在早晨看见那幅相片，就不会再吃东西。可要是在晚上看见它，我又会辗转不能入眠。于是我只能在每天下午和珍珠的相片见面。我若是一直盯着她看，直到双眼变得模糊，就能想象珍珠也在看着我了。

世人的眼泪一定是为了这个原因才出现的吧？

三月的第一天，我向爸爸坦白了自己的愚蠢，告诉他，我竟然相信了门格勒那套将我变为不死之身的鬼话。这都是天气的错。美好的天气影响了我的心情。动物园小屋前的报春花纷纷扬起了脑袋，飞去过冬的鸟儿们也都飞了回来。华沙城里的一幢幢建筑拔地而起。在乳母的喂养下，我们的小宝宝长得越来越壮实。这一切让我低下了头，羞愧地道出了自己的秘密。我以为爸爸一定会为我感到羞耻，可他却温柔地对我说，我之所以那样做，其实都是为了确保自己能生存下去。他把菲利克斯唤来，给我们讲了一个故事。

“我之所以能够活下来，其实是因为一句咒骂。或者说，是因为许多句咒骂。”爸爸说，“我第一次被人从罗兹城带走时，和其他被俘者一起，穿过大大小小的路，走过许多田野。我们经常会遇见乔装打扮的犹太人。我对自己说，如果他们有机会的话，一定会救我们。至于那些人是否真这样想，我并不在乎。我害怕他们因为我们而崩溃，最终落得和我们一样的下场。一天，就在我坚信自己就要饿死的时候，我和其他犯人一同走过一片田野。那时候，农民们正在采摘土豆，把摘完的土豆放进车里。高高的土豆堆上坐着一个老犹太人。与其他人的遮遮掩掩不同，这位老人对自己的犹太人身份毫不避讳。一见到我们，这位老者就不停地在胸前画十字，像是被我们这一行人吓到了。他的动作非常不自然，没想到这样的老者居然没被抓住。然而他的下一个动作让我意识到我绝对不应该怀疑他的机智。他把一只手放到臀部下，掏出一只土豆，然后一边咒骂，一边把土豆扔向我。他每骂一句，就扔一块土豆。他的咒骂声一直伴随着我们走出田野，来到大路上。我们都知道这是世界上最美好的咒骂，是它们让我们保住了性命。”

我想要问爸爸，他怎么能这样确定，可我不想让他看出我的不确定。于是我掐了菲利克斯一下，让他代我提问。我和菲利克斯之间的心有灵犀让爸爸有些紧张。

“我能从那个老人的脸上看出来。”爸爸说，“他的诅咒其实是伪装的嘱咐。他故意将土豆扔给我，让我能够活下去。”

爸爸捏了捏自己的鼻尖。他沉思的时候就喜欢这样做。他把脑袋埋在手里，我无可避免地看见了他脸上和头皮上的新伤疤。

“我知道门格勒的诅咒里，完全没有善意。可我也想让你知道，相信他的诅咒，不是你的错。这个门格勒是个极会撒谎，又擅长操纵的人。你扭曲了他的诅咒，也因此才活了下来。明白吗？”

我自然明白其中的道理，可我撒了个谎，对父亲说，我喜欢他那个被诅咒的土豆的故事。几年后，爸爸弥留之际，我和菲利克斯看见他抬起双手，像是要抓住空中的某件物体。他手指的动作那样急迫，一点也不像一个将死之人。他那对已经没有视力的眼睛不停地扫射着，像是在追随一只飞过的土豆。

爸爸尽了最大的努力让我们恢复从前的生活，可我们都知道，他自己也已经不是从前的他，从内到外都早已伤痕累累。他独自去了罗兹市。回华沙以后，他垂头丧气了好几天。我们和华沙城内的其他难民一起寻找自己的亲人，他们和我们一样渴望团圆。

“您有没有见过珍珠？”爸爸每问一次，就会把我推上前。

谁都没有见过她。

华沙城内日新月异的场景让爸爸的心里痒痒的。爸爸要留下来，与菲利克斯一同修复他的房子。我的爸爸是个心灵手巧的人，但他那双手从未做过修补房屋，给墙壁上漆的活儿。他的手是用来诊断疾病，治愈伤口的。至于菲利克斯，他虽然应付得了斧头、小刀和枪，还能像我一样，生活在用谎言编织的世界里，可他还是不会修补房屋。尽管大家都不擅长这件事，可我们下定决心要像城里的其他人一样，让我们的房子焕然一新。

我看着他们二人踉踉跄跄地在屋子里走来走去，挥舞着锤子，砸掉屋内的残垣断壁。他们忙碌的时候，我和宝宝在一旁休息。我常常在想，这热火朝天的重建是否是他们转移注意力的方法，能否让他们别再日夜想着珍珠的下落？他们举起锤子和钉子，却常常被钉钉子的声音吓到。重建房屋时剧烈的巨响和砖头落地的声音总能让人想起战争。

我一直在给这个孩子上课，把我从双胞胎之父、爷爷和解剖书那里学到的内容讲给他听。这是我唯一能为他做的。我要让他成为一个聪明的孩子。这样的话，他哪怕遇到了危险，也成了试验品，也将是最聪明的试验品。我要在他被人夺去说话的能力之前早些学会说话。我必须教他一些单词，再让它们变得完整。我每天都在回忆过去，所以当我们再次遭遇不幸时，我将能想到一些让我们开心，帮助我们挺过灾难的词儿。***“在海洋、地球和天空出现之前，世界一片混沌。”***这话来自米尔克。我每一天都在这个孩子耳边轻呼***“珍珠，珍珠”***，期待这是他说出的第一个词。不知最纯真无邪的孩子的呼唤能否将珍珠唤回来？他要是喊出了珍珠的名字，珍珠一定会回到我身边，头顶花环，为我跳舞吧？那时候，珍珠一定会获得一双漂亮的舞鞋。

华沙城的新变化让人不可忽视。婴儿的眼泪都能给菩提树浇水了，我的泪水也流成了河。我故意躲到蜂巢边流泪，万一被人看见，我会谎称自己被黄蜂袭击。涌进动物园的人常常看见我痛苦的样子。犹太地下党人曾经在动物园的洞穴里开展他们的活动。而现在，难民们纷纷前来寻找他们的儿女。这些孩子曾静静地躲在动物们的巢穴内，等待人们将他们送去安全的地方。来找孩子的大多是孩子们的母亲。从我们的门前经过时，这些母亲会停下来抱一抱我们的孩子。望着这孩子漂亮的棕色眼睛，她们慷慨地给我献上自己的育儿秘籍。这些女人紧抱着这个孩子，教我怎样给他洗澡，让他看起来不那么像没人照顾的野孩子。

每当我给这个孩子洗澡的时候，他的生命对我来说都显得过于真实。这个孩子如此脆弱，脖子纤细得吓人。给他清洗干净后，我不禁想到，我将来要怎样对他说起他的母亲，怎样告诉他，是我杀死了他的母亲。我想要把这个故事说得更唯美一些，让她的牺牲显得更神圣。我会告诉这个孩子，他的母亲是在一个雪天里去世的。可是自从进了华沙城以后，我的想象力就消失了。我也不知道它去了哪里。我不希望其他人也像我一样，被想象力所累。我不想要什么想象力，在战后的世界，想象力是毫无用处的东西。我曾经告诉自己，我愿意为了她继续活下去。可是没有了她，我只是一个疯子的试验品，一个失败的复仇者，一个本该去死却苟活着的女孩。

爸爸看出了我的悲伤。他告诉我，我们依然有希望。因为这个国家千疮百孔，所以珍珠能轻易地藏在最不为人知的角落里。我们每天都会去孤儿院寻找珍珠，可是站在孤儿院的窗口等待的人里没有她，在大门口唱歌的人里也没有她。

“我们要是找不到她的话……”一天回家时，我忍不住对爸爸说。可我没有说完。一只流浪狗跑到我身旁，又蹿到爸爸脚下。这只灰头土脸的流浪狗样貌丑陋，而且不是纯种狗。这只狗的爪子告诉我，它在寻找某个人，而且已经走了很长的路。它在我和爸爸身上嗅到了同样的坚持。

爸爸以为那只狗能让我的心情好一些。他猜得没错。我喜欢这只狗的守护精神。要是有人对我大声说话，小狗就会对那个人狂吠。我对菲利克斯说，这只狗也许够格当门格勒的对手，菲利克斯并未否认这样的观点。

“幸运的是，这只狗来的是这一座动物园，而不是其他的。”他说。

我们一同观察小狗在动物的巢穴旁挖洞。挖洞似乎是它最爱的事儿，我真希望它别把爸爸埋在院子里的毒药挖出来。我要是在某个特定的时间见到那枚药片，一定抵制不住它的诱惑，拥抱宿命结局。

菲利克斯看出了我的心思。他也向我保证，珍珠有朝一日一定会回来。“也许她是在等动物们回到动物园呢。”菲利克斯说。他还告诉我，人们已开始讨论重建动物园的事儿。我来到空荡荡的笼子旁，努力不去想印在我脑海中的另一种牢笼。

可是那一天，运到华沙城里的并不是什么动物，而是一副棺材。我没看见人们将它放在街上，也没听见孤儿院的管理者打开棺材时的哭声。

我当时正抱着宝宝，和小狗一起待在田野里。我想要把这只狗训练得更强大。它总爱向人类讨饶。在这样的年岁里，乞讨是没有用的。于是我教会了它一些更有用的技巧——我想要教它跳舞。每当这只小狗跳舞的时候，我都能听见爷爷的笑声。这笑声清脆悦耳，一点也不像逝者的声音。爷爷的笑声鼓舞了我，小狗的华尔兹让我再次陷入梦中。

这一天，我又和小狗玩起了这个游戏。宝宝懒洋洋地躺在草地上，对我们的游戏丝毫不感兴趣。远方飘来铺石子路的声音，这就是我们的伴奏。一颗颗小石子欢快地唱着歌。空中飞过一只八哥，它洪亮的啼声让人们一个激灵。伴随着小石子的音乐，八哥的啼叫和爷爷的笑声，我试图让狗狗跳芭蕾舞。

我告诉小狗，这样的练习是必不可少的。我对它说："将来一定会有人发现你的才能，让你登上大银幕。这将是我们未来的一大机会，对不对？"小狗不同意我的话。它和珍珠一样讨厌练习，也无意证明自己的艺术才能。尽管如此，它依然肯为我跳舞。小狗完美地转了个圈，我为它鼓起掌。

然而我停止拍手后，掌声却没有停止。有个人在我身后鼓掌，让我不由得羞红了脸。跳舞的小狗可不是什么值得骄傲的事儿。

然而当我回过头，却看见了我自己。我看见了一个女孩，一个强大的女孩，一个不再孤单的姑娘。她看上去比我想象的还要开心。她一边鼓掌，一边微笑。小狗再也不想跳舞，雀跃地奔向了她，在她脚下嗅个不停。那个姑娘仍在鼓掌。她的胳膊下架着一副拐杖，可这并不影响她的动作。

你是否曾见到过最好的自己站在一个触手可及的位置看着你？漫长的分离让你对这样的重聚早已不抱希望，因此重聚给你带来的愉悦更是难以言喻。我的舌头像打了结一样，一个字也说不出来。***"我早就告诉你了！"***我的心对我说，而我的脑子已不自觉地想起了我以为自己早就失去了的未来。

她放下拐杖，和我背靠背坐着，与我玩起了从前的游戏。

我必须承认，我偷看了她的画。

偷看不是为了作弊，而是，噢，而是因为她是我的姐姐。我必须好好看一看她。我相信你一定能够理解的。

珍 珠

第二十二章

永不会结束

我们画的都是罂粟花，是看起来永远也不会开放的小花骨朵儿。这是为妈妈和爷爷画的。我们还为爸爸画了一条河。画完这些，我们又画了一列火车，一架钢琴和一幢房子。我们一同画斯塔莎未来的孩子，以及我永远不可能生下的孩子。我们画能把我们带离波兰的小船和能将我们带回来的飞机。我们没有画注射器，也没画拐杖。我们不愿回忆那个男人对我们做的事。我们画了能够保护我们的天空，能为两个女孩遮风挡雨的大树。直到画完这些，我的妹妹才开始说话。

“我们再试一次吧。”斯塔莎说。

我没让她说完。我知道她的意思。她想说的是，我们必须学着再一次爱上这个世界。

作者按

《双生梦魇》最初的创作灵感来自吕塞特·马塔隆·莱格娜多和塞拉·科恩·德克尔所著的《火焰的孩子：约瑟夫·门格勒博士和奥斯维辛双胞胎不为人知的故事》，以及萨拉·诺姆贝格－皮尔兹提克的《奥斯维辛：来自一片怪诞之地的真实故事》，塔德乌什·博罗夫斯基的《这样的毒气、女士们与先生们》，伊娃·莫泽斯·科尔和玛丽·莱特的《奥斯维辛集中营的回声：门格勒的双胞胎们》，阿尔诺什特·卢斯蒂格的《浩劫中的孩子》，埃利·维瑟尔的《夜》，黛安·阿克曼的《动物园管理员的妻子》，乔治·艾森的《大屠杀中的孩子与戏剧：阴影中的游戏》，艾萨克·科瓦尔斯基的《犹太武装抵抗运动选集：1939-1945》，里奇·科恩的《复仇者》，玛丽·洛温塔尔・费尔斯蒂纳的《描绘她的生活：夏洛特・所罗门身在纳粹时代》，吉塞拉・佩尔的《我是奥斯维辛的一名医生》，安妮・麦珂尔斯的《漂泊手记》， 罗伯特・杰伊・利夫顿的《纳粹医生：医疗杀戮与种族灭绝心理学》，普里莫・莱维的《休战，假如这是一个人》、《元素周期表》和《被吞没和被拯救的》，最后，保罗・策兰和丹・帕基斯的相关作品。